A
PROFESSORA

OBRAS DA AUTORA PUBLICADAS PELA EDITORA RECORD

A contadora
A professora
Nunca minta

FREIDA McFADDEN

A PROFESSORA

Tradução de
Carolina Simmer

4ª edição

EDITORA RECORD
RIO DE JANEIRO • SÃO PAULO
2025

CIP-BRASIL. CATALOGAÇÃO NA PUBLICAÇÃO
SINDICATO NACIONAL DOS EDITORES DE LIVROS, RJ

M144p McFadden, Freida
4. ed.   A professora / Freida McFadden ; tradução Carolina Simmer. - 4. ed. - Rio de Janeiro : Record, 2025.

Tradução de: The teacher
ISBN 978-85-01-92204-5

1. Romance americano. I. Simmer, Carolina. II. Título.

24-93306
CDD: 813
CDU: 82-31(73)

Meri Gleice Rodrigues de Souza - Bibliotecária - CRB-7/6439

Título original:
The Teacher

Copyright © 2024 by Freida McFadden

Texto revisado segundo o Acordo Ortográfico da Língua Portuguesa de 1990.

Todos os direitos reservados. Proibida a reprodução, no todo ou em parte, através de quaisquer meios. Os direitos morais da autora foram assegurados.

Direitos exclusivos de publicação em língua portuguesa somente para o Brasil adquiridos pela
EDITORA RECORD LTDA.
Rua Argentina, 171 – Rio de Janeiro, RJ – 20921-380 – Tel.: (21) 2585-2000, que se reserva a propriedade literária desta tradução.

Impresso no Brasil

ISBN 978-85-01-92204-5

Seja um leitor preferencial Record.
Cadastre-se no site www.record.com.br e receba informações sobre nossos lançamentos e nossas promoções.

Atendimento e venda direta ao leitor:
sac@record.com.br

Para minha família

PRÓLOGO

Cavar uma cova dá trabalho.

Meu corpo inteiro dói. Músculos que eu nem sabia que tinha estão berrando de dor. Toda vez que levanto a pá e pego mais um pouquinho de terra, parece que uma faca se finca na musculatura do meu ombro. Achei que ele fosse osso puro, mas, pelo visto, me enganei. Estou completamente ciente de cada fibra muscular do meu corpo, e todas doem. Muito.

Faço uma pausa, largando a pá e dando uma folga para as bolhas que surgem nas palmas das minhas mãos. Seco o suor da testa com as costas do antebraço. Agora que o sol se pôs, a temperatura caiu tanto que está negativa, a julgar pela geada no chão. Mas parei de sentir frio depois da primeira meia hora — faz quase uma hora que tirei o casaco.

Quanto mais fundo vou, mais fácil é cavar. A primeira camada de terra foi quase impossível de perfurar, mas para isso tive ajuda. Agora, sou só eu.

Bem, eu e *o corpo*. Que não vai ser de muita utilidade.

Aperto os olhos para a escuridão do buraco. Ele parece um abismo, mas tem pouco menos de 60 centímetros de profundidade. Até onde preciso ir? Sempre dizem que são sete palmos, mas imagino que isso só sirva para covas oficiais. Não para covas escondidas no meio da floresta. Porém, levando em consideração que ninguém pode descobrir o que está enterrado aqui, é melhor cavar mais fundo.

Fico me perguntando a que profundidade um corpo precisa estar enterrado para que animais não consigam sentir o cheiro.

Estremeço quando uma lufada de vento esfria o suor na minha pele exposta. A cada minuto que passa, a temperatura cai mais. Preciso voltar ao trabalho. Vou cavar um pouco mais fundo, só para garantir.

Pego a pá novamente, e os pontos doloridos do meu corpo protestam, disputando para ser o centro das atenções. Neste exato momento, minhas mãos são sem dúvida as vencedoras — elas doem mais do que tudo. Como eu queria luvas de couro. Mas só tenho um par de luvas grandes e fofas, que fazem a pá escorregar. Então preciso me virar com as mãos expostas, mesmo com as bolhas.

Quando o buraco estava raso, eu conseguia cavar sem entrar nele. Agora, o único jeito de continuar é estando lá dentro. Entrar em uma cova parece algo que atrairia azar. Todos nós vamos acabar em um buraco desses em algum momento, mas não precisamos provocar o destino. Infelizmente, não tenho outra opção agora.

Enquanto enfio de novo a lâmina da pá no chão seco e duro, meus ouvidos captam algo. Está silencioso aqui na floresta, exceto pelo vento, mas tenho certeza de que escutei alguma coisa.

Crec!

Aí está de novo... Quase parece um galho quebrando ao meio, apesar de eu não conseguir identificar a direção de onde veio o som. Eu me empertigo e aperto os olhos para a escuridão. Tem alguém aqui?

Se tiver, será um problema bem, bem grande.

— Olá? — chamo, minha voz num sussurro rouco.

Ninguém responde.

Aperto a pá na mão direita, prestando o máximo de atenção possível. Prendo a respiração, silenciando o som do ar que entra e sai dos meus pulmões.

Crec!

Outro galho se partindo em dois. Tenho certeza desta vez. E não apenas isso, como o som também está mais próximo.

E agora escuto folhas sendo esmagadas.

Meu estômago se aperta. É impossível escapar desta. Não dá para fingir que tudo não passa de um mal-entendido. Se alguém me vir, já era para mim. Algemas, viatura de polícia com sirenes estridentes, prisão perpétua sem chance de condicional — o circo todo.

Mas, então, sob a luz da lua, vejo um esquilo correndo para a clareira. Enquanto ele passa rápido por mim, outro galho se quebra sob o peso de seu corpinho. O bicho desaparece em meio à mata, e a floresta volta ao silêncio sepulcral.

No fim das contas, não era uma pessoa. Só um animal selvagem. O som de passos eram apenas patinhas ágeis.

Solto o ar. O perigo imediato passou, mas ainda não estou livre. Nem de perto. E não tenho tempo para descansar. Preciso continuar cavando.

Afinal, tenho que enterrar um cadáver antes de o sol nascer.

PARTE I

CAPÍTULO 1

TRÊS MESES ANTES

EVE

As pessoas sempre dizem que sou sortuda.

Elas dizem que tenho uma casa linda, uma carreira gratificante e sempre elogiam meus sapatos. Mas não quero me enganar. Quando dizem que tenho sorte, não estão se referindo à minha casa, à minha carreira ou aos meus sapatos. Estão falando do meu marido. Estão falando de Nate.

Nate cantarola baixinho enquanto escova os dentes. Demorei quase um ano escovando os dentes ao seu lado para entender que é sempre a mesma música: "All Shook Up", de Elvis Presley. Quando perguntei sobre isso, ele riu e disse que sua mãe tinha lhe ensinado que a música tem exatos dois minutos, o tempo certo pelo qual devemos escovar os dentes.

Comecei a odiar essa música com todas as minhas forças.

A mesma porcaria de música todo santo dia por oito anos de casamento. O problema poderia ser solucionado se não escovássemos os dentes juntos toda manhã, mas sempre fazemos isso. Tentamos maximizar nosso tempo no banheiro, levando em consideração que saímos no mesmo horário e vamos para o mesmo lugar.

Nate cospe a pasta de dente na pia, depois faz um bochecho. Já terminei de escovar os dentes, mas permaneço onde estou. Ele pega o enxaguante bucal e gargareja o líquido azul cáustico.

— Não sei como você gosta desse negócio — comento. — Para mim, o enxaguante bucal parece ácido.

Ele cospe de novo na pia e sorri. Seus dentes são perfeitos. Retos e brancos, mas não tão brancos a ponto de você precisar desviar o olhar.

— É *refrescante*. Higiene nunca é demais, sabia?

— Esse negócio é *horrível*. — Estremeço. — Nem pense em me beijar depois de colocar isso na boca.

Nate ri, e imagino que seja engraçado mesmo, porque ele quase nunca me beija. Um selinho rápido quando seguimos caminhos diferentes pela manhã, outro quando nos cumprimentamos à noite, e então um terceiro antes de dormirmos. Três beijos por dia. Nossa vida sexual também é regrada — o primeiro sábado do mês. Costumava ser todo sábado, depois em sábados alternados, até nos acomodarmos com o padrão atual pelos últimos dois anos. Tenho vontade de programar o evento como um compromisso recorrente no calendário que compartilhamos no iPhone.

Pego o secador para remover qualquer umidade residual do cabelo enquanto Nate passa uma mão pelas próprias madeixas curtas de cabelo castanho antes de pegar uma lâmina para fazer a barba. Fico nos observando pelo espelho, e é difícil negar o fato óbvio de que Nate é, de longe, o mais atraente de nós dois. Não há discussão.

Meu marido é extremamente bonito. Se alguém fizesse um filme sobre sua vida, os astros mais gatos de Hollywood estariam na fila para assumir seu papel. Cabelo castanho curto, mas espesso, traços bem-definidos, um sorriso torto encantador, e, agora que ele comprou aquele conjunto de pesos para usar no porão, um peitoral cada vez mais musculoso.

Eu, por outro lado, sou comum até demais. Já tive trinta anos para aceitar isso e não me incomodo em nada por ter olhos castanhos cor de lama que jamais exibirão o mesmo brilho travesso dos de Nate, um cabelo castanho sem vida e escorrido, impossível de modelar, e um rosto com proporções completamente erradas. Sou muito magra -- cheia de ângulos retos perigosos, nada curvilínea. Se alguém fizesse um filme sobre minha vida... Bem, não adianta nem cogitar essa ideia, porque algo assim seria impossível. Ninguém faz filmes sobre mulheres como eu.

Quando as pessoas dizem que sou sortuda, elas querem dizer que Nate é areia demais para o meu caminhãozinho. Por outro lado, sou um pouco mais nova do que ele, então pelo menos tenho alguma vantagem.

Saio do banheiro para terminar de me arrumar, e Nate me segue com o mesmo propósito. Escolho uma blusa branca engomada, abotoada até o pescoço, e a combino com uma saia bege, já que o clima da Nova Inglaterra só permite o uso de saias durante três meses no ano todo — quatro, se dermos sorte. Após vestir a meia-calça, enfio os pés em um par de scarpins pretos da Jimmy Choo. É só depois de calçá-los que noto que Nate está me observando, com a gravata marrom solta ao redor do pescoço.

— Eve — diz ele.

Já sei o que ele vai falar, mas torço para estar enganada.

— Hum?

— Esses sapatos são novos?

— Estes? — Não ergo o olhar. — Não. São bem antigos. Na verdade, acho que os usei no primeiro dia de aula do ano passado.

— Ah. Tudo bem...

Ele não acredita em mim, mas olha para os próprios sapatos — um par de mocassins de couro marrom que realmente são bem antigos — e fica em silêncio. Quando ele se irrita, nunca grita. Às vezes, briga comigo por coisas que eu não deveria ter feito, mas até isso é raro hoje em dia. Meu marido tem um gênio muito tranquilo. Nesse sentido, acho que sou sortuda mesmo.

Conforme abotoa os punhos da camisa, Nate olha para o relógio.

— Você quer ir logo? Ou prefere tomar café?

Eu e Nate trabalhamos no Colégio Caseham e hoje é o primeiro dia de aula. Sou professora de matemática, e ele, de inglês. Talvez Nate seja o professor mais popular da escola, ainda mais agora que Art Tuttle foi embora. Minha amiga e colega de trabalho Shelby me contou que Nate estava no topo da lista que as meninas do último ano fizeram sobre os cinco professores mais gatos do Caseham. Ele ganhou de lavada.

Nós raramente dividimos o carro até o trabalho. Parece muito extravagante termos o mesmo ponto de partida e o mesmo destino e usarmos dois carros diferentes, mas ele sempre permanece na escola por mais tempo, e não quero ficar presa lá. Porém, como hoje é o primeiro dia, iremos juntos.

— Vamos logo — respondo. — Posso tomar café na escola.

Nate concorda com a cabeça. Ele nunca toma café — diz que faz mal ao seu estômago.

Os saltos dos meus sapatos Jimmy Choo batem de forma satisfatória no piso enquanto sigo até a porta do nosso sobrado. É uma casa pequena — tivemos que comprá-la com o salário de dois professores —, mas é nova e, em muitos sentidos, é a minha casa dos sonhos. Temos três quartos, e Nate fala sobre preencher os outros dois com filhos em um futuro próximo, apesar de eu não saber como conseguiremos isso com nosso cronograma íntimo atual. Parei de tomar o anticoncepcional há um ano, só para "ver o que acontece", e, por enquanto, aconteceu um monte de nada.

Nate senta no banco do motorista do seu Honda Accord. Toda vez que vamos a qualquer lugar juntos, sempre usamos o carro dele, e ele sempre dirige. Faz parte da nossa rotina. Três beijos por dia, sexo uma vez por mês, e Nate sempre é o motorista.

Sou tão sortuda. Tenho uma casa linda, uma carreira gratificante, e um marido que é gentil, tranquilo e extremamente bonito. E, enquanto Nate guia o carro até a rua e começa a dirigir em direção à escola, fico torcendo para um caminhão avançar um sinal, estraçalhar o Honda e nos matar na hora.

CAPÍTULO 2

ADDIE

Eu daria tudo para não precisar sair deste carro.
 Eu cortaria todo o meu cabelo. Eu leria *Guerra e paz*. Eu tacaria fogo em mim mesma para não ter que passar pelas portas do Colégio Caseham. Não sei como deixar mais claro do que isso. *Não quero ir para a escola.*
 — Chegamos! — anuncia minha mãe em um tom alegre.
 E sem necessidade alguma, porque estou vendo muito bem que paramos diante da escola. Não sou *tão* burra assim, apesar de tudo que aconteceu no ano passado.
 Ela me trouxe no seu Mazda cinza, provavelmente porque sabia que, se eu viesse de bicicleta, como fiz nos últimos dois anos, não chegaria à escola. Então ela tirou uma folga do seu trabalho como enfermeira no hospital local para bancar a babá e garantir que eu aparecesse no primeiro dia de aula.
 Olho pela janela do carona para o prédio vermelho de quatro andares que se tornou uma parte tão importante da minha vida nos últimos dois anos. Esfrego os olhos, exausta por ter tido que acordar em um horário ridículo para chegar aqui na hora. Lembro como fiquei empolgada para meu primeiro ano no Caseham. E eu gostava da escola — não era a pessoa mais popular do mundo e minhas notas sem dúvida não eram grande coisa, mas era legal.
 Até deixar de ser.
 Passei o verão inteiro trabalhando como babá dos filhos do vizinho e fazendo campanha para não voltar àquela escola no outono. Mas só existe uma escola pública com ensino médio na cidade, e

as particulares estão fora do nosso orçamento. Nós poderíamos ter tentado em outro município, mas seria longe demais para eu ir de bicicleta e nenhum ônibus escolar me buscaria. Minha mãe explicava isso para mim com uma paciência cada vez menor toda vez que eu implorava para ela mudar de ideia.

— Talvez — digo em um tom esperançoso — eu possa estudar em casa?

— Addie — responde ela, suspirando —, chega disso.

— Você não entende. — Aperto a mochila contra o peito, mas não faço qualquer movimentação para tirar o cinto de segurança. — Todo mundo vai me odiar.

— Ninguém vai odiar você. Ninguém vai nem lembrar.

Solto uma risada irônica. Minha mãe já *conheceu* algum adolescente?

— É sério. — Minha mãe desliga o motor, apesar de estarmos paradas em uma área onde é proibido estacionar. Daqui a pouco, alguém vai começar a gritar para sairmos daqui. — Adolescente só se preocupa consigo mesmo. Ninguém vai se lembrar do que aconteceu no ano passado. Ninguém se importa.

Ela está tão errada. Tão completa e absolutamente errada.

Como era de se esperar, alguém buzina. Primeiro, é uma única buzina, depois vem uma sinfonia, e então parece que alguém acabou sentando sem querer no volante, sem ter a menor intenção de levantar.

— Posso parar em outro lugar — oferece minha mãe em um tom desamparado enquanto volta a ligar o motor.

Que diferença faz? Ela só vai continuar com o discurso motivacional. Não preciso de motivação. Preciso de uma escola nova. Se isso não vai acontecer, o resto é perda de tempo.

— Deixa para lá — murmuro.

Minha mãe chama meu nome enquanto saio do carro, mas não a encaro. Minha mãe é imprestável. Ela diz todas as coisas certas, mas, no fim das contas, não é ela quem precisa encarar isto. Ela não precisa encarar as consequências do que aconteceu no ano passado. Do que *eu fiz*.

Assim que saio do Mazda, praticamente consigo sentir os olhares. Há muitas garotas na escola que se vestem para chamar atenção, mas nunca fui assim. Sempre quis me misturar à multidão. Hoje, estou usando uma calça jeans reta comum e uma camisa cinza com um moletom ainda mais cinza. O Colégio Caseham tem uma regra que diz que você não pode usar nenhuma peça que tenha letras na bunda (regra essa que deixa muitas, muitas garotas indignadas), mas não apenas meu traseiro está livre de palavras purpurinadas, como me certifiquei de não ter letras em lugar algum. Nada que chamasse a atenção.

Ainda assim, todo mundo me encara.

O único lado bom é que minha mãe foi obrigada a ir embora, então ela não precisa testemunhar os olhares e os sussurros enquanto me arrasto até as portas de metal com a mochila pendurada em um ombro só. Eu *sabia* que isso ia acontecer. *Ninguém vai se lembrar do que aconteceu no ano passado.* Ah, tá. Em que planeta ela vive?

Eu já sei o que estão falando, então não paro para ouvir. Mantenho a cabeça baixa e os ombros curvados para a frente enquanto caminho o mais rápido possível. Evito fazer contato visual com os outros. Mas, mesmo assim, consigo escutá-los murmurando:

É ela. Aquela é a Addie Severson. Você sabe o que ela fez, não sabe? Foi ela que...

Argh, tudo isso é horrível. Insuportável.

E então eu quase consigo. Quase entro na escola sem que nada aconteça. A tinta vermelha descascada da porta está no meu raio de visão e ninguém disse nada desagradável na minha cara. Mas então me deparo com *ela*.

Ela é Kenzie Montgomery. Provavelmente a garota mais popular do nosso ano. Sem dúvida a garota mais bonita do segundo ano. Representante de classe, chefe das líderes de torcida — você conhece o tipo. Ela está sentada nos degraus da escola, usando uma saia que tenho certeza absoluta de que viola a regra de que saias ou shorts precisam bater pelo menos na ponta dos seus dedos quando os braços estiverem esticados ao lado do corpo. Outras garotas seriam mandadas de volta para casa por uma infração dessas, mas Kenzie não será. Pode apostar.

Ela está sentada com sua panelinha. As garotas que a cercam também fazem parte do grupo popular. E há um novo membro, alguém que jamais estaria ao lado dela no ano passado: Hudson Jankowski. O novo astro do time de futebol americano.

Kenzie e suas amigas estão quase bloqueando a entrada da escola, mas há um espacinho para passar. Porém, quando começo a me apertar pela fresta de trinta centímetros entre Kenzie e o corrimão da escada, seus olhos encontram os meus por um milésimo de segundo, e ela joga a mochila no caminho para me bloquear.

Ai.

De propósito, ela deixou apenas dez centímetros de espaço para eu passar. Eu poderia dar a volta, mas precisaria descer todos os degraus que acabei de subir e pegar outra escada, o que parece meio ridículo, levando em consideração que já estou aqui em cima. E não é como se houvesse uma *pessoa* sentada ali. É só uma porcaria de mochila. Então, enquanto Kenzie tagarela com as amigas, tento passar por sua mochila de couro.

— Olha por onde anda!

A voz de Kenzie me interrompe no meio do caminho. Ela está me encarando com seus grandes olhos azuis emoldurados por longos cílios escuros. Conheci Kenzie no fundamental, quando ela foi da minha turma de história, e, ao vê-la pela primeira vez, foi impossível não pensar que ela era o ser humano mais perfeito com quem eu já tinha me deparado na vida real. Tipo, eu já tinha visto meninas bonitas, mas Kenzie está em outro nível. Ela é alta, graciosa, com cabelo loiro-dourado comprido e sedoso. Cada um dos traços dela é mais bonito do que todos os meus juntos. Kenzie é a prova viva de que a vida é injusta.

— Desculpa — murmuro. — Eu só estava tentando passar.

Os cílios compridos de Kenzie piscam.

— Será que você pode não pisar na minha mochila?

As amigas de Kenzie observam nossa interação e soltam risadinhas. Kenzie poderia afastar a mochila ou tirá-la dos degraus para eu passar. Mas, por algum motivo, o fato de ela não estar disposta a fazer isso é *hilário* para todas elas. Por um segundo, meus olhos encontram Hudson, que rapidamente baixa a cabeça para encarar seus tênis sujos. Ele anda fazendo isso nos últimos seis meses. Fingindo não me ver. Fingindo que não era meu melhor amigo no universo inteiro desde o primário.

Por um instante, fantasio sobre um universo em que eu enfrentaria Kenzie Montgomery. Em que eu pisaria na sua mochila horrorosa com aquela bolinha felpuda cor-de-rosa e gritaria: *E aí, vai me encarar?*

Ninguém *nunca* enfrenta Kenzie. Eu poderia fazer isso. Não tinha mesmo nada a perder.

Mas acabo murmurando um pedido de desculpas e descendo a escada para entrar na escola por outro caminho. Assim como todo mundo, faço a vontade de Kenzie. Porque a verdade é que, por mais que as coisas estejam ruins agora, elas sempre podem piorar.

CAPÍTULO 3

EVE

Eu não tinha me dado conta do quanto minha cabeça estava latejando até tomar meu primeiro gole de café.

Tenho dez minutos antes de precisar ir para a sala de aula e aproveito o tempo na sala dos professores para conversar com minha melhor amiga, Shelby, e relaxar. Nate já foi para sua sala. Ele levou sua xícara de café e me deu o primeiro dos meus três beijos na bochecha.

— Então, como foi o verão? — pergunta Shelby, como se não tivéssemos trocado mensagens sem parar desde o começo de julho.

— Nada mal. — Passei boa parte do tempo dando aulas de recuperação. Quando me tornei professora, eu achava que seria ótimo tirar férias no verão, mas não é bem assim. — E o seu?

— Incrível. — Shelby suspira e cruza as pernas. Ela usa os mesmos saltos cinza baratos da Nine West que usou no último dia de aula. Já sei que ela passou boa parte do verão em Cape Cod com o marido gênio da tecnologia e o filho de 3 anos. Seu bronzeado perfeito deixa isso bem claro. — Estou tão triste por ter voltado. Connor se esgoelou de tanto chorar quando o deixei na creche hoje de manhã.

— Vai fazer bem para ele — digo, mas não entendo nada disso.

Shelby toma um gole demorado do seu café no copo de isopor, deixando uma marca de batom vermelho.

— Nate está *bonito*. Ele passou o verão todo malhando ou coisa assim?

— É bem provável. — No verão, Nate deu um curso de teatro para alunos da escola. Ele não é formado na área, mas fez algumas aulas na faculdade, além de ter talento natural para atuar. Em outra vida, Nate poderia ter sido o próximo Brad Pitt. Mas, nos dias em que não trabalhava, ele ficava levantando peso no porão. Acho que ele quer manter seu posto de professor mais gato do Colégio Caseham pelo segundo ano consecutivo. — Ele adora ser fitness.

— Quem dera o Justin fosse igual — brinca ela. — Ele só tem 36 anos, e já está com uma barriguinha!

Fico me perguntando quantas vezes por dia Justin beija Shelby. Se eles transam mais de uma vez por mês. Será que ela deita ao lado dele à noite e deseja ter se casado com qualquer outra pessoa, ou até com ninguém? Eu queria poder perguntar. Só fui casada com Nate — talvez esses sentimentos sejam uma parte comum de todo casamento. Talvez eles sejam normais.

— Você falou com Art? — pergunto em vez disso.

O sorriso desaparece do rosto de Shelby.

— Não. Ele pediu demissão, é claro. E fiquei sabendo que não conseguiu ser contratado como professor em nenhuma outra escola.

Até a primavera, Arthur Tuttle lecionava matemática e era um dos professores mais amados do Colégio Caseham. Quando comecei a trabalhar aqui, recém-saída do mestrado, ele me acolheu como sua protegida. Mas Art era assim mesmo. Sem dúvida, ele foi a pessoa mais legal que já conheci, sempre pronto para oferecer uma palavra carinhosa ou um dos famosos brownies de sua esposa. E todo ano na festa de Natal do corpo docente, Art se fantasiava de Papai Noel, até porque, mesmo sem a roupa vermelha, era um sósia dele.

E, agora, está arruinado.

— Fico pensando em como será que ele e Marsha estão — murmuro.

— E as crianças — acrescenta ela. — Os dois estão na faculdade agora, né?

Eu me retraio, pensando nos meninos de Art. Parte de mim quer tentar ajudá-lo com dinheiro, mas ele jamais aceitaria, e também não nos resta muita coisa depois de pagar as parcelas altas da hipoteca. Além disso, Nate quer economizar para o bebê que nunca teremos.

— É tão injusto — murmuro. — Ele não fez nada de errado, e ela...

As sobrancelhas finas de Shelby se erguem de imediato.

— É impossível termos certeza disso.

Tento disfarçar minha irritação tomando outro gole de café. Brigar com Shelby não vai ajudar, ainda mais a essa hora da manhã. De qualquer forma, foi por isso que Art precisou pedir demissão. Não importa se aconteceu mesmo ou não. Só importa que os pais começaram a ligar para a diretora para dizer que não queriam *aquele homem* perto de seus filhos. Art — a melhor pessoa do mundo, que não tinha um pingo de maldade dentro de si — não era mais digno de confiança.

— Ela está em uma das minhas turmas, sabia? — conto para Shelby.

— Ah, é?

— No sexto tempo.

Só a conheço por uma foto na lista de alunos, que foi tirada há cerca de um ano para o anuário. Nunca a vi ao vivo, mas a fotografia mostrava uma garota extremamente comum. Genérica. Parecida comigo na mesma idade.

— Tome cuidado. — Um sorrisinho surge nos lábios de Shelby, mas seus olhos também me fitam com um ar de alerta. — Essa garota parece ser bem problemática.

Ela não precisa me avisar. No instante em que vi o nome Adeline Severson na chamada, meu estômago embrulhou. Nos meus quase dez anos como professora, nunca pedi que tirassem um aluno das minhas turmas, mas quase fiz isso desta vez.

Tenho um pressentimento horrível com relação a essa garota.

CAPÍTULO 4

ADDIE

Tudo vai bem na escola até a hora do almoço.

Quer dizer, não está sendo incrível nem nada. Não é o dia mais maravilhoso da minha vida. Mas está tudo bem. Muita gente conversa ao longo do dia, mas você não *precisa* falar com os outros. É só entrar na sala de aula, sentar na cadeira e escutar o professor falando por quarenta minutos. Depois, levanta e vai para a próxima aula.

Então tudo bem se ninguém falar comigo.

Mas no almoço a coisa muda de figura. Porque todo mundo senta em grupinhos e conversa, e, se você não tiver companhia, acaba se tornando um idiota de quem todos querem distância. E essa sou eu todinha hoje.

Não que eu tivesse muitos amigos *antes*. Durante boa parte da minha carreira escolar, éramos só Hudson e eu. Nós dávamos um jeito de almoçar no mesmo horário para sentarmos juntos, porque ele também não queria ficar sozinho. É engraçado, porque, quando estávamos no primário, Hudson era mais isolado do que eu. Hudson era um excluído em estado terminal. Eu era só uma garota quieta que não gostava de conversar com gente desconhecida, mas a maioria dos alunos fazia questão de atormentar Hudson. Eles tornavam a vida dele um inferno.

Hoje, enquanto passo pelas fileiras de bancos grudentos agarrada à minha bandeja com um cachorro-quente, batatas fritas onduladas, alguns sachês de ketchup e uma caixinha de achocolatado, literalmente não sei onde vou sentar. Faço contato visual com algumas pessoas com quem eu andava, mas elas rapidamente desviam o olhar.

Hudson está aqui, é claro. Mas ele está enfurnado na mesa de Kenzie, seu cabelo claro despenteado enquanto ele inclina a cabeça para ela, distraído com a conversa. Hudson é mesmo o mais novo casinho de Kenzie. Ele se tornou oficialmente popular, e não me levou junto. Dá para entender.

Mas eu queria que ele pelo menos voltasse a falar comigo.

— Addie! Addie, aqui!

Viro a cabeça para ver quem me chama. É Ella Curtis, que só conheço porque é a garota mais magra do segundo ano, com uma margem de pelo menos cinco quilos. Eu e Ella mal trocamos meia dúzia de palavras nos últimos dois anos, mas agora ela está sentada a uma das mesas, acenando para mim. Ela não é bem o tipo de pessoa com quem eu almoçaria, mas estou delirante de felicidade com seu convite. Sento à sua frente, deixando a bandeja cair sobre a mesa e abro o primeiro sorriso verdadeiro do dia.

— Oi — digo. — Valeu.

— De nada. — Ella pega uma batata frita com seus dedos esqueléticos e lambe o ketchup no salgadinho, sem comê-lo. — Fiquei me sentindo mal por você, parada ali em pé só porque ninguém quer a sua companhia.

Não sei o que responder. Ela tem razão, só que seria esquisito reconhecer isso. Mas estou feliz por alguém ainda falar comigo. Talvez minha mãe esteja certa. Talvez todo mundo acabe esquecendo e vai ser como se nada tivesse acontecido.

Ella joga o cabelo castanho comprido, ralo, por cima do ombro e olha na direção da mesa de Kenzie. Viro a cabeça bem a tempo de ver Kenzie apoiando a cabeça loira no ombro de Hudson.

— Ei, você acha que eles estão namorando? — pergunta ela.

— Sei lá — resmungo.

Dou uma mordida no cachorro-quente, cuja salsicha parece industrializada demais, até para uma salsicha. É basicamente uma borracha.

— Hudson é tão gato. — Ela terminou de lamber a primeira batata frita e a devolve para a bandeja. Então pega outra e começa a lambê-la. — Os dois formam um casal bonito.

Respondo com um grunhido, odeio admitir que concordo. Os dois combinam. O cabelo dourado de Kenzie até complementa a cor do cabelo de Hudson, que também é loiro, quase branco.

— Vocês dois não eram, tipo, namorados no ano passado? — insiste ela.

Balanço a cabeça.

— Não.

Nunca tivemos nada assim. Eu e Hudson fizemos amizade no primário porque nós dois sentíamos vergonha dos nossos pais. Mas a situação dele era pior — ou assim parecia. Meu pai já não está mais aqui, mas, naquela época, ele ficava tão bêbado que vivia caindo desmaiado em uma poça do próprio vômito no meio da sala de casa. Pelo menos ninguém da escola via. O pai de Hudson, por outro lado, era zelador da nossa escola primária. Ele berrava palavrões em polonês toda hora para todos enquanto empurrava um esfregão e um balde pelos corredores.

Nós dois nos aproximamos, e mesmo quando mudamos para outra escola, no fundamental, e o pai de Hudson deixou de ser um espetáculo constante, continuamos melhores amigos. Mesmo quando entramos para o ensino médio e Hudson passou a ser o tipo de cara que chamava atenção das garotas e também ganhava fama no campo de futebol americano, ele permaneceu leal a mim. Até o dia...

Enfim, não quero pensar nisso.

Ella agora está lambendo a terceira batata frita. Estou fascinada. É como se ela almoçasse ketchup e as batatas fossem apenas um veículo para a refeição real. Para ser justa, eu fazia isso quando minha mãe me obrigava a comer aipo e manteiga de amendoim. Que criança quer comer aipo? Mas batata frita é batata frita!

— Eu detesto o primeiro dia de aula — diz Ella. — Na verdade, a escola no geral. É tão chato ter que vir aqui todo dia e ser obrigada a aprender coisas idiotas que nunca mais vão ser importantes.

— Pois é.

A parte de aprender coisas na escola não é o que me incomoda. Não era por isso que eu preferia ter ficado em casa hoje.

— Tipo trigonometria. — Ela franze o nariz sardento. — Tipo, cara, quando *é* que isso vai ser útil na vida? Sério, é um desperdício *tão* grande de tempo. Quem é sua professora de trigonometria?

— A Sra. Bennett.

Ela geme.

— Ela é uma vaca. Ela dá, tipo, uma tonelada de lição de casa e as provas dela são dificílimas. Pelo menos foi o que ouvi falar.

Que ótimo. E matemática sempre foi minha pior matéria. Este ano já começou muito bem.

— E o *Sr.* Bennett é meu professor de inglês.

Isso arranca uma risadinha dela.

— Tá, talvez isso compense. Cara, o Sr. Bennett é *gostoso*. Existe uma diferença de beleza absurda entre aqueles dois. Tipo, como foi que ele acabou casando com *ela*?

Não sei o que responder. Só me lembro vagamente da aparência dos dois.

— Mas talvez ele não seja o seu tipo. — Ella pisca para mim. — Talvez você prefira alguém mais parecido com o Sr. Tuttle.

Meu estômago se revira. Essa é a última coisa de que quero falar.

— Na verdade, não.

— Sério. — Ella larga a batata frita que estava lambendo e se inclina sobre a mesa com os olhos arregalados. — Como foi ficar com o Sr. Tuttle? Parece nojento.

Encaro a mesa, evitando seu olhar curioso.

— Não aconteceu nada com o Sr. Tuttle — murmuro. — Nunca falei isso.

— Aham. — A voz dela está carregada de sarcasmo. — Então, por que ele foi demitido?

— Sei lá.

Um bolo se forma na minha garganta. Não quero falar sobre isso. Então me concentro na caixinha de achocolatado. Há uma piada escrita no verso. *O que uma nuvem muito insistente faz?*

— Ah, fala sério. — Ela dá outra piscada para mim. — Pode admitir. Todo mundo já sabe mesmo.

Levanto a caixinha de achocolatado para ler a resposta da pergunta. *Chove no molhado.*

— Ele é tão *velho* — continua ela, sua voz aguda atravessando a barulheira ao nosso redor. — Deve ter, tipo, uns 50 anos ou mais. Ele parece o Papai Noel! Não acredito que você deu para ele. Sério, como foi?

É aí que minha ficha cai. Ella não tem interesse algum em ser minha amiga. Ela só quer saber da fofoca sobre mim para poder contar para todo mundo como foi nojento eu ter ficado com o Sr. Tuttle e dizer que ela sabe de tudo. Eu sabia que havia um motivo para nunca ter tido vontade de fazer amizade com Ella.

— Com licença — digo.

Eu me levanto da mesa e pego minha bandeja. Mal comi, mas não estou com tanta fome. E não vou continuar sentada aqui enquanto Ella tenta me interrogar sobre algo *que nunca aconteceu.*

Jogo o conteúdo da bandeja no lixo, deixando Ella na mesa. Ela nem tenta me convencer a ficar. Escuto seus risinhos enquanto me afasto.

No caminho até a saída do refeitório, passo pela mesa de Kenzie. Ela está distraída, falando com as amigas, mas noto que Hudson prestou atenção na conversa toda. Seus olhos azul-claros encontram os meus por um milésimo de segundo, e então ele afasta o olhar como sempre faz agora. Ele oficialmente decidiu que nunca mais vamos nos falar. Se não fosse por aquilo, talvez toda a situação com o Sr. Tuttle nunca tivesse acontecido. Talvez eu não me tornasse a pária da escola.

De qualquer forma, saio às pressas do refeitório e sento sozinha a uma mesa na biblioteca, esperando em silêncio pelo início do sexto tempo.

CAPÍTULO 5

EVE

Meu marido está com outra mulher.

Nós dois estamos no refeitório dos funcionários, mas em mesas diferentes, como sempre. Quando comecei a trabalhar aqui, almoçávamos juntos todos os dias, mas Nate brincou que acabaríamos enjoando um do outro se vivêssemos grudados, e eu entendi a indireta. Então, hoje estou sentada com Shelby, mal prestando atenção na tagarelice dela sobre seu verão incrível em Cape Cod. Enquanto isso, Nate está a duas mesas de distância, sentado com Ed Rice, o professor de educação física, e a nova professora que deve ter começado hoje.

A novata tem cara de quem acabou de sair da faculdade. Seu rosto tem aquele ar jovial que perdi depois de oito anos lecionando matemática para alunos do ensino médio. Ela é bonita de um jeito jovem e animado. Se colocasse uma calça jeans e uma camiseta, seria fácil confundi-la com uma das alunas, mas, em vez disso, ela usa uma camisa de botão cor-de-rosa e saia marrom com mocassins de salto marrons que vi semana passada na Target, sendo vendidos por 25 dólares.

Cutuco Shelby com o cotovelo, interrompendo seu discurso elogioso sobre um restaurante que serviu o melhor camarão recheado que ela já comeu na vida.

— Quem é aquela?

Shelby olha para o outro lado do refeitório, para a moça que faz amizade com meu marido.

— Acho que ela se chama Hailey. É a nova professora de... francês?

Professora de francês. É quase clichê demais.

Shelby estreita os olhos na minha direção.

— Você não está preocupada, né? Fala sério. Nate é dos bons.

Quero acreditar nisso. Quero acreditar que as muitas horas extras até tarde da noite do ano passado foram porque ele estava na escola corrigindo provas ou supervisionando atividades extracurriculares. Quero acreditar que só fazemos sexo uma vez por mês porque a libido dele é baixa.

— Sim — digo, por fim. — Você deve ter razão.

E agora, Hailey, a professora bonita de francês, está tocando o braço dele. Eu quero arrancar os olhos dela. O único ponto positivo é que Ed Rice, um solteirão convicto, parece estar ativamente dando em cima de Hailey. Mas está claro quem Hailey escolheria entre os dois. Ed é vinte anos mais velho do que ela e está ficando careca.

Por sorte, o sinal para a próxima aula toca antes que eu possa fazer algo de que me arrependa.

Geralmente, eu e Nate saímos correndo do refeitório e seguimos caminhos diferentes depois que termina o horário de almoço. Mas, desta vez, ando a passos determinados na direção dele, com meus saltos fazendo barulho alto a cada passo. Seguro seu braço, no mesmo ponto em que Hailey o tocou segundos antes.

— Oi — digo. — Como está indo seu primeiro dia?

Nate pisca para mim, surpreso por eu estar falando com ele na escola. Mas logo abre um sorriso.

— Esplêndido. E o seu, minha querida?

— Por enquanto, tudo bem.

— Fantástico.

Nate ergue uma sobrancelha, nitidamente se perguntando por que estou puxando papo. Não sei se Hailey está prestando atenção em nós, mas, caso esteja, estico o braço e o agarro pela gravata marrom, puxando-o para perto de mim. Se eu fosse um gato, teria feito xixi nele, mas, como sou humana, beijo sua boca de um jeito bem mais ardente que nossos habituais três beijos por dia.

Ele parece surpreso e, como sempre, é o primeiro a se afastar. E, ao fazer isso, passa o dedo indicador sobre o lábio inferior.

— Então tá — diz ele. — Isso que é despedida.

Ele está sorrindo, mas estamos casados há tempo suficiente para eu saber que esse não é seu sorriso verdadeiro. Só que Hailey não sabe disso.

Minha sala fica no terceiro andar, e chego lá com dois minutos de sobra antes que o próximo sinal toque. Os novos alunos já estão entrando, sentando onde querem. Terei que reorganizá-los. Experiências anteriores já me ensinaram que, se eu não separar adolescentes de seus amigos, nunca vou conseguir manter a atenção deles.

Mas, antes de eu conseguir entrar na sala, uma garota para na minha frente. Eu a reconheço como Jasmine Owens, que foi minha aluna no ano passado. Eu lhe dei média dez nos dois semestres. Para o primeiro dia de aula, ela está usando uma blusa bonita com calça jeans, e trocou seus tênis habituais por sandálias fechadas com flores na frente.

— Sra. Bennett — diz ela. — Desculpa incomodar, mas eu queria falar com a senhora antes da aula.

— O que houve, Jasmine?

Ela abre um sorriso nervoso.

— Estou tentando adiantar minhas inscrições para as universidades e queria pedir para a senhora escrever uma carta de recomendação para mim. — Antes que eu consiga responder, ela acrescenta: — A senhora é minha professora favorita, tipo, *da vida*. Quero cursar licenciatura e ser professora de matemática, igual a você.

Minhas bochechas ruborizam de alegria, e parte da raiva que sentia no refeitório desaparece. Jasmine era uma aluna incrível, então não fico surpresa em saber que ela já está preparando as inscrições para as universidades. E é bom ouvir que fiz a diferença na vida de alguém. Há dias em que parece que estou apenas ensinando uma matéria que os alunos odeiam e que — verdade seja dita — provavelmente nunca mais usarão. É difícil argumentar que senos e cossenos terão alguma utilidade no dia a dia.

— Claro — digo a ela. — Você pode me mandar um e-mail para combinarmos? E me avise se precisar de ajuda com qualquer outra coisa.

Agora é a vez de as bochechas de Jasmine ficarem vermelhas.

— Obrigada, Sra. Bennett. Eu agradeço mesmo.

Essa interação me dá a dose de ânimo de que eu tanto precisava, que permanece em mim mesmo quando os alunos reclamam por terem de mudar de lugar. Nate os deixa se sentarem onde bem entenderem, mas, para ser justa, todos ficam hipnotizados pelo charme magnético dele em suas aulas. Não tenho esse dom específico, mas acredito ser uma boa professora.

Quando chego ao fim do alfabeto, já praticamente me esqueci do nome na chamada que me causou apreensão desde que recebi a lista, semanas atrás.

— Adeline Severson — chamo.

Uma garota de altura mediana vem até a frente da sala para sentar no próximo lugar vago na fileira. Adeline Severson sem dúvida é a garota menos marcante que eu já vi. Ela desapareceria na multidão num piscar de olhos. Seu cabelo é da cor de um saco de pão, e seus traços faciais são simétricos, porém nada interessantes. Ela poderia ser bonita se fizesse um esforço, mas não está tentando — nem um pouco. Observo enquanto ela senta na cadeira e dobra as mãos respeitosamente à sua frente. Se não fosse pelo nome, eu jamais pensaria que essa garota seria capaz de me arrumar problemas.

— Addie — diz ela para mim.

Levanto as sobrancelhas.

Ela morde a unha do dedão.

— É assim que prefiro ser chamada. Addie.

Anoto a informação, apesar de saber muito bem que as pessoas a chamam de Addie. Foi assim que Art a chamou quando me contou sobre ela. *Eu só estava sendo legal com Addie. Faz só alguns meses que a pobrezinha perdeu o pai, Eve. Eu nem imaginava...*

Eu não a queria na minha sala. Art é a melhor pessoa que já tive a honra de conhecer. Um professor dedicado que realmente se importava com cada um dos seus alunos. Se ele não fosse assim, jamais teria se metido naquela confusão. E, agora, por causa dessa garota, sua vida foi destruída.

Mas, se eu tivesse parado para pensar bem, saberia que o fato de Addie Severson estar na minha sala não faz diferença alguma. O motivo real de preocupação?

Addie também é aluna do meu marido.

CAPÍTULO 6

ADDIE

O primeiro dia de aula não costuma ser tão ruim. Quer dizer, em termos de trabalho. No geral, os professores só explicam como será o ano letivo. Se darão dever de casa para os fins de semana ou não. Se vão nos passar um monte de pequenos testes ao longo do semestre ou só uma prova enorme no fim de tudo.

E então, no fim do dia, você mal tem dever de casa. Talvez só algumas tarefas, como *Escreva um texto de quinhentas palavras para falar sobre você*. O tipo de trabalho que posso fazer no sofá da sala enquanto assisto à televisão e encho a barriga de biscoito de queijo.

Minha última aula é de inglês. Também é minha matéria preferida. Não ria, mas meu emprego dos sonhos é ser poeta, apesar de saber que esse não é um emprego que a maioria das pessoas possa ter neste século e que provavelmente vou acabar sendo enfermeira como minha mãe. Meu professor este ano é o Sr. Bennett, que todo mundo adora. No geral, muitas garotas gostam dele por achá-lo superbonito, mas não costumo me importar com esse tipo de coisa, apesar das insinuações de Ella.

Ao contrário da Sra. Bennett, que nos obrigou a sentar em lugares determinados pela ordem dos nossos sobrenomes, podemos ficar onde quisermos na sala do Sr. Bennett. A maioria do pessoal senta com os amigos, mas, como pelo visto eu não tenho nenhum, me acomodo perto da janela na segunda fileira. Gosto de sentar perto da janela na aula de inglês. Fico inspirada.

Um segundo após o sinal tocar, algo balança minha cadeira. Levo um instante para perceber que alguém acabou de chutar um dos pés dela. Olho para cima e encontro Kenzie e uma das suas capangas, Bella, paradas em pé, perto de mim.

— Esse lugar é meu — me informa Kenzie.

Eu pisco.

— Ah. Mas... hoje é o primeiro dia, e não tinha ninguém sentado aqui, então...

Os vívidos olhos azuis de Kenzie emoldurados pelo rímel escuro me fuzilam.

— Eu *sempre* sento aqui.

Oi? Hoje é o primeiro dia de aula, e literalmente *acabamos de entrar na sala*. Como ela poderia sempre sentar aqui?

— Ah — repito. — Mas...

— Você não ouviu? — pergunta Bella com rispidez. — Kenzie disse que esse é o lugar dela. Levanta.

Olho ao redor da sala. A maioria dos lugares está ocupada, mas a mesa ao meu lado continua vazia, já que ninguém quer sentar perto de mim. Pelo visto, é ali que Bella vai sentar se Kenzie pegar meu lugar.

Levando em consideração tudo que está acontecendo comigo, ter Kenzie Montgomery como inimiga é a última coisa que quero. Então, pego minha mochila e vou para um dos últimos lugares vagos. É bem na primeira fileira, praticamente no colo do Sr. Bennett. Que ótimo.

O Sr. Bennett está sentado à sua mesa, olhando para a chamada. Há um livro sobre a mesa, e leio o título na lombada — é um livro de poesia de Edgar Allan Poe, meu poeta favorito no mundo. Basicamente essa é a primeira coisa no dia inteiro que me anima.

Após o sinal tocar para a aula começar, o Sr. Bennett ergue o olhar da chamada. Seu rosto se abre em um sorriso, e, conforme os cantos de sua boca se curvam para cima, sinto um choquezinho. Eu já tinha visto o Sr. Bennett várias vezes pelos corredores, mas, até este segundo, observando-o sorrir a meio metro de distância de mim, nunca tinha percebido o quanto ele é absurdamente lindo.

Não consigo explicar o motivo exato, mas há algo em seus traços fortes e no brilho do seu olhar.

Existem coisas piores na vida do que sentar na primeira fileira na aula de inglês.

É claro que ele é muito velho. Ele tem 30 e muitos, talvez quase 40 anos. E é casado, obviamente, com a mulher que nos passou dever de casa *no primeiro dia de aula*. (Tão errado...) Mas não dá para dizer que ele não é gato. Essa aula *não* vai ser uma tortura.

O Sr. Tuttle não era bonito. Ninguém jamais o chamaria de gato. Ele era ainda mais velho do que o Sr. Bennett, com uma barriga que caía por cima do cinto. Mas a questão nunca foi essa com ele.

— Olá. — O Sr. Bennett se levanta da cadeira e vai até a frente da mesa, onde senta. — Bem-vindos à aula de inglês do terceiro ano. Se você não deveria estar na aula de inglês do terceiro ano, sugiro que saia correndo antes que alguém perceba.

Ninguém vai embora. Suspeito que, mesmo que um aluno estivesse no lugar errado, acabaria ficando por aqui.

— Excelente. — Ele tamborila os dedos sobre a coxa direita. — Então, vamos trabalhar. Esse ano, vamos nos dedicar à poesia. Vocês vão ler tantos poemas para essa matéria que até seus sonhos vão rimar.

O Sr. Bennett esfrega uma mão sobre o joelho direito, e é impossível não notar que o tecido de sua calça está um pouco gasto ali. Fico me perguntando quanto ele ganha como professor. Nenhuma das suas roupas é nova ou parece ser cara.

Por outro lado, a Sra. Bennett estava usando um par de sapatos que pareciam custar uma fortuna. Não que eu entenda muito de sapatos, mas minha mãe tem um par parecido e ela não me deixa usá-los, diz que são muito caros e vou estragá-los. Ela deve ter razão.

— Agora — diz ele —, quero que cada um de vocês me diga qual é seu poema favorito. Mas só se você tiver mesmo um. Não quero que inventem alguma coisa só para me impressionar, porque *eu vou perceber.*

Algumas mãos se levantam, porque, sinceramente, é bem óbvio que todo mundo está louco para impressionar o Sr. Bennett. Ainda mais as *garotas*. E, quando ele sorri para elas, todas dão risadinhas.

Depois de mais de uma dezena de alunos falarem quais são seus poemas favoritos, citando nomes conhecidos como Angelou, Dickinson ou Silverstein, o Sr. Bennett volta sua atenção para mim, mesmo que eu sequer tenha levantado a mão. Não levantei a mão nem uma vez hoje — neste ano, quero ser invisível.

— Adeline? — chama ele.

Odeio quando as pessoas me chamam pelo nome inteiro, porque fico com a impressão de que vou levar uma bronca.

— Addie — corrijo.

— Addie. — Ele concorda com a cabeça. — E você? Qual é o seu poema favorito?

— "Annabel Lee" — digo sem hesitar.

Sei que ele está no livro de poemas sobre sua mesa, mas não foi por isso que falei que é meu preferido. Sempre adorei esse poema. Ele consegue ser lindo, soturno e romântico ao mesmo tempo. Consigo recitar cada palavra de cor.

— Ah, outra fã do grande Poe! — Ele parece satisfeito de verdade. — O meu favorito é "O corvo", mas "Annabel Lee" tem alguns dos versos mais sombrios dele. — Ele sorri para mim, e as linhas ao redor de seus olhos se enrugam. — "E assim deito-me toda noite ao lado de minha querida — minha querida —, minha vida e minha amada, em sua sepultura junto ao mar, em sua tumba junto ao sonoro mar."

Um calafrio me percorre, como acontece no poema.

Ele foca seus olhos castanhos bem no meu rosto, como se eu fosse a única pessoa na sala.

— Você sabe do que ele está falando, Addie?

— É sobre uma garota que ele amou na juventude — respondo. — Uma namorada de infância que morreu. Já li que ninguém sabe exatamente quem o inspirou a escrever o poema.

— Falaremos mais sobre ele neste ano — explica o Sr. Bennett. — E também sobre o amor de Poe pela letra L. Annabel *Lee*. *Lenore*. Eu*lalie*. — Ele pisca para mim. — Ad*eline*.

Neste momento, não me importo se todo mundo na escola me odeia, ou se ninguém quer sentar comigo no refeitório. Nem mesmo se recebi uma quantidade ridícula de dever de casa de matemática no primeiro dia de aula. Porque meu professor de inglês adora Poe tanto quanto eu.

E ele piscou para mim.

CAPÍTULO 7

EVE

Como sempre, Nate ficou até mais tarde na escola. Ele é um dos supervisores do jornal da escola, além da revista de poesia que publicam duas vezes por ano, então sempre tem alguma coisa para fazer. Tecnicamente, eu supervisiono a equipe de xadrez, mas fui informada de que não preciso participar das reuniões, então não costumo fazer isso. A última coisa que quero fazer quando as aulas terminam e minha cabeça está latejando é ficar assistindo a um monte de adolescentes empurrando cavalos e torres por um tabuleiro.

Como fui com Nate para a escola, peço a Shelby uma carona de volta para casa. São só três e meia quando ela me deixa na minha porta. Geralmente, este seria o momento em que eu mergulharia na pilha de deveres de casa, mas, como é o primeiro dia, fico sem saber o que fazer. Está cedo demais para minha habitual taça transbordando de vinho.

Entro no meu Kia, sem saber direito para onde vou mesmo enquanto sigo pela Washington Street. Toda cidade em Massachusetts tem uma Washington Street e uma Liberty Street, às vezes até uma Massachusetts Street. A pessoa que batizou as ruas do estado não era das mais criativas.

Continuo dirigindo até chegar ao shopping na zona oeste de Caseham, cujo estacionamento está lotado. Há um monte de adolescentes ali, aproveitando sua última tarde de liberdade antes de os deveres de casa se acumularem. A visão daqueles muitos jovens entrando pelas portas me faz hesitar. Sempre que encontro alunos fora da escola, eles parecem morrer de vergonha ao me ver. Eu não deveria me importar, mas absorvo uma parte da humilhação deles.

Fico sentada dentro do carro, minhas mãos apertando o volante. Eu me pergunto o que Nate deve estar fazendo agora — ele não se estressaria com a possibilidade de encontrar alunos no shopping. Talvez esteja conversando com o novo editor-chefe do jornal da escola, um garoto inteligente chamado Bryce Evans. Bryce foi meu aluno no ano passado e só tirava dez. Nunca deixou de entregar um dever de casa. Aquele garoto é o típico aluno que entra nas melhores universidades.

Conto até dez, depois de dez até zero. Após três repetições, meus ombros relaxam.

Saio do carro agarrada à minha bolsa azul-clara, que é tão grande que Nate sempre brinca que ela vai me deixar corcunda. Mas a bolsa está quase vazia hoje, então acho que minha coluna não corre riscos.

Assim que entro pelas portas automáticas, o cheiro de açúcar e canela do estande de pretzels me dá um tapa na cara. Eu adoraria uma porção grande de pretzels, e, se estivesse no ensino médio, compraria uma. Só que o meu metabolismo não é mais o mesmo, então prendo a respiração enquanto passo pelo estande e também pelos chocolates Godiva. Sim, eu adoraria um morango coberto com chocolate, mas hoje não é o dia.

Continuo andando até chegar à loja chamada Footsies.

Por um instante, apenas fico parada do lado de fora. Scarpins e botas da Christian Louboutin enfeitam a vitrine, com um par feito de couro envernizado, apesar de os saltos serem dourados. Olho para meus sapatos da Jimmy Choo, que comprei há duas semanas, contrariando o que falei para Nate. Ele vai descobrir quando a fatura do cartão chegar.

Adoro saltos. Tenho menos de um metro e sessenta, e odeio ser mais baixa que meus alunos. Um par de saltos de oito centímetros me dá uma levantada que melhora minha confiança. Prefiro não ter que inclinar demais a cabeça ao olhar para meu marido, que tem quase um metro e oitenta.

E, no geral, com exceção dos sapatos, me comportei bem. Tenho sapatos no carrinho de praticamente todos os sites, mas a questão é que não comprei nenhum deles. Coloco os sapatos no carrinho e nunca completo a compra. Então por que não me recompensar de vez em quando?

A Footsies é uma loja de luxo, mas relativamente grande, e só tem uma garota atendendo, sentada diante da caixa registradora no fundo, rolando a tela do celular. Apesar da quantidade de adolescentes perambulando pelo shopping, há poucos clientes aqui. Essa loja não vende os coturnos e os tênis que a maioria dos jovens compra. Eles têm sapatos para "gente velha", como eu.

A garota no balcão não faz qualquer tentativa de me ajudar, então analiso sozinha minhas opções. Os scarpins da Christian Louboutin estão em destaque na vitrine, e, quando dou uma espiada dentro dos sapatos, vejo que são do meu tamanho — 36.

Eu os tiro da vitrine e encontro uma cadeira em um canto para prová-los. Tiro os sapatos que usei o dia todo e deslizo meus pés cobertos pela meia-calça para dentro dos scarpins novinhos. Quando eles se encaixam feito uma luva, me sinto a própria Cinderela. Eles não incomodam meus calcanhares nem apertam meus dedos. Eu poderia passar o dia inteiro usando esses sapatos.

Na verdade, seria um ótimo investimento.

E por que não? Passei o verão inteiro trabalhando. Eu mereço uma recompensa. Não sei por quê, mas comprar sapatos sempre me dá uma injeção de adrenalina. Nem sei qual parte é a minha favorita. Adoro a empolgação que sinto ao levá-los até o caixa e depois enquanto observo a vendedora registrando a compra, a ansiedade por saber que eles logo serão meus. Ou quando os guardo no closet, perfeitamente alinhados com todos os meus outros sapatos. E, é claro, a primeira vez que os uso fora de casa. Posso ter uma aparência sem graça, especialmente em comparação com a do meu marido, mas sapatos como este fazem com que eu me sinta glamourosa. Como se eu fosse bonita o suficiente para ser casada com o lindo Nathaniel Bennett.

Mas então viro um dos scarpins para olhar o preço. Ai. Ai, caramba. Nate *não* vai gostar disso.

A onda de dopamina passa. Por mais que eu os queira, estes sapatos nunca serão meus. Mesmo que eu não tivesse de encarar meu marido quando a fatura do cartão chegasse, seria impossível arrumar uma justificativa para gastar tanto dinheiro em um par de sapatos. Olho para os meus pés e sou tomada por uma onda de tristeza. Eu quero esses sapatos.

Quero tanto.

Olho para a vendedora, ainda sentada diante do caixa. Há uma idosa fazendo uma compra, então ela está distraída. A mulher revira a bolsa, procurando a carteira. É bem provável que ela pague com cheque ou coisa parecida. Elas não vão sair dali tão cedo.

E minha bolsa gigante está bem vazia.

Antes que eu consiga me segurar, enfio o par de scarpins dentro da bolsa azul-clara. Eles cabem perfeitamente, como se tivessem sido feitos para aquilo. Quando fecho o zíper, nem dá para perceber que estão lá. E a maioria dos sapatos não tem nada que faça o alarme soar ao serem retirados da loja. Eles não têm etiquetas antifurto.

Começo a levantar, mas minhas pernas bambeiam e caio sentada. Vou mesmo fazer isso? Vou mesmo *roubar* estes sapatos? Nunca fiz algo assim.

Bom, há muito tempo que não faço.

Não vão me pegar. A vendedora mal olhou para mim durante todo o tempo que passei na loja, e, agora que a idosa terminou de pagar sua compra, ela voltou para o celular. Se eu sair daqui, ela nem vai perceber. Nem estou vendo câmeras.

Vou mesmo fazer isso?

Acho que sim.

Eu me levanto com mais sucesso desta vez, minhas pernas tremendo, mas me mantenho de pé. Com uma mão trêmula, prendo uma mecha do meu cabelo lambido, castanho-lama, atrás de uma orelha. A idosa segue arrastando os pés para a porta, agarrando com a mão direita enrugada a sacola de plástico que contém sua caixa de sapatos. Vou atrás dela, também seguindo na direção da saída. Quando olho para trás, a vendedora voltou a encarar o telefone. Ela não vai notar que estou saindo com os sapatos. Vou me safar, e Nate não vai poder reclamar da fatura do cartão de crédito.

E, no instante em que começo a me parabenizar, o alarme dispara com um estrondo pela loja.

CAPÍTULO 8

ADDIE

Vou para casa assim que termina a aula, porque foi isso que minha mãe me mandou fazer.

Pego o ônibus da escola, porque não vim de bicicleta e é meio longe de casa para voltar andando, ainda mais com minha mochila pesada. A maioria das pessoas lá dentro é mais nova, porque boa parte dos alunos do segundo e terceiro ano vai de carro para o colégio. Fiz 16 anos durante as férias de verão e dei entrada no processo para aprender a dirigir, mas minha mãe decidiu por conta própria que ainda não estou pronta para ter aulas de direção, por mais que eu implore. Mas pelo menos consegui convencê-la a me deixar dirigir nosso carro em um estacionamento de vez em quando. Melhor do que nada.

Hudson tem um carro agora. Ele fez 16 anos há quase dez meses, quando ainda nos falávamos. Estava ansioso para aprender a dirigir e passar na prova para tirar a carteira provisória. Como sempre, ele me incluía em seus planos. *Vou levar você para a escola todos os dias, Addie.*

O carro que Hudson comprou parece ter sido montado em um ferro-velho, e tenho certeza de que ele o pagou sozinho com o dinheiro dos trabalhos que fazia depois da aula e nas férias de verão. Mas sua nova namorada Kenzie não parecia se incomodar com isso.

Quando chego à porta da frente, minha mãe a escancara antes que eu consiga tirar a chave da mochila. É óbvio que ela ficou prestando atenção na rua, me esperando. Está usando uma calça legging cinza e seu cabelo grisalho se soltou um pouco do rabo de cavalo.

— Como foi a aula? — ela pergunta antes que eu consiga entrar em casa.

— Incrível — digo. — Foi o melhor dia que já tive na escola.

— Não me venha com respostinha.

Jogo a mochila no chão ao lado da porta, embora eu devesse levá-la para o quarto, já que tenho dever de casa. Tanto o Sr. quanto a Sra. Bennett nos deram tarefas hoje. Mas pelo menos estou empolgada para o trabalho de inglês. Ele pediu para escrevermos um poema sobre as férias de verão.

Minha mãe junta as mãos, ansiosa, e fica grudada em mim, apesar de saber que odeio quando ela faz isso.

— Você fez amizade com alguém?

Solto um gemido.

— Não.

— E o Hudson?

Apenas balanço a cabeça.

— Não entendo o que aconteceu entre vocês dois. — Ela puxa a calça legging, que parece apertada demais. — Ele é um menino tão legal. Vocês viviam juntos.

— Sei lá.

— Quer que eu ligue pra mãe dele?

Solto outro gemido. Com certeza *não* quero que ela ligue para a Sra. Jankowski, que pelo menos fala nossa língua um pouco melhor que o marido, apesar de ser tão estranha quanto ele. Além do mais, eu sei exatamente por que Hudson não fala comigo. E minha mãe nunca, jamais, pode descobrir o motivo.

— Não tem problema — digo. — Hudson anda sempre ocupado com o futebol americano mesmo.

Por sorte, ela para de insistir, o que é uma grande vitória. Alguns anos atrás, eu e minha mãe tínhamos uma relação fácil, enquanto meu pai era uma bomba-relógio — sempre irritado quando bebia e pronto para explodir com as menores bobagens. E agora que ele morreu, minha mãe se transformou nessa mulher preocupada e grudenta. Pelo menos acho que ela não está bebendo como ele.

Não, sei que não está. Ela jamais faria isso.

Minha mãe arqueia uma sobrancelha.

— O Sr. Tuttle estava lá?

— Não. — Baixo o olhar. — Ele foi... Quer dizer, ele foi demitido, ou pediu demissão, qualquer coisa do tipo. Ele não trabalha mais na escola.

— Ah.

Dá para perceber que minha mãe está aliviada. Como muita gente, ela nunca acreditou de verdade quando falei que nada aconteceu entre mim e o meu professor de matemática. Talvez por eu ter mudado algumas vezes a minha história, só o suficiente para deixar as pessoas na dúvida.

Minha mãe está com cara de que quer me perguntar sobre isso de novo, e, se fizer isso, juro por Deus que vou começar a gritar. Não quero mais tocar nesse assunto. Contei a verdade para ela. Contei a verdade para a diretora. E contei tudo para a polícia.

Bem, não tudo.

Quer dizer, não sou uma completa idiota.

CAPÍTULO 9

EVE

O alarme dispara. Ele ecoa pela loja toda, e é fácil acreditar que todo mundo no shopping está ouvindo.

Ai, meu Deus, pegar esses sapatos foi um erro. No que eu estava pensando? Já tenho sapatos suficientes. Acabei de comprar um par novo há duas semanas. Fui gananciosa. Mas eu queria tanto esses...

Qual é o meu *problema*? Estou *doente*. Nate tem razão — eu tenho um problema.

Um segurança vem correndo até a loja. Não sei como lidam com furtos, mas isto não é bom. Não sei o que vai acontecer no trabalho se eu for fichada por furtar uma loja. Eu posso ser *demitida*.

O que Nate vai dizer? Ele vai ficar tão decepcionado comigo. Não vou conseguir nem olhar para ele depois disso tudo.

Aperto a bolsa contra o peito, me sentindo zonza. A vendedora também vem apressada até a porta, e quase não percebo que ela passa direto por mim.

É então que me dou conta de algo. Ainda não passei pela porta. A única que saiu da loja foi a idosa que acabou de comprar sapatos.

— Desculpa! — grita a vendedora. — Eu me esqueci completamente de tirar a etiqueta antifurto dos seus sapatos! — Ela lança um olhar arrependido para o segurança. — Foi um erro meu. Ela comprou os sapatos.

A vendedora guia a idosa envergonhada de volta para o caixa para desativar as etiquetas, enquanto fico parada no canto da loja, me tremendo toda. Eu nem tinha me dado conta de que os sapatos tinham etiqueta. Se eu tivesse saído primeiro, o alarme dispararia e o guarda teria encontrado os scarpins na minha bolsa.

Escapei por muito pouco.

Enquanto a vendedora está ocupada, tiro os sapatos da bolsa e os devolvo ao lugar. Não acredito que quase fiz isso. Quase estraguei minha vida toda por um par de sapatos idiotas. Como eu tive coragem de fazer algo tão arriscado?

Preciso de toda a minha concentração para dirigir de volta para casa sem morrer em um acidente. Meu corpo inteiro parece se sacudir, e não de um jeito positivo. Isso só mostra que não mudei nada ao longo dos anos. Às vezes, tento me enganar pensando que sou uma adulta agora, mas como posso ser uma adulta se passo metade do tempo sentindo como se ainda tivesse 15 anos?

Quando chego em casa, fico aliviada ao encontrar o carro de Nate na frente da garagem. Hoje, não vou precisar ficar esperando lá dentro, me perguntando quando ele vai voltar. E, ao entrar, sinto o aroma de molho de tomate vindo da cozinha. Ele até começou o jantar.

Penduro a bolsa no cabideiro de casacos, como sempre faço, e vou até a cozinha. Nate está na frente do fogão, com as mangas da camisa social azul dobradas, mexendo uma panela no fogo. Imagino uma realidade alternativa em que preciso contar que fui presa por roubar uma loja. Graças a Deus não fiz aquilo.

Nate percebe minha presença na cozinha e ergue o olhar, sorrindo para mim. Ele fica tão bonito quando sorri. Mesmo depois de tanto tempo, ainda me impressiono. Quem não se impressionaria?

— Comecei o jantar — diz ele. — Espero que você não se importe.

— Claro que não — respondo. — Que bom que você fez isso. É muito atencioso da sua parte. — Sorrio de volta para ele, apesar de saber que o meu sorriso não causa o mesmo impacto. — Tenho o melhor marido do mundo.

Ele ri e volta a se focar no molho de tomate.

— Ainda bem que você acha isso.

Algo desperta dentro de mim. Talvez seja a adrenalina de quase ter sido pega roubando sapatos caros, mas, de repente, quero Nate. Eu o quero agora, apesar de não ser o primeiro sábado do mês.

Eu me aproximo das costas do meu marido, passo os braços ao redor do seu peito firme. Levo os lábios à sua nuca.

— Nate...

Ele ri de novo.

— Eve, o que você está fazendo? Estou tentando preparar nosso banquete.

— Passei o dia todo pensando em você. — Minhas mãos vão descendo, mesmo enquanto o corpo dele se torna tenso. — Talvez você possa parar um pouquinho de cozinhar...

Com delicadeza, ele se desvencilha do meu abraço. Tenho a sensação gritante de um déjà-vu.

— Querida, estou morrendo de fome. Vamos jantar primeiro, tudo bem?

— Tudo bem. — Não tento envolvê-lo em meus braços de novo, mas permaneço próxima, tocando seu ombro. — Depois do jantar, então?

— Depois de bater um prato de macarrão? Não é a coisa mais sexy do mundo.

É claro. Outra desculpa. Nem me surpreendo mais.

Ele se inclina para beijar a ponta do meu nariz.

— Mais tarde. Prometo.

— Promete?

Agora, a risada dele parece falsa.

— Nossa, do jeito que você fala, até parece que não quero fazer amor com a minha esposa! É só que hoje foi um dia cansativo. Quero jantar e espairecer com um livro, sabe?

E essa será a mesma desculpa que ele dará mais tarde, quando eu tomar a iniciativa na cama. *Foi um dia cansativo e estou exausto. Vamos deixar para amanhã, Eve?* Talvez até surja uma dor de cabeça. Chega um momento em que continuar pedindo se torna humilhante, e ele sabe disso. Ele conta com isso.

CAPÍTULO 10

ADDIE

Em todos os meus anos fazendo aula de educação física no ensino médio e no fundamental, devo ter suado umas cinco vezes, no máximo.

Só fico suada quando nos obrigam a correr. Mas, em qualquer outro esporte, consigo evitar fazer grandes esforços físicos. Essa é a minha maior habilidade. O que posso fazer? Não sou uma grande atleta.

Hoje, estamos jogando vôlei, que é um ótimo esporte para ficar parada em um canto, sem fazer nada. Tipo, tenho certeza de que eu suaria se tentasse fazer qualquer contato com a bola. Mas é bem fácil ficar na minha e fingir que estou tentando alcançar a bola quando não tenho qualquer intenção de fazer isso.

Infelizmente, nossa professora de educação física, a Sra. Cavanaugh, obriga a gente a tomar banho depois da aula, suando ou não. E essa é, de longe, a pior parte da aula para mim.

Se eu tivesse o corpo de Kenzie Montgomery, que por acaso é da minha turma, talvez tomar banho em público não me incomodasse. Só que, por azar, tenho o meu corpo, então meu objetivo durante o banho após a aula é entrar e sair do chuveiro o mais rápido possível. Se eu pudesse fazer isso sem me molhar, seria perfeito.

Mas, para o meu azar, assim que tiro a roupa diante do meu armário, risinhos explodem às minhas costas. Na mesma hora pego minha toalha e me enrolo, mas as risadas continuam. Viro a cabeça e encontro Kenzie e uma de suas amiguinhas me encarando.

Faz cerca de duas semanas que as aulas começaram. Pena que minha vida social não melhorou nada desde então. Todo mundo continua fazendo questão de me ignorar, exceto para rir de mim no vestiário, pelo visto.

Kenzie e sua amiga não param de me encarar e rir. Não sei o que é tão engraçado. Quer dizer, sim, minha toalha está sendo sustentada por seios praticamente inexistentes, mas acho que isso não tem graça a ponto de arrancar *gargalhadas* dos outros.

— Addie — diz Kenzie —, existe um negócio chamado *gilete*, sabia?

Bom, pelo menos agora eu sei do que ela está rindo. Olho para minhas pernas, expostas sob a toalha, e é verdade que estão bem peludas. Assim que setembro chegou, a temperatura baixou muito na parte oeste de Massachusetts e, como não tive mais a oportunidade de usar shorts (usei uma legging na aula de educação física), não me dei ao trabalho de raspá-las. Talvez passe o inverno inteiro sem fazer isso. Por que eu faria? Não é como se eu tivesse um namorado que fosse olhar para minhas pernas.

Mas, ao que parece, preciso me depilar para Kenzie.

Tento ignorá-la enquanto sigo na direção dos chuveiros. Como sempre, mal me molho antes de sair da água e voltar a enrolar a toalha ao redor do meu corpo e das minhas pernas peludas. A única coisa que me motiva hoje em dia são as aulas de inglês com o Sr. Bennett. E o fato de elas acontecerem no último horário me deixa ainda mais ansiosa.

Acho que o Sr. Bennett também gosta de mim. Nas aulas de trigonometria, a Sra. Bennett sempre parece decepcionada comigo (o que é compreensível, já que não entendo boa parte do que ela explica nas aulas), porém o Sr. Bennett concorda com a cabeça de forma entusiasmada sempre que respondo às perguntas dele. Nem o Sr. Tuttle me incentivava tanto.

E, de toda forma, é uma situação completamente diferente. Não vou mais pensar no Sr. Tuttle.

Quando chego à sala de inglês, o Sr. Bennett está sentado à sua mesa, como sempre. Ele usa uma camisa azul-clara com uma gravata azul-escura. Nem todos os meus professores usam gravata, mas gosto disso no Sr. Bennett. Combina com ele. Conforme os alunos começam a entrar, ele ergue o olhar e abre um sorriso. Ele é o tipo de professor que gosta de verdade do que faz. Às vezes, meus professores se comportam de um jeito que fica parecendo que prefeririam estar em qualquer outro lugar além daqui.

Não que eu não entenda essa sensação. Só que, por algum motivo, saber que ele quer estar aqui faz com que *eu* queira estar aqui.

Quando todo mundo se senta, o Sr. Bennett dá a volta na própria mesa e se senta em cima dela, como sempre faz. E apoia as mãos nos joelhos, como sempre faz. As juntas dos seus dedos são grandes. Já percebi isso.

— Corrigi seus poemas — anuncia ele. — Vou entregá-los no fim da aula, mas já vou adiantando que, no geral, foram bons. E quero lembrar que rimar nem sempre é o mais importante. Mas... — Seus olhos encontram Austin Vargas na terceira fileira. — Só para deixar claro, "vomitar" e "peidar" não são as palavras mais interessantes para rimar, combinado?

Risinhos abafados seguem essa declaração. O fato de Austin escrever um poema escatológico não me surpreende. Para ser sincera, eu esperaria esse tipo de coisa de muitos dos meus colegas de classe. Fico irritada por nem todo mundo levar a aula a sério. Não pretendo ser uma dessas pessoas.

No fim da aula, o Sr. Bennett caminha entre as fileiras e entrega nossos poemas com comentários no topo da página. Sinto um frio na barriga enquanto espero para ver o que ele achou do que escrevi. Foi um poema muito pessoal, e dediquei horas a ele, apesar de ter apenas uma página. Espero que ele tenha percebido meu esforço.

Só que, quando o Sr. Bennett chega à minha carteira, encontra meu poema em meio aos outros e o coloca na minha mesa virado para baixo, batendo no papel com o indicador.

Fico encarando o papel, confusa. Ele estava distribuindo todos os poemas virados para cima, e só o meu foi entregue desse jeito. Foi sem querer?

Devagar, viro o papel. De imediato, reconheço a letra dele no topo da página, em caneta vermelha. *Fale comigo depois da aula.*

Isso não é bom.

Por que ele quer falar comigo depois da aula? Será que ele acha que eu *copiei* o poema? Não copiei nada. Eu jamais faria isso. Tirei aquilo da minha *alma*.

Mas, por algum motivo, o Sr. Bennett achou meu poema problemático. Ele quer falar comigo "depois da aula". E não sei se quero escutar o que ele tem a dizer.

CAPÍTULO 11

EVE

Estou no supermercado, depois de sair da escola, apalpando abacates na seção de hortifrúti, quando o vejo.

Art Tuttle.

Ele está usando uma blusa de gola rolê, o que me parece estranhamente despojado. Nate sempre trabalha de camisa social e gravata e, apesar de nunca ter sido tão formal, Art usava camisas elegantes. A blusa de gola rolê é algo estranho. Além do mais, está marcando demais sua barriga de Papai Noel. E o que é ainda mais esquisito é ele estar usando sandálias abertas junto com, obviamente, meias brancas. Ele segura com força, na mão direita, uma sacola plástica cheia de laranjas, o que também é incomum, porque nunca o vi comer laranjas desde que o conheci. E nós almoçamos muitas, muitas vezes juntos, e até jantamos algumas vezes.

— Eve. — Ele sorri apenas com o canto dos lábios, mais uma coisa esquisita, porque Art tinha o maior sorriso que já vi. — Olá. Como você está?

— Bem. — Abro um sorriso que parece torto em meu rosto, como se eu tivesse me esquecido de como sorrir. — Como *você* está, Art?

Eu tinha prometido a mim mesma que, se encontrasse Art, não falaria desse jeito. Inclinando a cabeça, como se ele fosse alguém que estou visitando em um hospital psiquiátrico. Como se eu sentisse pena dele.

Só que eu *sinto* pena dele.

A confusão toda começou na metade do segundo semestre do ano passado. Começou com aquela *garota* — Addie Severson. Não sei a história toda, mas, de repente, o boato de que Art Tuttle tinha um caso com uma das alunas do segundo ano começou a se espalhar pela escola. Quando ouvi a fofoca pela primeira vez, senti como se tivesse levado um soco no estômago. Art era como um pai para mim, especialmente porque eu e meu pai mal nos falamos. Eu já tinha ouvido histórias de professores que se comportavam de forma inadequada com alunas, mas não esperava isso dele. Jamais.

Só que a situação toda era muito suspeita. Addie estava com dificuldade em matemática, o que não me surpreende pelo que vi dela até agora, e ele dedicou várias horas do seu tempo livre para ajudá-la com a matéria, sem cobrar nada. Convidou a garota para jantar na sua casa mais de uma vez. E deu carona para ela na saída da escola em várias ocasiões.

Além disso, havia o fato de que Addie era uma garota problemática. Filha de um alcoólatra abusivo que finalmente bebeu até morrer, no outono passado. Todo mundo achava que ela seria o alvo perfeito para um professor malicioso.

E então...

Bom, algo mais aconteceu.

Em tese, Addie nunca acusou Art de nada. Mas, no fim das contas, a reputação dele foi destroçada. Ele não podia mais trabalhar no Colégio Caseham. E vai ter sorte se conseguir trabalhar em *qualquer* lugar.

— Já estive melhor — responde Art. Ele tosse na palma da mão, e é uma tosse arranhada, como se houvesse algo entalado em sua garganta. — Sinto falta da escola.

— Também sentimos sua falta. — Abandono minha busca pelo abacate perfeito e foco minha atenção em Art. — Foi tão injusto o que aconteceu. Você precisava mesmo pedir demissão?

Ele bufa.

— Fala sério, Eve. Você sabe que sim. Todo mundo passou a olhar diferente para mim depois daquilo. Mesmo se os pais não estivessem reclamando, seria impossível eu continuar lá.

Ele tem razão, é claro. Mas isso não ameniza a injustiça que sofreu.

— Você já encontrou outra coisa?

— Ninguém me ofereceu nada por enquanto. — Ele suspira e esfrega o cabelo curto, grisalho. — Já me inscrevi para várias vagas, mas a situação não está das melhores. Se eu conseguir encontrar alguma coisa, é provável que precise me mudar, porque não vai ser no oeste de Massachusetts. Terei sorte se for na Nova Inglaterra.

Cogito perguntar se ele está conseguindo se virar financeiramente, mas não quero gerar constrangimento. Tenho a sensação de que a resposta seria não. Como ele pode estar se sustentando sem emprego e com dois filhos na faculdade?

— E como está a Marsha? — pergunto.

— Bem — responde ele.

Sua esposa, Marsha, trabalha para uma empresa sem fins lucrativos, o que significa que não ganha um salário bom o suficiente para sustentar a casa. Até onde eu sei, ela acreditou que nada havia acontecido entre ele e Addie, mas me pergunto o quanto algo assim teria abalado seu casamento. Os dois eram ótimas pessoas, porém acusações daquele tipo podem ser suficientes para estremecer até as relações mais sólidas.

— Ela está na minha turma — digo sem pensar.

Art levanta as sobrancelhas.

— O quê?

Faço uma careta. Eu não queria falar dela, mas é difícil não mencionar o elefante na sala. A garota que destruiu a vida dele.

— Addie Severson — digo. — Ela está em uma das minhas turmas de trigonometria neste ano.

— Ah — responde ele.

Analiso seu rosto redondo, tentando interpretar sua expressão. Ele está curioso sobre ela? Quer perguntar como ela está, mas tem medo de que pareça esquisito? Conforme os pensamentos giram pela minha cabeça, me dou conta de algo:

Assim como todo mundo, ainda não tenho certeza absoluta de que Art Tuttle é inocente.

Sei que ele tem um bom coração e não é um velho tarado. Mas alguma coisa naquela situação me incomoda. Afinal de contas, como ele poderia ser tão burro? Como poderia ficar sozinho, todos os dias depois da escola, com aquela garota e não perceber a impressão que aquilo daria?

— Ela parece ser boazinha — digo, por fim. — Não é das melhores alunas.

As sobrancelhas brancas e peludas de Art se unem.

— Não, não é.

Ficamos parados ali por um instante, ele com suas laranjas, a blusa de gola rolê e as sandálias com meias, eu com meu carrinho de compras, que precisa de um ou dois abacates maduros. Nós nunca tivemos dificuldade em conversar antes, mas o clima desconfortável é quase sufocante. Quero convidá-lo com a esposa para jantar na minha casa, mas não consigo me convencer a fazer isso.

De toda forma, entendo por que ele sentiu que precisava pedir demissão.

— Enfim — digo —, foi bom ver você, Art.

— Você também, Eve. — Ele aponta com a cabeça para os abacates. — O segredo é pressionar a casca e sentir que a fruta afunda um pouco, mas não muito.

— Obrigada. — Ele continua tentando me ensinar as coisas. — E... boa sorte. Com tudo.

Eu me viro, voltando para a montanha de abacates. Pego um marrom, com cara de que vai afundar só um pouco. Estou prestes a testá-lo quando dedos se fecham ao redor do meu braço. Levo um instante para perceber que Art continua atrás de mim e que me segurou. Seus dedos gordos se fincam em minha pele exposta. Eu só consigo pensar que, se não estivéssemos no meio do supermercado, eu gritaria.

— Eve, espera — a voz dele sibila ao meu ouvido. — Você precisa me escutar. Agora.

CAPÍTULO 12

ADDIE

Fale comigo depois da aula.

Essas cinco palavras já significaram alguma coisa boa? Eu diria que não. Nunca.

Por sorte, estamos quase no fim do último tempo, então só passo uns dez minutos surtando antes de o sinal tocar. Todo mundo levanta e sai da sala, mas continuo grudada na cadeira. Assim como o Sr. Bennett.

Lanço um olhar rápido na sua direção. Ele parece decepcionado comigo? Não sei. "Fale comigo depois da aula" é péssimo, mas existem coisas piores. Durante toda a confusão com o Sr. Tuttle, não esperaram até a aula acabar. A diretora me arrancou da aula de biologia para me perguntar o que estava acontecendo.

— Addie?

Fiquei tão distraída que nem percebi que todo mundo saiu da sala, restando apenas o Sr. Bennett e eu. Ele me encara com as sobrancelhas erguidas, como se achasse que há algo de errado comigo. Eu me esforço para abrir um sorriso desanimado.

— Desculpa. Viajei um pouco aqui. — Levanto cambaleante da cadeira e vou até a mesa, apertando o papel com meu poema. — Então, hã, qual é o problema?

— Problema? — diz ele. Agora que me aproximei do Sr. Bennett, vejo os pontinhos pretos que formariam uma barba se ele não raspasse todo dia. — Não há problema nenhum. Pelo contrário.

Olho para a frase escrita em vermelho sobre meu poema.

— Como assim?

— Eu queria dizer — começa ele — que seu poema é incrível.

Seu poema é incrível. Essas quatro palavras são muito melhores do que "Fale comigo depois da aula". Pela primeira vez desde que este ano letivo idiota começou, sinto uma pontada de felicidade.

— Sério?

— Com certeza. — Ele puxa o papel da minha mão. — As imagens são incríveis. "Os punhos dele são como um vulcão, fazendo brotar lava dos lábios dela com cada golpe." Addie, fiquei muito emocionado. É uma obra-prima.

— Obrigada. — Baixo o olhar, tentando não pensar na minha inspiração: todas as noites em que meu pai chegou em casa trocando as pernas, bêbado e furioso. — Isso significa muito para mim.

— E acho que você deveria publicá-lo.

Levanto a cabeça no mesmo instante.

— O quê?

— É sério. — Os lábios dele se curvam num sorriso. — Seu texto é muito bom, e você deveria compartilhá-lo com o mundo. Você sabe que sou o supervisor da revista de poesia da escola, né?

Conheço a revista de poesia, *Reflexões*. Sempre quis participar, mas tinha medo de acharem meus poemas idiotas. Afinal, o que eu sei sobre escrever poesia? Nunca fiz nada além de escrever poemas em um caderno pautado no meu quarto. Mas, pela primeira vez, alguém que realmente sabe do que está falando me diz que posso ter talento.

— Talvez... se o senhor achar que eu devo — digo, hesitante.

Ele concorda com a cabeça com veemência.

— Acho. Acho que você gostaria de trabalhar na revista. E seria uma forma legal de fazer amigos.

Ai, meu Deus. O Sr. Bennett sabe que estou tendo dificuldade para fazer amigos este ano? Que vergonha. Mas, por outro lado, é claro que sim. Todo mundo sabe sobre o escândalo com o Sr. Tuttle. Foi burrice pensar que ele não saberia.

— Eu só quis dizer — acrescenta ele rápido ao ver a expressão no meu rosto — que você conheceria pessoas com interesses parecidos com os seus.

O Sr. Bennett é legal — praticamente a única pessoa que está sendo legal comigo este ano, inclusive entre os professores. Ele não quer que eu me sinta excluída, apesar de eu ser. Tenho certeza de que ele nunca teve problemas parecidos com os meus na escola. Quer dizer, basta olhar para ele. Aposto que sempre teve um monte de garotas atrás dele, babando por tudo que ele fazia.

Então, a ficha cai. Talvez ele não tenha gostado do meu poema e só esteja me elogiando porque sente pena de mim. Talvez as pessoas talentosas de verdade riam de mim quando lerem meu poema.

— Não sei se é uma boa ideia — digo, por fim.

Ele franze a testa.

— Sério? Acho que você ia gostar.

— Eu... — Olho para o poema em minhas mãos, o que ele alega ter adorado. — Não sei.

— Participe de uma reunião. — Os olhos do Sr. Bennett encontram os meus. Adoro a cor marrom-escura deles, igual à de uma barra de chocolate. — Você não precisa se comprometer a voltar. Mas acho que vai.

E, de algum jeito, acabo concordando, apesar de uma voz insistente no fundo da minha cabeça não parar de repetir que é uma péssima ideia.

CAPÍTULO 13

EVE

Quando me viro de novo, Art está muito próximo. Tão próximo que vejo as minúsculas veias vermelhas no branco dos seus olhos. Tão perto que detecto um leve hálito de uísque. É então que entendo que tudo que aconteceu o destruiu em mais de um sentido.

— Eve — sua voz parece levemente engasgada —, preciso contar uma coisa.

— Art — murmuro.

Não sei se quero saber o que ele tem a dizer.

— Escuta — diz ele —, você precisa tomar cuidado com Addie Severson.

Minha boca parece seca enquanto fito seus olhos injetados.

— Art, você precisa de uma carona para casa?

— Não, não é isso que estou tentando dizer! — Ele trinca a mandíbula em frustração. — Escuta, não falei nada pelo bem dela, mas aquela garota não está bem. Há... há coisas que você não sabe.

— Art...

— Você precisa ouvir isto, Eve. — Um músculo lateja sob seu olho direito. Nunca o vi assim, mas, se ele andou bebendo, isso explica seu comportamento. — Você é como eu, tenta ajudar os alunos que precisam. Mas tem que tomar cuidado com ela. Ela... A Addie tem muitos problemas.

— Pode deixar — digo, baixinho.

Art finalmente solta meu braço, e seu corpo inteiro parece murchar. Ele baixa o olhar, deixa os ombros caírem. Estico um braço para tocar seu ombro.

— Vou te dar uma carona para casa, tá? — digo.

Tenho certeza de que Art veio com o próprio carro, mas acho que ele não está em condições de dirigir agora.

— Tudo bem — diz ele com uma voz desanimada, derrotada.

Abandono minha busca pelo abacate perfeito e guio Art de volta para o estacionamento. Eu o levo até sua casa, onde, por sorte, encontro sua esposa. Explico a situação, tentando evitar a palavra "bêbado", apesar de ser difícil. A pior parte é que Marsha não parece nem um pouco surpresa. Fica óbvio que, desde a confusão toda com Addie Severson, a vida deles deu uma guinada para pior.

Addie tem muitos problemas.

Não tenho dúvidas de que Art deve guardar muito rancor contra Addie. Mas, ao mesmo tempo, ninguém vai *me* acusar de ter um caso com ela. Ela está na minha turma, então lhe ensinarei a matéria como faria com qualquer outro aluno. Nada além disso.

CAPÍTULO 14

ADDIE

Então hoje — dois dias depois do convite do Sr. Bennett, que me deixou nas nuvens — será minha primeira reunião da *Reflexões*, a revista de poesia. É quase suficiente para que eu me sinta bem.

Quase.

Mas, apesar de estar ansiosa para a reunião, o fato de eu almoçar sozinha todos os dias desde o começo do ano letivo ainda me incomoda. Quando me sento ao lado de pessoas conhecidas, elas olham de soslaio para mim e fazem questão de me ignorar, fingindo que não existo.

Quando minha mãe pergunta como vai a escola, faço de conta que as coisas estão melhorando, que estou começando a fazer amigos, apesar de ser uma mentira descarada. Todo mundo adorava o Sr. Tuttle, e o consenso geral é que seja lá o que aconteceu entre nós foi culpa minha e que isso tudo é supernojento. Então, as pessoas continuam me evitando. Talvez me evitem para sempre.

Mas é bom almoçar sozinha hoje, porque posso aproveitar para tentar entender as aulas de matemática. O livro de trigonometria está aberto à minha frente, e tento ler a matéria, mas tudo parece grego. Na verdade, tem coisas em grego. Como aquele simbolozinho de círculo com um risco no meio, seja lá o significado disso.

Sem as aulas particulares do Sr. Tuttle, corro o sério risco de ser reprovada neste semestre. Mesmo após algumas semanas, já me sinto um caso perdido. E está bem claro que a Sra. Bennett não vai me ajudar como ele.

Enquanto estou tentando entender por que o gráfico de determinada equação gera uma linha ondulada esquisita, sinto alguém cutucar meu braço. Levanto a cabeça e ninguém menos do que Kenzie Montgomery está acima de mim, segurando sua bandeja cheia de comida. Não existe possibilidade alguma de Kenzie querer almoçar comigo, então já sei que vem coisa ruim por aí.

— Ei — diz Kenzie. — Uma pessoa não pode ocupar uma mesa inteira. Sai daí.

Olho para minha bandeja. Só dei umas cinco mordidas no meu hambúrguer, e ainda resta mais da metade.

— Mas eu...

— *Levanta*. — Agora é a capanga de Kenzie, Bella. Bom, uma de suas capangas. Há várias atrás dela, um pequeno exército. — Você está ocupando a mesa toda sozinha. Que egoísmo, Addie.

— Mas, hum... — Olho para a mesa vazia. — Vocês podem sentar nas cadeiras vazias.

— Podemos, mas queremos conversar sozinhas. — Kenzie joga a bandeja sobre a mesa, empurrando a minha para longe. — Então, você precisa ir embora.

Abro a boca, apesar de não saber bem o que dizer. Mas, antes de eu conseguir pensar em alguma coisa, Kenzie tira minha bandeja da mesa enquanto Bella pega meu livro. Eu as encaro, chocada.

— Ei! — grito.

— Onde você quer se sentar? — pergunta Kenzie. Ela pegou a bandeja com tanta agressividade que meu achocolatado transbordou e molhou tudo, ensopando os guardanapos com o líquido marrom. — Se você não escolher, vou jogar tudo no lixo.

Meu coração está disparado. Eu deveria enfrentá-la de algum jeito, mas como? O que devo fazer? Brigar com ela no meio do refeitório? Xingá-la? Não consigo pensar em nenhuma ofensa contra Kenzie Montgomery que seja verdade. Ela é literalmente perfeita.

— Ei. — Uma voz que vem de trás do grupinho de Kenzie é dolorosamente familiar. Hudson Jankowski abre caminho até nós. — O que houve?

Kenzie faz uma careta.

— Addie está ocupando a mesa inteira e não quer sair.

Hudson olha para a mesa, e seus olhos azul-claros analisam rápido meu rosto. É como se ele nem me reconhecesse mais, porém sinto uma pontada de esperança quando ele diz:

— Por que ela precisa sair?

Kenzie solta uma risada irônica.

— *Você* quer se sentar com ela?

Continuo na mesa, torcendo para Hudson me defender. *Addie é minha melhor amiga e eu adoraria me sentar com ela. Ela era minha única amiga quando ninguém queria saber de mim.* Mas, em vez disso, Hudson diz:

— Fala sério, Kenzie. Tem outra mesa bem ali.

— Essa fica do lado da máquina de lanches — choraminga Kenzie. — E por que *a gente* tem que sair daqui? Ela está sentada sozinha.

Não consigo mais escutar essa conversa. Hudson pode até estar me defendendo um pouco, mas não como eu gostaria. Ele resolveu que não somos mais amigos e isso dói mais do que tudo.

Então, levanto da mesa e arranco meu livro das mãos de Bella.

— Tudo bem — digo. — Podem ficar com a mesa.

Kenzie ergue uma sobrancelha.

— Você não quer sua bandeja?

Quero responder que perdi o apetite, mas tenho quase certeza de que, se eu abrir a boca, vou começar a chorar. E todos nós sabemos que essa é a pior coisa a fazer. Então, saio a passos determinados do refeitório, com a cabeça erguida. Fico com a impressão de ter escutado Hudson chamar meu nome, mas deve ter sido uma alucinação, porque duvido que ele faria uma coisa dessas.

CAPÍTULO 15

ADDIE

Enquanto estou correndo para a reunião da revista de poesia, encontro Kenzie e Hudson.

Na verdade, não os encontro, mas os vejo. Hudson tem treino de futebol, e Kenzie provavelmente tem o treino das líderes de torcida, mas os dois tiraram alguns minutos para ficarem juntos antes de ir, escondidos em um dos cantos tranquilos do quarto andar, atrás de uma fileira de armários.

Eles combinam, com seus cabelos loiros perfeitos. Se rolasse algo entre mim e Hudson, não formaríamos um casal tão bonito. Não que houvesse a possibilidade de alguma coisa acontecer. Houve uma época em que... Bem, digamos apenas que escrevi alguns poemas ruins sobre Hudson Jankowski. Passávamos tanto tempo juntos, e ele era meu melhor amigo no mundo inteiro, mas ainda assim era com ele que eu fantasiava quando estava sozinha no meu quarto.

E, agora, ele está com Kenzie. Os dois não estão se beijando, mas continuam grudados ali, falando baixinho.

A parte esquisita é que nós costumávamos zombar de Kenzie e suas capangas. *Elas são obrigadas a ter um altar dela no quarto*, brincava Hudson. *E lhe dar vinte por cento de tudo que ganham.*

Mas ela é muito bonita, argumentei uma vez. E Hudson fingiu que ia vomitar. É claro, ele só tinha 13 anos na época. Agora, enquanto olha no fundo dos olhos dela, ele não parece nem um pouco prestes a vomitar.

Eca, eles vão começar a se beijar. Não consigo mais olhar.

Vejo as duas mochilas abandonadas contra a parede. A de Hudson é a preta, barata. A de Kenzie tem detalhes em couro, cheia de botões e enfeites. Há um chaveiro com o nome *Kenzie* escrito com pedrinhas brilhantes. Fico me perguntando se foi feito sob encomenda. Também noto que há duas chaves penduradas nele. As chaves da sua casa.

Olho rápido para Kenzie e Hudson. Os dois continuam conversando, completamente imersos um no outro. Nunca achei que veria Hudson se tornar parte do grupinho dela — ou pior, *namorado* dela. Sem fazer barulho, solto o chaveiro do zíper e o guardo no meu bolso.

Enquanto me afasto, fico esperando Kenzie gritar comigo. Ela já me odeia; se me visse roubando suas chaves, seria a última gota. E se ela contar para a diretora? Por que eu correria o risco de me encrencar de novo?

Só que ela não vê nada. Desço o corredor até a escada e, quando chego ao terceiro andar, percebo que escapei ilesa.

O chaveiro ainda está no meu bolso quando chego à reunião da revista de poesia. Fico surpresa com o quanto o grupo é pequeno. Seria de esperar, com base na popularidade do Sr. Bennett, que a sala estivesse lotada. Por outro lado, ele também trabalha no jornal da escola. Talvez já seja oportunidade suficiente para as garotas darem em cima dele. De toda forma, ainda bem que não há muita gente aqui. Assim, é menos intimidante.

Quando entro na sala, o Sr. Bennett está falando com outro aluno, mas ergue o olhar, e aquele sorriso incrível toma seu rosto. Ele pede licença e caminha rápido na minha direção.

— Addie! — diz ele. — Que bom que você veio!

Fico tão chocada com seu entusiasmo que só consigo concordar com a cabeça.

— Bem, entre — convida ele, porque eu continuo parada na porta. — Dá para ver que não somos muitos, mas todos aqui são extremamente dedicados. E quero que você conheça nossa editora-chefe.

Ele me leva até uma garota do último ano que reconheço. Tenho quase certeza de que seu nome é Mary. Ela tem cabelo pretíssimo, raspado na nuca e bagunçado em cima, caindo sobre os olhos. O zíper do seu moletom está fechado até o pescoço, e há um caderno espiral aberto à sua frente, com uma página coberta de rabiscos raivosos em caneta preta e desenhos incompletos de esqueletos. Ela fecha a cara ao me ver.

— Oi, Mary — digo, torcendo para ela ficar impressionada por eu saber seu nome.

A garota *não* parece feliz.

— É *Lotus*. Não Mary. Por acaso eu tenho cara de Mary?

Parece ser uma pergunta retórica, mas, mesmo assim, balanço a cabeça. Ainda tenho quase certeza de que o nome real dela é Mary, mas vou chamá-la de Lotus, se ela prefere assim.

— Lotus, quero que você mostre para a Addie como as coisas funcionam por aqui — diz o Sr. Bennett. — E a Addie escreveu um poema incrível para a minha aula. — Ele pisca para mim. — Acho que pode ser digno da primeira página.

Provavelmente não foi a melhor maneira de passar uma boa imagem de mim para aquela garota hostil, mas, ao mesmo tempo, o elogio me deixa com as pernas bambas. Sempre fui uma aluna medíocre, e talvez esta seja a primeira vez na vida em que sinto a possibilidade de ser boa em alguma coisa.

Até imagino como seria contar para minha mãe que quero ser poetisa. Ela teria um treco.

Sento à mesa ao lado de Lotus/Mary. Ela não parece muito empolgada, mas se vira para mim com relutância.

— Então vamos ver esse poema — diz ela.

Reviro a mochila e pego o fichário de cinco centímetros que abriga a maior parte dos meus papéis da escola. Sempre fui organizada, e adoro dividir minhas anotações com etiquetas coloridas. Abro na parte de inglês e imediatamente encontro o poema sobre meu pai. Não menciono que esse é o melhor das dezenas de poemas raivosos que escrevi sobre ele ao longo dos anos.

Eu o entrego para Lotus, que analisa a página com olhos estreitos. Ela usa maquiagem preta, o que me faz pensar em Cleópatra. Quando termina, ela comenta:
— É bem pesado.
Não sei se foi um elogio.
— Eu sei.
— E é, tipo, real?
Concordo lentamente com a cabeça.
Lotus solta o ar devagar.
— Tá, beleza, é muito bom. Talvez precise de uns ajustes. O Sr. Bennett vai ajudar. As sugestões dele são boas. Tipo, você meio que usou um tema de cores aqui, com o sangue saindo do rosto dela, mas podemos destacar ainda mais isso. Mais cores, sabe?
Concordo enfaticamente com a cabeça.
— Sim, claro.
Ela me lança um olhar demorado.
— Não foi você que pegou o Sr. Tuttle?
Eu me retraio.
— Não.
— Foi, sim. Addie Severson, né?
— É, mas... — Mordo a ponta da unha do dedão. — Não aconteceu nada. Foi só um mal-entendido.
— Sei. Então por que ele foi demitido?
Sinto uma pontada de culpa no peito. A culpa é toda minha, mas eu não podia fazer nada. Nada que eu dissesse melhoraria a situação.
— Sei lá.
— Ele é bem nojento. — Ela começa a escrever no caderno espiral com um ar indiferente. Há um par de ossos cruzados no papel que ela fica riscando sem parar. — Não sei como alguém conseguiria fazer aquilo com *ele*. Tipo, *qualquer um* seria melhor.
— Sei. Eu não fiz nada.
Ela dá de ombros como se não acreditasse em mim. Por um instante, achei que Lotus talvez pudesse se tornar uma amiga, mas

não tenho mais certeza. Minha reputação é um caso perdido, e é por isso que preciso desesperadamente mudar de escola. Talvez não seja tarde demais. Talvez eu possa pedir transferência na primavera.

Mas então olho para cima, e o Sr. Bennett está do outro lado da sala. Nossos olhares se encontram, e ele faz um joinha, animado. Imagino como seria contar para ele que vou sair do Colégio Caseham, imagino sua decepção.

Mas a verdade é que o que me dá a confiança para continuar ali é o chaveiro de Kenzie no meu bolso.

CAPÍTULO 16

EVE

Nate chega do trabalho de bom humor.

Ele entra assobiando e, apesar de não estar na hora de um dos nossos três beijos diários, vem até mim no sofá e me beija na bochecha. Mas experiências passadas me ensinaram a não me empolgar.

— Seu dia foi bom? — pergunto.

— Fenomenal. — Ele hesita, então acrescenta: — Tivemos uma reunião da revista de poesia hoje. Tem muito talento inexplorado lá. A escrita de uma das meninas me lembra um pouco Carol Ann Duffy.

Seja lá quem for essa. Nate sempre botou banca de poeta. Ele publicou um livro de poesia, há vários anos, que tenho quase certeza de que só seus pais e uns cinco amigos compraram. As coisas podiam até ser diferentes na época de Shakespeare, mas ninguém ganha dinheiro sendo poeta hoje em dia.

Ainda assim, era romântico quando nos conhecemos. Ele escrevia poemas para mim. *Sobre* mim. E então os recitava em lugares incrivelmente românticos, como enquanto flutuávamos pelo lago em um barquinho. Eu me sentia como uma deusa — o tipo de mulher que merecia ser a musa da poesia de alguém.

Guardei muitos desses poemas. Estão em uma caixa de sapatos, no fundo do closet. Eu costumava relê-los o tempo todo, mas não faço isso há anos. Fico deprimida quando olho para eles agora. Faz muito tempo que Nate não escreve um poema sobre mim. Estou começando a achar que ele nunca mais fará isso.

— Então, o que você quer jantar? — pergunta ele. — Posso fazer uma massa.

Olho para a pilha de papéis no meu colo. Corrigi mais da metade. Não verifico todas as respostas de deveres de casa, a menos que esteja preocupada com algum aluno. Por exemplo, olhei todas as respostas de Addie Severson. Ela acertou cerca de metade, o que não é um bom sinal para a primeira prova. Ela precisa ser informada disso assim que possível.

— Na verdade — respondo —, vou jantar com a Shelby hoje.

A mentira sai fácil.

Nate concorda com a cabeça, despreocupado. Ele gosta das noites em que saio de casa; quando volto, sempre me pergunta como foi o jantar, digo que foi tudo bem e a conversa fica por aí. Com certeza Nate jamais ligaria para Shelby para confirmar se estávamos juntas, o que é bom, porque ela não sabe que sempre saímos para jantar.

— Você tem planos? — pergunto.

Ele dá de ombros.

— Nada muito empolgante. Mas... estou inspirado. Talvez eu escreva um pouco.

— Vou te deixar em paz, então. Não quero incomodar quando você está tentando escrever.

— Você nunca me incomoda, querida.

Meu marido diz sempre a coisa certa.

Uma hora depois, terminei de corrigir os deveres de casa e sigo para a porta. Apesar de ainda estarmos em setembro, a temperatura caiu um pouco, então pego um casaco e calço minhas botas Manolo, que têm saltos de oito centímetros. Minha filosofia é que sapatos que não me deixam pelo menos oito centímetros mais alta não valem a pena. Usar meias daria no mesmo.

Hesito diante da porta, me perguntando se deveria me despedir de Nate. Mas ele está trancado no quarto e não quero desconcentrá-lo. Ele não vai se incomodar se eu sair sem avisar.

Levo vinte minutos para chegar à Simon's Shoes em meu Kia. Sei o caminho sem consultar o GPS e dirijo pelas ruas enquanto escuto músicas animadas no rádio, os bancos vibrando com o baixo.

Não sei bem se é o som ou meu coração que palpita. Talvez um pouco das duas coisas.

Quando chego à loja, o sol começou a desaparecer no horizonte. Paro no estacionamento, que funciona para a loja de sapatos e a pizzaria vizinha. Saio do carro, e minhas narinas são atacadas pelo cheiro de molho de tomate gorduroso e queijo derretido, fazendo meu estômago roncar. Ainda não jantei. Talvez eu coma uma pizza depois.

Paro com hesitação diante da Simon's Shoes e olho para a placa que anuncia o horário de funcionamento. Nas terças, a loja fecha às sete da noite. Meu relógio de pulso avisa que são dez para as sete.

Bem na hora.

Abro a porta e quase derrubo uma mulher de meia-idade que carrega muitas caixas. Devem ser pelo menos umas quatro. Quatro novos pares de sapato. Sinto uma pontada de inveja. Quando sorrio, ela me fita com um olhar pesaroso e diz:

— Acho que já estão fechando.

— Não tem problema — respondo. — Vou ser rápida.

A loja está praticamente vazia — há só mais uma cliente no caixa. Vou direto para os sapatos de grife, e, por conhecer tão bem a loja, logo encontro os pares do meu tamanho. Noto scarpins da Christian Louboutin muito parecidos com os que quase me causaram problemas no shopping, apesar de serem menos caros.

Talvez eu devesse comprá-los. Mereço um agrado — não compro sapatos novos desde aqueles que usei no primeiro dia de aula. Talvez eu possa usar um cartão de crédito diferente, para despistar Nate.

Posso ao menos prová-los. Não há nada de errado nisso.

— Eles ficariam ótimos em você.

A voz pertence a um homem que usa um par de sapatos da Rockport marrom-escuros. Olho para cima e encontro um vendedor se agigantando sobre mim, fitando com apreço os sapatos que seguro.

Ele indica a sala de estoque com a cabeça.

— Esses são do seu tamanho ou você precisa de outro número?

— Estes devem caber..

Com cuidado, ele os tira das minhas mãos.

— Posso?

Obediente, eu me acomodo no banco de madeira que está ali para os clientes provarem sapatos. Antes que eu consiga fazer isso por conta própria, o vendedor abre o zíper das minhas botas e as tira dos meus pés. Ele tem braços musculosos, mãos bonitas e seus dedos se demoram no arco do meu pé por um instante além do necessário. Então ele pega um dos scarpins e o calça em mim.

— Cinderela. — Ele abre um sorriso de canto de boca. Seu canino direito é um pouco lascado, mas seus dentes são brancos e bem-cuidados. — Ficaram perfeitos. Você precisa levá-los.

— Hum — digo. — Aposto que você diz isso para todas as clientes.

— De jeito nenhum.

Olho por cima do ombro dele. Ao contrário de quando entrei, a loja agora está escura. A placa na entrada foi virada para anunciar que o estabelecimento está fechado. Tudo indica que ele trancou as portas com nós dois lá dentro.

Sua mão direita desce para meu joelho, depois sobe por minha coxa.

— O que você acha?

— Acho... — Minha respiração fica presa na garganta. — Acho que preciso de um incentivo.

Então ele me agarra.

E leva seus lábios aos meus.

CAPÍTULO 17

EVE

Nossa, ele beija tão bem. E me deixa toda derretida. Eu achava que Nate beijava bem, mas estava enganada. Este homem é muito mais talentoso.

— Eve — murmura ele. — Achei que você não viesse.

— E perder isso? Jamais.

Um sorriso se demora nos lábios de Jay conforme seus olhos enchem de desejo. Faz muito tempo que meu marido não olha assim para mim e preciso admitir que é emocionante. Emocionante o suficiente para me convencer a continuar voltando aqui toda semana nos últimos três meses. E não me sinto culpada.

Bom, só um *pouquinho* culpada. Mas eu não faria isso se meu próprio marido não se comportasse como se tivesse medo de encostar em mim.

Jay olha para trás, para a vitrine com vista para a rua, por onde qualquer um poderia ter visto nossos beijos. Ele estende uma mão para me ajudar a levantar. Tiro o scarpin e o sigo para a sala de estoque.

Fazemos amor entre as pilhas de sapatos. O espaço é apertado, mas isso só aumenta o tesão. Apesar de já ter acontecido de eu rolar por cima de um salto agulha e quase ter me furado. Jay ficou preocupado com isso. Ele sempre tenta ser gentil, mas, depois de uma semana separados, praticamente arrancamos as roupas um do outro.

Dura tanto quanto o sexo em uma sala de estoque poderia durar. A parte estranha é que, quando termina, minha vontade de comprar sapatos diminui. Nós dois ficamos deitados no chão frio e duro por um instante, recuperando o fôlego. Jay está ofegante como se tivesse acabado de correr uma maratona, e, quando vira para me encarar, sua pele está radiante e brilhando de suor.

— Essa é a melhor parte da minha semana. — Ele me puxa para outro beijo. — Passei o dia inteiro só pensando nisso. Achei que você não viesse.

Sento e pego meu sutiã, que está pendurado em uma caixa de sapatos na segunda prateleira. Não quero dizer a ele que também é a melhor parte da minha semana. Não só isso, mas que, sem nossos encontros, eu me jogaria do último andar da escola.

Tudo começou há cerca de quatro meses. De início, era algo muito inocente. Fui à loja para comprar sapatos. Por qualquer razão, eu achava que o par de sapatos certo resolveria as coisas. Como se Nate fosse voltar a me desejar caso eu chegasse em casa usando os scarpins perfeitos.

Eu estava dividida entre dois pares: uma sandália de tirinhas da Stuart Weitzman e um par de scarpins de couro preto da Cole Haan. Não tinha como levar os dois e fiquei olhando de um para o outro, tentando me decidir. Passei mais de uma hora ali, incapaz de resolver quais deles faria Nate voltar a me amar. Finalmente, o vendedor se aproximou.

Havia algo de familiar nele, apesar de eu não entender o que era no começo. Não há dúvida de que ele é o tipo de pessoa que qualquer mulher notaria. Largo e forte, enquanto Nate é mais magro e esbelto. Ele parou à minha frente e disse em uma voz suave de cortar o coração: *Vamos fechar daqui a pouco. Posso finalizar sua compra?*

Foi demais para mim. Comecei a chorar.

Jay fechou a loja e passamos as duas horas seguintes conversando. Ele me disse que não entendia como era possível que meu marido não se sentisse atraído por mim. Achei que ele só estivesse sendo legal — até que ele me beijou.

Há algo irônico no fato de eu ter me apaixonado perdidamente por um vendedor de sapatos.

O telefone de Jay começa a tocar e ele se estica para tirá-lo do bolso de sua calça cáqui, agora amarrotada no chão da sala de estoque. Ele prende a respiração quando vê o nome na tela. Olha para mim antes de atender à ligação. Apesar de o telefone estar perto da sua orelha, consigo ouvir a voz feminina do outro lado, embora não entenda o que ela diz.

— Desculpa — murmura Jay ao telefone. — Fiquei preso no trabalho de novo, fazendo inventário.

Ele não quer que eu escute suas mentiras para outra mulher, mas é inevitável. Viro a cabeça para pelo menos lhe dar a sensação de privacidade.

— Chego em casa daqui a meia hora. — Ele esfrega o cabelo bagunçado. — O trânsito deve estar bom, então... tudo bem, não precisa se preocupar com o jantar. Vou comer uma pizza aqui do lado.

Se eu e Jay comermos pizza, terei que entrar no restaurante depois dele. Ele é paranoico com essas coisas. Não quer que suas mentiras sejam descobertas. E a verdade é que eu também não quero.

— Aham — diz ele para o telefone. — Pode deixar. Tudo bem... claro. Faço isso quando chegar em casa. — Ele hesita, olhando para mim. — Também te amo. — Quando desliga, seu pescoço está vermelho como um pimentão. — Merda, desculpa por isso, Eve.

— Não tem problema — respondo, apesar de a ligação ser um lembrete amargurado de outro motivo pelo qual jamais ficaremos juntos.

Parte da euforia pós-sexo se dissipa por conta do telefonema. É engraçado que eu nunca fui interrompida por uma ligação ou sequer uma mensagem de Nate em todos os meses que estou com Jay. Ele parece feliz com a minha ausência.

Jay morde o canto inferior do lábio.

— Semana que vem?

— Com certeza.

É a melhor parte da minha semana — eu jamais faltaria.

Enquanto nos vestimos entre as caixas de sapatos de todos os tamanhos, é impossível não pensar no quanto aquilo significa para mim. Não é só a melhor parte da minha semana — é *tudo*. Não há um dia em que eu não sonhe em fugir com Jay.

Mas, no fundo do meu coração, sei que isso não vai terminar nada bem.

CAPÍTULO 18

ADDIE

A reunião da *Reflexões* está acabando quando o Sr. Bennett me chama com um dedo.

— Addie, podemos conversar rapidinho?

Faz semanas que participo dessas reuniões e, finalmente, estou começando a me sentir incluída em algo. Lotus, às vezes, fica me esperando no fim para irmos andando juntas até as nossas bicicletas, apesar de eu ainda não saber se ela gosta de mim ou não. Tem dias em que acho que ela me detesta, que, se pudesse, me mataria enquanto durmo, mas, em outros momentos, parece me tolerar de bom grado. De qualquer forma, aceno para que ela vá embora sem mim, mas vejo em seus olhos que está curiosa para saber o que ele quer comigo. Lotus idolatra o Sr. Bennett.

Fico esperando na sala enquanto o Sr. Bennett ajeita uma papelada sobre sua mesa. Ele espera até todo mundo ir embora antes de baixar os papéis e sorrir para mim.

— Addie — diz ele. — Adivinha só!

Adoro o jeito como os olhos do Sr. Bennett se enrugam quando ele sorri. Durante o mês em que comecei a assistir às aulas dele, notei que existem dois tipos de sorriso. O primeiro é usado nas aulas, para incentivar os alunos, mas não é tão verdadeiro. Apenas quando os olhos dele ficam enrugados é que sei que ele está feliz de verdade.

— É uma boa notícia? — pergunto.

— Então, existe uma competição estadual de poesia. — Ele esfrega as palmas das mãos. — E, todo ano, tenho a chance de inscrever um poema de todas as minhas turmas. Neste, quero enviar o seu.

Fico boquiaberta. O Sr. Bennett dá aula para várias turmas de inglês e, além disso, tem todos os alunos da revista de poesia. Lotus, por exemplo, é talentosíssima. Qualquer um dos poemas dela é melhor que todos os meus. Ele ficou *louco*? Será que está me confundindo com Lotus?

— O meu? — finalmente pergunto com a voz esganiçada.

Ele abre um sorriso radiante.

— Sim! Quero inscrever "Ele estava lá". Acho que é brilhante. Uma das coisas mais emocionantes que já li na vida.

É o poema sobre meu pai. Estou sem palavras de verdade. Aprendi a me acostumar com os elogios dele, mas não com um elogio dessa grandeza. Talvez seja *demais*, como se fosse possível explodir com a quantidade de aprovação que estou recebendo agora. Como quando uma pessoa faminta de repente se depara com um monte de comida e acaba morrendo de tanto comer.

— Tem certeza? — pergunto.

— Addie. — Ele cruza os braços sobre o peito. Em algum momento depois que o último sinal bateu, ele desabotoou os punhos da camisa e dobrou as mangas até os cotovelos; agora, vejo os pelos escuros em seus braços. Nenhum dos garotos da minha turma tem tantos pelos nos braços. Hudson tinha um pouquinho e loiro-claro, igual ao cabelo dele. — Addie, você precisa acreditar mais em si mesma. Porque eu acredito.

— Sim — murmuro.

— O seu poema é incrível. — Os olhos castanhos dele não desviam dos meus. — *Você* é incrível, tá? Você é uma mestre dessa arte, mesmo que só tenha 16 anos.

Se qualquer outra pessoa me falasse isso, eu acharia que só estava dizendo o que eu queria ouvir. Mas, por algum motivo, quando o Sr. Bennett diz que sou incrível, me sinto assim de verdade. Como se talvez eu tivesse algum talento, embora a poesia seja uma opção idiota e ridícula de carreira para mim e o melhor a fazer seria eu me tornar enfermeira, como diz minha mãe.

— Não sou incrível em matemática — digo sem pensar.

Eu me sinto uma idiota por falar isso, mas o Sr. Bennett ri por algum motivo. Ele joga a cabeça para trás e solta uma gargalhada. Consigo ver uma obturação prateada minúscula em um dos seus dentes de trás.

— Minha esposa está dificultando a sua vida?

Levanto um ombro.

— Não é culpa dela o fato de eu ser péssima em matemática.

— Eu sei como ela é. Ela é rígida, né?

Pressiono os lábios, relutante em fazer qualquer comentário negativo sobre a esposa dele. Mas a verdade é que, enquanto o Sr. Bennett é um dos professores mais populares na escola, só os melhores alunos de matemática gostam da Sra. Bennett. Ela é muito rígida e não tem paciência com quem não pega fácil a matéria.

Só que o pior comentário que se ouve é que não dá para entender o que o Sr. Bennett viu nela. Ele é o professor mais gato e querido da escola. A Sra. Bennett é bonita, acho, apesar de não estar no mesmo patamar que o marido. E ela com certeza *não* é querida. Na verdade, ela é meio que...

Bom, ela é uma vaca. Pronto, falei.

— Minha esposa é muito prática — diz ele. — Ela só se interessa por lógica e raciocínio. Ela não é sonhadora, como nós. Para ela, palavras só têm um propósito utilitário.

— Não tem problema — insisto. — Só preciso estudar.

E rezar por um milagre.

— Se ela pegar pesado demais com você — diz ele —, é só me avisar. De verdade.

Eu nunca avisaria isso a ele, de verdade.

— Entendo plenamente — acrescenta ele. — Eu também era péssimo em matemática na escola. E em biologia.

— Sério? — Ele cravou as minhas duas piores matérias.

Ele sorri, e seus olhos se enrugam daquele jeito que passei a amar.

— Seriíssimo. Eu me recusava a dissecar sapos, porque achava que era errado. A professora ia me reprovar, então tive que fazer trabalhos extras só para passar raspando!

Eu não achava que fosse possível gostar mais do Sr. Bennett, mas é.

— Enfim... — Ele olha para o relógio e parece surpreso com a hora. — Desculpa, não percebi que já era tão tarde. Não queria segurar você aqui. Quer uma carona para casa?

Fico tão chocada com a oferta que quase deixo minha mochila cair no chão. Ele está mesmo me oferecendo uma carona para casa? Ele não sabe o que aconteceu com o Sr. Tuttle? Não existe possibilidade de eu aceitar carona de outro professor que está se esforçando para ser legal comigo. Não quero que nada parecido nunca mais aconteça.

— Não precisa — respondo rápido. — Estou de bicicleta.

— Tem certeza? Não seria problema nenhum.

— Tenho.

Ele dá de ombros.

— Tudo bem. Então, a gente se vê amanhã.

Ele parece tão tranquilo que quase me pergunto se exagerei. Afinal de contas, caronas não significam nada. Outros alunos *aceitam* caronas de professores de vez em quando, e os professores não acabam sendo demitidos e caindo em desgraça. Talvez eu tenha feito tempestade em um copo d'água.

Mas parece tarde demais para mudar de ideia, então pego minha mochila e saio da sala — e quase dou de cara com Lotus. Ela está apoiada na parede, com a mochila sobre os coturnos e uma expressão levemente histérica no rosto.

— Oi — digo. — Avisei para não me esperar.

Ela esfrega o nariz com as costas da mão.

— Cara, essa conversa era sobre *o quê*?

— Ah. — Preciso controlar meu sorriso. — Ele quer inscrever meu poema numa competição estadual. É isso.

— Espera. — Ela prende o ar. — A Competição de Poesia do Massachusetts?

— Talvez...

Lotus xinga baixinho.

— Isso é uma palhaçada, sabia?

Eu *não* sabia.

— Como assim?

— Quer dizer... — Ela trinca os dentes. Lotus tem muitos dentes pequenos, que parecem afiados. — Esse concurso é importante e ele só pode inscrever um poema da escola inteira.

— Sim...

— E, tipo, você está começando agora. — Seus cílios cheios de máscara pestanejam. — Quer dizer, você é boa para uma iniciante, mas tem pelo menos outras três pessoas melhores na revista. Eu estou no último ano e ele *nunca* escolheu um dos meus poemas.

Não sei o que dizer.

— A decisão não é minha, sabe?

— Tá, mas é uma decisão *ruim*. — Os olhos dela se estreitam para mim. — Você devia dizer a ele que é uma decisão ruim. Ele não devia escolher você só por ser a queridinha do professor.

Eu já tinha sugerido para o Sr. Bennett que poderia haver poemas melhores, mas ele insistiu.

— O que você quer que eu faça, Lotus?

— Quero que você volte lá dentro e diga que ele devia escolher o poema de outra pessoa.

Não sei o que é mais chocante: o fato de o Sr. Bennett ter anunciado que escolheu meu poema ou esse pedido de Lotus.

— Não vou fazer isso — respondo.

Ela cruza os braços sobre seu peito reto.

— Então você quer que nossa escola perca?

— Não quero que a gente perca, mas o Sr. Bennett escolheu o meu poema por um motivo. Ele deve achar que sou capaz de vencer.

Ela dá uma risada irônica.

— Ah, você acha que foi por isso mesmo que ele escolheu o seu poema?

Fico boquiaberta.

— Acho...

— Quer dizer, não basta você ter feito o Sr. Tuttle ser demitido, agora precisa ir atrás do Sr. Bennett?

Meu rosto arde. Eu achava que Lotus poderia ser minha amiga, mas estava redondamente enganada.

— Preciso ir para casa — resmungo. — Até semana que vem. *Mary*.

Eu me afasto de Lotus apertando as alças da minha mochila, e meus pensamentos continuam acelerados. Odeio o fato de ela ter jogado meus piores medos na minha cara. O Sr. Bennett tinha muitas opções de poemas. Por que escolheu o meu? Para ser sincera, não acho que o meu seja o melhor. Havia vários outros incríveis — incluindo os de Lotus.

Então por que o meu?

É possível que ela esteja certa? É possível que o Sr. Bennett tenha algum motivo obscuro para inscrever um poema inferior na competição? Aquilo não passava de favoritismo? Ou algo além de favoritismo?

O pior de tudo é que, diante da possibilidade de Lotus ter razão, sinto a empolgação arrepiar meu corpo.

CAPÍTULO 19

EVE

Hoje é meu aniversário.

Estou fazendo 30 anos, o que parece um marco, apesar de minha vida não ter mudado muito nos últimos oito anos, desde que comecei a lecionar no Colégio Caseham. O tempo passou tão rápido. Em um piscar de olhos, meu primeiro dia como professora se transformou em quase uma década.

Meus 20 anos acabaram. Em outro piscar de olhos, completarei 40, e meus 30 também ficarão para trás. Então, um dia, estarei deitada nesta cama, com 90, me perguntando o que aconteceu com a minha vida.

Encaro o closet, tentando decidir que sapatos usarei no meu aniversário. Vou trabalhar, então não posso usar sandálias — não que desse para fazer isso no meio de outubro, de qualquer forma. Analiso as fileiras de sapatos na prateleira mais baixa do closet; então hesito. Nate ainda está no banheiro, fazendo a barba — ele passará mais alguns minutos lá dentro.

Aproveito a oportunidade para pegar a mala grande na lateral do closet. Eu a puxo para fora e, dando mais uma olhada rápida na direção do banheiro, abro o zíper. Solto um suspiro quando olho lá para dentro.

A mala guarda dezenas de sapatos.

Nate não sabe sobre este estoque específico. Ele já acha bem ruim a quantidade de sapatos que deixo no closet. Ele vigia as compras de sapatos na conta do cartão de crédito e já insinuou que acha que tenho um problema. Se ele soubesse da mala, talvez me internasse.

O que significa que não tenho muito tempo.

Pego meus scarpins favoritos da Louis Vuitton. Bem, só tenho um par da Louis Vuitton, porque eles custam uma pequena fortuna. Os sapatos são de couro de novilho envernizado preto, com um design elegante e salto agulha. Nate nunca aprovaria essa compra, então guardei dinheiro vivo até ter o suficiente. Eu os deixo escondidos e só os uso em ocasiões especiais.

Calço rapidamente os sapatos e guardo a mala de volta no closet assim que Nate sai do banheiro com o rosto barbeado. Uma toalha branca está enrolada em sua cintura e, mesmo não sendo tão musculoso quanto Jay, é um homem incrivelmente lindo. Apesar de tudo, continuo muito atraída pelo meu marido.

O único problema é que ele não parece retribuir o sentimento. Estou usando apenas um sutiã e meia-calça, e aproveito a oportunidade para ir até ele com meus scarpins da Louis Vuitton. Com os sapatos acrescentando alguns centímetros à minha altura e ele descalço, quase fico do seu tamanho. Inclino meu rosto para o dele e recebo um selinho nos lábios.

Desço um dedo por seu peito.

— Que tal um presentinho de aniversário?

Ele fica paralisado.

— *Agora?*

— Claro. Só uma rapidinha.

— Eve. — Ele revira os olhos. — Você só pode estar de brincadeira.

Certo. Por que eu seria tão burra a ponto de achar que meu marido iria querer transar comigo no meu aniversário?

Como sempre acontece quando ele me rejeita, sinto aquela pontada de vergonha no peito. Pelo menos um homem no mundo me deseja. Talvez o problema não seja eu — seja ele. Talvez ele seja assexual. Isso acontece, não é?

Por outro lado, ele não parecia assexual quando começamos a sair juntos. Na época, ele nunca se cansava de mim.

Nate percebe minha expressão e acrescenta rapidamente:

— Acabei de tomar banho, e já está quase na hora de sairmos para a escola. De qualquer forma, vou levar você para jantar hoje à noite.

Ele não mencionou nenhum tipo de presente, e estou começando a achar que não ganharei nada. Há alguns anos, Nate comentou que presentes não faziam sentido quando as pessoas compartilhavam o mesmo dinheiro. Como era de se esperar, faz três anos que ele não me dá nada. Imagino que ganharei um jantar.

— A gente vai se divertir à beça hoje. — Ele segura meus ombros e me concede um segundo beijo, pressionando seus lábios com firmeza contra os meus, mas sem tentar acrescentar nem um pouco de língua. — Você escolhe o restaurante.

— Que ótimo — digo, e acho que consigo não parecer sarcástica.

Conforme Nate se arruma, meu telefone vibra, notificando a chegada de uma mensagem. Eu o arranco da mesa, vendo que tenho uma mensagem no Snapflash. Baixei o aplicativo quatro meses atrás — fiquei sabendo que ele é popular entre meus alunos por fazer mensagens e imagens desaparecerem exatamente sessenta segundos após serem abertas. É uma forma perfeita para os adolescentes se comunicarem sem os pais descobrirem o que andam aprontando.

Também é um ótimo jeito de me comunicar com o vendedor de sapatos bonito com quem tenho um caso há muitos meses.

Abro o aplicativo prendendo a respiração. Pedi a Jay para não me mandar mensagens a menos que fosse algo importante, mas não consigo segurar o sorriso quando leio o que ele escreveu:

Jay: Feliz aniversário! Queria que pudéssemos passar seu dia juntos.

Encaro a mensagem por sessenta segundos, até ela desaparecer da tela. O primeiro sorriso do dia se alarga em meu rosto. Apesar de existir certo risco em trocarmos mensagens, essa também é sempre a melhor parte do meu dia. Respondo:

Eu: Eu também.

Encaro a tela por mais alguns segundos, e então outra mensagem chega:

Jay: Tenho algo para te dar.

— Eve?

Quase deixo o celular cair no chão. Nate está arrumado e me encarando com um olhar curioso. Acho que faz sentido, levando em consideração que continuo de sutiã e meia-calça.

— Sim? — respondo.

— Temos que ir. — Ele bate no relógio. — Você vai se atrasar.

Tiro um vestido do closet e o visto depressa enquanto Nate continua lançando olhares nada discretos para o relógio. Quando volto a pegar meu celular, a mensagem de Jay desapareceu. E não há mais nada na tela.

CAPÍTULO 20

ADDIE

Para variar, acabei suando na aula de educação física.
Precisei dar voltas correndo no campo, o que mais detesto fazer. Passamos a aula inteira correndo, com a meta de dar cinquenta voltas. Tenho quase certeza de que Kenzie só fez metade disso, mas a Sra. Cavanaugh acreditou quando ela disse que tinha acabado e só acenou para que ela se sentasse na arquibancada. Por outro lado, quando tentei dizer para a Sra. Cavanaugh que tinha acabado, depois de quarenta e oito voltas, ela balançou a cabeça e me mandou continuar correndo.
Então, hoje, fico grata por poder tomar banho após o fim da aula. Não acredito que ainda preciso assistir a três aulas antes de poder ir para casa. Só que a pior parte é que não vou nem poder ficar morgando no sofá pelo restante do dia. Minha mãe tirou o dia de folga e disse que vamos ao cemitério visitar meu pai depois da aula. *Faz dois meses que não vamos*, lembrou ela. Como se ele estivesse deitado naquele túmulo, vigiando o calendário no seu relógio, se perguntando por que faz tanto tempo que não o visitamos.
Que seja. Quando eu fizer 18 anos, nunca mais voltarei àquele túmulo.
Tomo banho rápido. Estou me esforçando para raspar as pernas com mais frequência, para não dar motivo para as garotas zombarem de mim, mas, ao mesmo tempo, parece idiotice fazer isso só para as aulas de educação física. Ainda mais porque elas zombam de mim independentemente do estado das minhas pernas. Hoje, por azar, minhas pernas estão mais peludas, então tento ser a mais rápida possível.

Volto para o armário arrastando os pés, para vestir minha calça jeans e a blusa de moletom larga. Só que, quando chego, ele está aberto.

Puxo a porta, sentindo meu estômago se revirar. De cara, vejo que minha mochila continua lá, o que é bom. E o short, a calcinha e a camisa suada continuam em cima dela. Mas só isso. As roupas com que vim para a escola desapareceram.

É então que percebo Kenzie e suas amigas do outro lado do corredor, olhando para mim e trocando risinhos.

Empertigo os ombros e me viro para encará-las.

— Vocês podem devolver minhas roupas, por favor?

Kenzie pisca seus grandes olhos azuis para mim. Ela já está arrumada e pronta para seguir para a próxima aula.

— O que houve? Tem roupas no seu armário. Não foram essas que você passou o dia inteiro usando?

Trinco os dentes.

— Não, não foram. Olha só, preciso das minhas roupas de volta, tá?

— Já sei — diz ela. — Por que você não escreve um *poema* sobre isso? Você não é boa nessas coisas? — Ela bate um dedo com unha feita no queixo. — Alguém me ajuda, fiquei desnuda, e todo mundo vai ver minha perna peluda.

As amigas de Kenzie soltam uma gargalhada e seguem para a saída. Por um instante, quase sou tomada pela vontade incontrolável de correr atrás de Kenzie, agarrar aquele cabelo loiro e arrancá-lo com couro cabeludo e tudo. Aposto que ela pararia de rir se eu fizesse isso. E um bônus: eu provavelmente seria expulsa.

Para falar a verdade, a única coisa que me impede é não querer decepcionar o Sr. Bennett.

Olho de novo para o armário, avaliando minhas opções. Não quero mesmo colocar minhas roupas suadas. Mas que outra opção eu tenho? Ir para a aula enrolada em uma toalha. Todo mundo já deve estar na sala e a próxima turma de educação física vai chegar daqui a pouco.

Decido dar uma volta no vestiário, imaginando que Kenzie não deve ter jogado minhas roupas fora. Verifico todos os corredores, mas não vejo nem sinal da minha calça jeans, nem da blusa de moletom. É só quando chego nos chuveiros que vejo uma bola de pano no canto. Entro correndo e, como era de esperar, é a roupa que usei hoje de manhã. Só que ensopada.

Bem, minhas opções acabaram de se tornar um pouco mais limitadas.

A próxima turma começa a entrar no vestiário. Seria impossível vestir minhas roupas ensopadas, então não há o que fazer além de vestir o short e a camisa suados de volta. A camisa está fedendo, mas não tenho alternativa.

E a pior parte? Minha próxima aula é de matemática com a Sra. Bennett.

Os corredores estão vazios enquanto me arrasto até o terceiro andar. O suor da camisa ainda não secou e causa uma sensação desconfortável na minha pele. Eu também não sabia o que fazer com a calça e a blusa de moletom molhadas, então enfiei tudo na mochila, que agora parece pesar uma tonelada.

Pela janela da porta, vejo que a Sra. Bennett já está no meio da aula. Ela está escrevendo no quadro e se vira para falar com a turma. Droga, isso vai ser horrível. Cogito matar aula, mas ela foi bem clara no começo do semestre ao dizer que tiraria um ponto de nós para cada falta não justificada (o que faria com que minha nota fosse menos um). Então abro a porta da sala, mesmo com a camisa e o short suados da aula de educação física.

A Sra. Bennett vira a cabeça para me fitar. Ela *não* parece feliz. Quer dizer, ela nunca parece feliz, mas está com uma cara ainda pior do que o normal agora. Ela cruza os braços e me encara. Acho que minhas roupas de educação física e minhas pernas peludas não causaram a melhor das impressões.

— Que legal da sua parte aparecer, Addie — reclama ela.

— Desculpa — resmungo.

Sento na cadeira fazendo o mínimo de barulho possível.

Espero que a Sra. Bennett retome a aula, mas ela continua me encarando com os braços cruzados. Não sei o que ela quer de mim.

Sim, estou atrasada, mas não posso mudar isso agora, a menos que ela queira que eu volte no tempo. Ela quer que eu saia voando e faça a Terra rodar ao contrário até voltar dez minutos e eu chegar na hora da aula? É isso que ela espera de mim?

— Seu dever de casa, Addie — diz ela, impaciente.

Ah.

Reviro a mochila até encontrar o dever de casa feito em uma folha solta. Mas, quando encosto nela, percebo que cometi um erro grave. A folha não estava no meu fichário, porque fiz parte do exercício no almoço. E, como coloquei as roupas ensopadas na mochila, a água apagou tudo. Está completamente ilegível, mas não tenho outra opção senão entregar do jeito como está.

— Sério, Addie? — pergunta a Sra. Bennett enquanto olha para meu dever de casa molhado.

— Molhou — digo, sem graça.

— Deu para perceber. — Ela amassa o papel em uma bola e o joga no lixo. — Como seria impossível corrigir isso, por que você não me entrega uma cópia amanhã?

Preciso de todo meu autocontrole para não gemer. Já foi torturante fazer o dever uma vez. Agora vou ter que fazer tudo *de novo*? E junto com a outra tarefa impossível que ela passará hoje? Mas que alternativa tenho? Não posso me dar ao luxo de perder pontos por não entregar o dever de casa. Preciso de todos os décimos possíveis.

— Sim, senhora — respondo.

A Sra. Bennett me lança um olhar antes de voltar à aula. Eu diria que ela me odeia mais do que qualquer um, mas a verdade é que ela não parece gostar de *nenhum* aluno. Ela parece uma pessoa infeliz. Para ser sincera, às vezes fico com pena do Sr. Bennett.

CAPÍTULO 21

EVE

Até o momento, meu aniversário não tem sido dos melhores.

Meu marido me deu um banho de água fria hoje de manhã, minha meia-calça rasgou, e Addie Severson acabou de me chamar de "senhora". A única parte boa do dia foi a mensagem de Jay. E o presente que ele me prometeu.

Durante o tempo livre, retorno uma ligação dos meus pais. Faz uma eternidade que não nos falamos. Acho que a última vez foi no Dia dos Pais. Nós nos tornamos aquele tipo de família que entra em contato apenas em datas importantes e nada além disso. Então, imagino que nossa próxima conversa acontecerá no Natal.

Nem me lembro da última vez em que nos vimos. Talvez faça uns três anos.

— Eve — diz minha mãe ao atender. Pelo eco, sei que está no viva-voz. — Eu e seu pai ligamos para desejar feliz aniversário.

— Obrigada — respondo, formal.

— Oi, Evie — fala meu pai. — Feliz aniversário, meu bem.

— Obrigada.

Nós nos tratamos de um jeito tão formal e desconfortável. Nunca achei que acabaríamos assim. Sempre fui próxima da minha família quando era mais nova.

— Quais são os planos para hoje à noite? — pergunta minha mãe.

— Nate vai me levar para jantar.

— Como está Nate? — Imagino o rosto da minha mãe fazendo uma careta de desgosto com a pergunta.

— Ele está bem.

— Alguma... novidade?

Minha mãe quer saber se estou grávida. Não tenho certeza se ela quer que eu esteja grávida ou não. Ela gostaria de ter netos, mas, pelo andar da carruagem da nossa relação, será que ela teria contato com eles? E tenho minhas dúvidas se ela gostaria da ideia de eu ter filhos com Nate.

— Nenhuma novidade — respondo.

— Ah. — Ela suspira. Está aliviada. — Bom, fico feliz por saber que está tudo bem. Será que vocês vão conseguir vir para Nova Jersey no Natal?

— Talvez. — Nós passamos o Natal dos últimos dois anos com a família de Nate. Tecnicamente, agora seria a vez dos meus pais, mas não estou empolgada com a ideia de visitá-los e ser alvo dos seus julgamentos. — Eu aviso.

O silêncio paira entre nós. Há tantas coisas não ditas entre mim e meus pais. Porém, a mais importante é a que mais reluto em admitir: *Vocês tinham razão. Eu não devia ter me casado com ele.*

CAPÍTULO 22

ADDIE

Ai, meu Deus, se eu precisar passar mais um minuto nestas roupas de educação física idiotas, vou me jogar da janela.

Pelo menos elas secaram. Mas, agora, parecem meio duras. E estou fedendo. Apesar de eu ter tomado banho, as roupas exalam um cheiro ruim e as pessoas franzem o nariz quando passo. Não bastava eu ser a garota que foi para a cama com o Sr. Tuttle. Agora sou a garota fedida que foi para a cama com o Sr. Tuttle.

E minhas roupas molhadas estão estragando a mochila e tudo que tenho lá dentro. Antes da última aula, tento torcê-las na pia do banheiro. Não dá certo e eu acabo molhando minha blusa. No fim das contas, enfio as roupas de volta na mochila e vou correndo para a aula, para não me atrasar de novo.

Chego à sala do Sr. Bennett segundos depois de o sinal tocar. Ele fica de pé e está prestes a fechar a porta da sala quando apareço. Seus olhos castanhos me analisam, e, no instante em que se arregalam de choque, minha vergonha supera todos os limites. O Sr. Bennett, meu professor favorito no mundo todo, me vê usando roupas fedidas e sujas de educação física, com as pernas peludas.

E por mais que tenha sido terrível quando a Sra. Bennett gritou comigo na aula de matemática, isso consegue ser muito pior. Estou morrendo um pouco por dentro.

— Addie? — As sobrancelhas dele se unem. — Está tudo bem?
— Está — digo, engolindo em seco.

Só quero me sentar no meu lugar e sumir pelo restante da aula. Só restam quarenta minutos para este dia idiota acabar.

O Sr. Bennett esfrega o queixo, como se refletisse se deveria aceitar minha resposta. Por fim, ele vai até sua mesa, faz uma anotação em um papel e o entrega para mim.

— Pode ir para casa mais cedo — murmura ele, baixo o suficiente para os alunos não escutarem em meio às próprias conversas. — Aqui está um bilhete para o caso de alguém reclamar.

— O quê? — exclamo.

— Você parece estar tendo um dia difícil — reconhece ele. — Então, estou te dando permissão para matar essa aula. Não vou passar dever de casa hoje. Pode ficar tranquila.

— Mas... — Não consigo entender o que está acontecendo, mas, ao mesmo tempo, não quero ficar parada aqui discutindo com ele. *Quero* ir para casa. Estou suja e suada, e minha cabeça está começando a doer. — Tudo bem. Hum, obrigada.

Ele pisca para mim.

— De nada.

Sempre que o Sr. Bennett pisca para mim, meu coração se aperta um pouco. Saber que ele está me vendo nestas roupas nojentas só torna tudo pior.

De toda forma, pego a permissão que ele escreveu e a guardo no bolso, mas não vou precisar dela. Saio mais cedo da escola, pulo na bicicleta e pedalo o mais rápido possível para chegar em casa e trocar de roupa.

Só que não chego em casa.

Sei onde Kenzie Montgomery mora. Há uma lista com o endereço de todos os alunos, e, depois de "pegar emprestadas" as chaves dela, procurei seu endereço. Fica no caminho para minha casa e me dei ao trabalho de ver onde era. Olhar não faz mal.

E decido dar outra olhada hoje.

CAPÍTULO 23

ADDIE

É claro que a casa de Kenzie é muito maior do que a minha. É quase uma mansão.

Tenho quase certeza de que caberiam duas ou três da minha na dela. Até seu gramado é mais bonito que o nosso — verde e exuberante, apesar de o gramado de todas as outras casas estar amarelando com o outono. A grama dela é falsa? Tem gente que coloca isso?

Paro hesitante na calçada em frente à casa, ainda na bicicleta. As janelas estão escuras. Os pais dela têm carreiras de sucesso, são tipo advogados ou presidentes de empresas — já a escutei se vangloriando de que eles nunca estão em casa enquanto ela planeja festas para as quais convida apenas sua lista exclusiva de amigos. Apenas a elite da escola já entrou na casa de Kenzie. Eu e Hudson zombávamos dessas festas. Agora, ele deve ser, sei lá, o convidado de honra.

Tiro a mochila. Reviro o bolso menor até achar as chaves que carrego por todo canto desde que as tirei da mochila dela. Meu plano é arriscado. Talvez os pais de Kenzie não estejam em casa, mas isso não significa que não tenham um bom sistema de alarme. Ou quem sabe um pitbull para pular em mim assim que eu passar pela porta. Parece o tipo de coisa que aconteceria comigo, dada a minha sorte.

Não. Não vale a pena. Minha vida não vai melhorar se eu for atacada por um pitbull.

Então sigo para casa. Quando chego, minha mãe está sentada no sofá, lendo. Ela adora ler, algo que deixava meu pai maluco. *Você gosta mais de ficar com seus livros do que comigo.* Não acho que isso era verdade, mas, se fosse, seria muito compreensível.

— Addie. — Ela olha para cima ao notar minha presença e enfia um marcador no livro. Sempre dobro as páginas, mas ela detesta fazer isso. Ela trata os livros com delicadeza. — Você chegou mais cedo. Está pronta para visitar seu pai?

Quase me esqueci do plano de irmos ao cemitério para visitar aquele babaca. O dia está ficando cada vez pior. Ainda mais quando minha mãe levanta do sofá, me olha de cima a baixo e diz:

— Você foi assim para a escola hoje?

— Aham — respondo, porque não quero contar o que aconteceu comigo. Já foi vergonhoso o suficiente passar por aquilo, não quero falar sobre isso com ninguém; nem com a minha mãe.

Ela revira os olhos.

— Você não pode ir assim para o cemitério. Acho melhor ir trocar de roupa.

Jogo a mochila no chão.

— Não. Não vou me trocar.

— Bem, você não vai sair assim.

— Ótimo, então não vou.

— Adeline! — exclama ela. — Que coisa horrível de se dizer!

— É sério. — Puxo a barra da minha blusa suada de educação física. — Ele vivia bêbado e batia em você. Ele não merece a nossa visita.

Meu pai era péssimo. Ele passou a maior parte da minha infância bêbado. Apesar de as pessoas zombarem de Hudson por causa do pai dele, eu teria trocado esse pai vergonhoso pelo meu em um piscar de olhos, mesmo com os palavrões em polonês. O meu pai nunca conseguiu manter um emprego — nem como zelador da escola. Sempre que alguém lhe dava uma oportunidade, ele ia trabalhar bêbado e era demitido. Minha mãe nos sustentou por toda minha infância.

Eu estava estudando na casa de Hudson quando minha mãe ligou para avisar que tinham encontrado meu pai no pé da escada, sem respirar. E não me senti nem um pouco triste.

— Addie — diz ela baixinho, suas rugas se destacando —, mesmo assim, ele era seu pai.

Não saio da sala. Não vou trocar de roupa. Não por ele. Se ela me obrigar, talvez eu até faça isso, mas, depois que eu completar 18 anos, nunca mais pisarei lá.

— Tudo bem. — Os ombros da minha mãe murcham. — Não precisamos ir.

Fico chocada. Minha mãe é superteimosa e eu tinha certeza de que passaríamos uma hora brigando por isso. Não acredito que ela desistiu com tanta facilidade.

— Sério?

— Sério. Mas troca de roupa, por favor. Você está fedendo.

— Tudo bem...

Ela dá um sorriso para mim.

— E vamos jantar fora hoje. Um passeio vai fazer bem para nós duas.

Nisso ela tem razão.

CAPÍTULO 24

EVE

Para o meu jantar de aniversário, coloco meus scarpins Louis Vuitton e um vestido vermelho grudado no corpo. Posso não ser a mulher mais curvilínea do mundo, mas mantenho a forma, e o vestido me modela — Jay gostaria muito dele. Porém, quando eu entro a passos largos na sala, onde Nate está assistindo à televisão, ele mal olha para mim.

— Pronta para irmos?

Ele não trocou a camisa social e a calça que usou para o trabalho, mas, em sua defesa, ele sempre está extremamente lindo.

— Estou pronta. — Pego minha bolsa, que deixei na mesa ao lado da porta de casa. — Pensei em irmos ao Maggiano's.

Nate me encara como se eu tivesse acabado de sugerir que déssemos um pulinho na Itália para jantar.

— No Maggiano's? Lá é meio longe, né? E caro.

— É meu aniversário — começo a argumentar, mas não quero brigar. E a verdade é que também não estou com vontade de passar quarenta e cinco minutos sentada em um carro com ele. — Tudo bem. Você quer ir ao Piazza?

O Piazza é um restaurante italiano popular a dez minutos daqui. É barato e rápido. Não é exatamente o tipo de lugar com que sonho em ir em uma ocasião especial, mas tenho a sensação de que nada nesta noite será especial. Então, pode ser que se encaixe bem no contexto.

— Tudo bem — responde ele.

Como sempre, Nate dirige. Ele coloca o rádio na estação de música clássica, em um volume alto o suficiente para não precisarmos conversar. Quando nos casamos, eu pensava em como seriam aniversários futuros ao lado deste homem. Ele era tão carinhoso que eu achava que continuaríamos grudados mesmo quando tivéssemos 30, 40 ou até 80 anos. Nunca imaginei que estaríamos indo para um restaurante italiano barato no meu aniversário, nos esforçando para encontrar assunto.

— Conseguimos um pessoal bem talentoso para a revista de poesia este ano — diz ele.

— Ah, que legal — respondo, apesar de estar pouco me lixando.

— Aquelas emoções desmedidas são tão intensas. Só um adolescente escreveria coisas tão sentimentais.

Concordo com a cabeça.

— São os hormônios. Nem me lembro de como é sentir algo com tanta intensidade assim. Mas sei que eu sentia.

Meu marido cai em silêncio nesse momento, perdido em pensamentos. Hoje em dia, ele sempre parece tão distante. Nós temos o mesmo emprego, então deveria ser fácil termos assunto, mas não temos. Acabamos nos tornando estranhos um para o outro.

Talvez a culpa seja minha. Talvez eu precise me esforçar mais para nos conectarmos. Na época em que nos conhecemos, tínhamos o hábito de sentar no parque, aconchegados sob uma árvore, e ele lia poesia para mim. Se ele sugerisse algo parecido hoje em dia, eu reviraria os olhos. Eu gostava dos poemas que ele escrevia para mim, porque vinham do coração, mas nunca gostei de poesia no geral. Tudo parecia tão bobo — especialmente os poemas que nem rimavam. Quer dizer, sou professora de matemática. Eu preferia ficar com ele no parque resolvendo equações polinomiais de segundo grau.

Talvez eu possa dar essa ideia. Talvez neste fim de semana, possamos ir ao parque e ler poesia. E seria melhor dar um tempo com Jay. Por mais que o caso tenha se tornado importante para mim, manter uma relação com outro homem pode não ser a melhor estratégia para salvar meu casamento.

Estou decidida: amanhã, no segundo dia da minha quarta década de vida, vou consertar as coisas. Vou passar mais tempo com Nate, e vou terminar com Jay.

Quando chegamos ao Piazza, Nate para no fim do estacionamento, o mais longe possível do restaurante. Ele sempre faz isso. Há um monte de vagas ao lado da porta, mas ele estaciona a meio quilômetro de distância.

— Você pode parar mais perto? — pergunto.

Ele desliga o carro e franze a testa para mim.

— Como assim? Já estacionei.

— Certo, só que tem vagas mais perto.

— Você quer mesmo que eu tire o carro da vaga e o coloque em outra diferente a uns três metros de distância?

— Não são três metros. E você não está usando salto alto.

Seus olhos baixam para meus scarpins da Louis Vuitton.

— Bem, quem mandou você usar esses sapatos? — Ele estreita os olhos. — Eles são novos? Parecem caros.

— Comprei há séculos. Eu estava com eles no meu aniversário do ano passado.

É impossível não pensar que *Jay* reconheceria meus sapatos.

— Aham, sei — murmura ele.

Nate sai do carro e vou correndo atrás dele, apesar de ser difícil acompanhar seu ritmo com estes sapatos. Eles são lindos de morrer, mas ninguém jamais diria que são confortáveis.

— O que isso quer dizer?

Ele não diminui a velocidade para que eu consiga alcançá-lo.

— Quer dizer que vamos ver se eles não são mesmo novos quando a conta do cartão chegar, não é?

Quero argumentar que isso é injusto, mas a verdade é que a fatura do cartão de crédito virá com algumas surpresas. Odeio que seja ele quem sempre paga a conta. É um hábito que criamos com os anos. Quando nos casamos, juntamos todo nosso dinheiro. Não posso fazer nada nem comprar nada sem que ele saiba.

Talvez dizer para ele que quero meu próprio cartão de crédito e conta bancária não seja o melhor passo para nosso casamento. Por outro lado, ele não parece se importar tanto com essas coisas quanto antes. Quando eu saía sozinha, ele costumava fazer um interrogatório sobre onde eu iria e o que faria, mas nada disso parece fazer diferença agora. Ele só fica feliz por eu sair.

Pelo menos Nate segura a porta para mim quando chegamos ao restaurante. Já decidi que vou pedir a sobremesa mais calórica do cardápio. Mereço uma guloseima hoje, levando em consideração que o único presente que recebi o dia inteiro foi um chaveiro de Shelby, que ela comprou em Cape Cod.

— Mesa para dois — diz Nate para a atendente.

Ela é uma loira peituda de 20 e poucos anos, e fico feliz ao ver, pelo menos, que ele não encara seus seios.

— É meu aniversário — digo sem pensar.

Não sei por que falei isso. Nate parece um pouco envergonhado, mas só me restam algumas horas deste dia e quero que alguém reconheça que é um momento especial para mim. Mas não me sinto tão recompensada quando a atendente abre um sorriso rápido, diz feliz aniversário e então nos leva para a mesma mesa feia em que ficaríamos de qualquer forma. Ela não nos leva para uma mesa especial de aniversário, coberta de serpentina. Não que eu estivesse esperando por algo assim.

Estamos nos acomodando quando Nate enrijece. Seus olhos arregalados se fixam em algo do outro lado do salão.

— O que houve? — pergunto. — Para o que você está olhando?

— O quê? Para nada.

Ele com certeza estava olhando para alguma coisa e não quer me contar. Será que viu algum dos funcionários sair do banheiro e não lavar as mãos? Ele notou um par de sapatos que comprei sem sua autorização?

— É uma das minhas alunas — finalmente diz ele. — Addie Severson. Ela deve estar jantando com a mãe.

Agora é a minha vez de enrijecer feito uma tábua.

— Eu não sabia que Addie era sua aluna.

— É. No último tempo.

Não tenho a menor ideia de por que o fato de Addie ser aluna de Nate me deixa desconfortável. É impossível não pensar no aviso de Art Tuttle no supermercado. *Aquela garota não está bem.*

— Ela é muito talentosa — diz ele. — Poderia ser uma ótima poetisa um dia.

— Não é a carreira mais prática do mundo.

O rosto de Nate murcha. Ele parece magoado com o meu comentário, mas o que esperava? Ser poeta *não* é uma aspiração de carreira prática.

— Só acho que é algo que talvez ela goste de fazer — continua ele. — Ela tem uma mente lírica. E seu poeta favorito também é Poe, apesar de ela gostar muito de "Annabel Lee".

Uma coisa que sei, sem sombra de dúvidas, sobre meu marido é que seu poeta favorito é Edgar Allan Poe, e ele ama "O corvo". Se eu fosse fazer uma lista de cinco fatos importantes sobre Nathaniel Bennett, esse seria o primeiro.

De repente, me ocorre que ainda nem pedimos a comida e já estou ansiosa para o jantar acabar.

— Escuta — digo —, você devia tomar cuidado com Addie. Você viu o que aconteceu com Art Tuttle. Ele só estava tentando ajudar e olha só no que deu.

Os olhos de Nate ficam sérios.

— Se você acha que Art Tuttle não é um tarado, está cega.

Sinto uma onda de irritação com esse comentário. Art *não* é um tarado. Quando comecei a trabalhar na escola, ele foi a primeira pessoa a me ajudar. E nunca fez nem disse nada desagradável. Ele simplesmente foi um bom amigo. Eu sabia que ele estava dando aulas particulares para Addie e até os vi entrando no carro dele depois da aula, mas nunca estranhei nada. Ninguém estranhou.

Tudo mudou quando um vizinho viu Addie espreitando os fundos da casa de Art e chamou a polícia. Não fica bem para um professor de meia-idade encontrarem sua aluna de 15 anos do lado de fora da sua casa no meio da noite.

Só que, no fim das contas, ninguém conseguiu provar nenhum comportamento questionável da parte dele. Por mais besta que possa parecer, Art só teve culpa de "se importar demais". Ele sabia que Addie não tinha dinheiro para pagar por aulas particulares, então resolveu ajudá-la a estudar matemática. Ele lhe deu carona para casa algumas vezes, porque estava chovendo ou nevando, e ele não queria que ela andasse de bicicleta quando o tempo estava ruim. E os jantares foram tão inocentes quanto possível — Addie e a mãe foram convidadas para jantar com ele e a esposa.

O fato de Addie ter sido encontrada do lado de fora da casa dele era a única coisa que Art não conseguia explicar. Quando nós dois conversamos sobre o assunto, ele baixou a cabeça. *Eu só queria ser legal, porque Addie perdeu o pai recentemente, mas acho que ela acabou ficando apegada demais. Ficou obcecada por mim.*

Eu não duvidava dele. Era exatamente o tipo de coisa que poderia acontecer com uma adolescente problemática.

— Só estou dizendo — murmuro para Nate —, que a garota tem problemas. Ela perdeu o pai há pouco tempo e se apega a todo mundo que se aproxima.

— Então devíamos deixar a menina isolada?

— Não foi isso que eu disse!

Sou obrigada a conter minha indignação quando a garçonete nos interrompe com copos de água. Ela é jovem e bonita, como todas as garçonetes aqui. E parece ficar quase uma hora recitando os especiais do dia, tocando o ombro de Nate sempre que ele faz uma pergunta. Sinceramente, estou ficando cansada de mulheres dando em cima do meu marido bem na minha cara.

— Eu só quis dizer — continuo depois que a garçonete finalmente nos deixa em paz — que a garota precisa de amigos da própria idade, não de um professor com quase 40 anos. Toma cuidado.

— Entendi — responde Nate entredentes.

Mas está estampado em seu rosto que todo resquício de bom humor desapareceu. Não entendo por que ele está tão incomodado. Só não quero que ele termine como Art Tuttle.

CAPÍTULO 25

ADDIE

Depois que o Sr. Bennett entra no Piazza, não consigo pensar em outra coisa.

Tipo, o Lil Nas X podia estar dando um show no canto do salão sem que eu percebesse. Estou distraída a esse ponto. E minha mãe está irritada, porque, toda vez que ela puxa um assunto, eu respondo com: "O quê?"

— Addie! — exclama ela para mim.

— O quê? — repito.

Ela solta um longo suspiro.

— Você mal tocou na sua comida.

Olho para o prato à minha frente. Pedi uma pizza sem queijo com molho pesto e tomate, mas não está das melhores. Porém, em qualquer outro dia, eu já teria devorado tudo a esta altura. Em vez disso, só comi um pedacinho.

— Não estou com fome — respondo, por fim.

O Sr. Bennett pediu algo parecido com um ravióli. Não consigo ver direito o que é daqui e não dá para eu ir até lá perguntar. Mas estou curiosa. É o simples, só de queijo, ou o com cogumelos? O Sr. Bennett gosta de cogumelos? Ou acha esquisito o fato de as pessoas comerem fungos, assim como eu?

Estou tentando não chamar atenção para o fato de que passei a refeição inteira olhando para ele. Mas é difícil não fazer isso. Quer dizer, ele é tão bonito que tenho certeza de que não sou a única pessoa olhando. A garçonete com certeza deu em cima dele — em certo momento, colocou a mão em seu ombro, e achei que ele pareceu incomodado, mas era impossível ter certeza. Ainda bem que ele não foi seduzido pela garçonete gostosona.

Outra coisa que observo é que ele não está se divertindo muito com a Sra. Bennett. Não sou muito fã dela, no mínimo porque matemática é minha pior matéria e ela não facilita as coisas, mas eu achava que ele gostava dela. Quer dizer, ele é *casado* com ela. Além do mais, ela está bonita de um jeito irritante hoje, com a maquiagem esfumada nos olhos grandes e um vestido vermelho que destaca seu corpo em forma, elegante. Então, acho que o Sr. Bennett deve gostar dela, mas já faz uns vinte minutos que os dois chegaram e mal trocaram uma palavra.

Se eu e o Sr. Bennett estivéssemos jantando juntos, teríamos muito sobre o que conversar. Eu traria um livro de poesia — talvez Poe — e adoraria ouvir a opinião dele sobre cada um dos poemas. Apesar de ser isso que fazemos na aula todos os dias, eu jamais me cansaria. Nem mesmo em um zilhão de anos.

A Sra. Bennett não percebe que tem um marido incrível? Quando todas as minhas roupas ficaram ensopadas hoje e ela me obrigou a assistir a sua aula inteira e até a refazer o dever de casa, achei que ela não se importava comigo. Ou pior, que achava que eu *merecia* sofrer. Ele foi o único que notou meu desconforto e me mandou para casa. Se ela não dá valor ao fato de ser casada com um homem tão bom e compreensivo, é porque é o oposto disso.

— Bem, se você não vai comer mais nada — diz minha mãe —, é melhor pedirmos a conta.

Não quero ir embora do restaurante. Enquanto estou sentada aqui, é quase como se eu estivesse jantando com o Sr. Bennett, apesar de essa ser uma ideia meio idiota, já que ele está do outro lado do salão e nem notou minha presença. Estamos tão longe de jantarmos juntos quanto possível, mas não quero ir embora.

— Espera — digo. — Vou ao banheiro, depois como mais um pouco.

Minha mãe parece cética, mas o que poderia dizer? Que não posso ir ao banheiro? Então, sigo as placas até o corredor escondido que leva até lá. Naturalmente, há fila para o único banheiro feminino, mas não tem problema, porque significa que vou demorar mais. Além disso, não estou com vontade nenhuma.

— Addie? — chama uma voz familiar enquanto mexo no celular, me assustando.

Fico completamente surpresa quando vejo o Sr. Bennett atrás de mim. Acho que ele também precisava ir ao banheiro. Eu *sabia* que estávamos em sintonia.

— Oi — digo, sem graça.

Desde nosso último encontro, tomei banho e vesti uma calça jeans azul limpa. Até coloquei uma blusa de botões cor-de-rosa que minha mãe diz que combina com meu tom de pele, apesar de eu ter minhas dúvidas.

— Eu te vi no restaurante — comenta ele. — Aquela é sua mãe, né?

Sinto uma pontada de empolgação ao saber que o Sr. Bennett notou minha presença, mesmo em um salão lotado.

— Aham.

Fico me perguntando se podemos mesmo conversar em uma área isolada como a que estamos. Se alguém nos visse aqui, poderia ter a impressão errada. A última coisa que quero é que o Sr. Bennett acabe como o Sr. Tuttle.

Ele inclina a cabeça para o lado.

— Está tudo bem? Você pareceu estar tendo um dia difícil mais cedo.

Difícil foi pouco, mas, para ser sincera, não quero reclamar sobre Kenzie e suas amigas agora. Não quero que ele ache que sou uma idiota que sofre bullying das garotas populares.

— Mais ou menos.

— O que houve?

— Não foi nada de mais. — Tento rir, para mostrar que não me incomodei em nada com o que aconteceu, mas soa artificial. — Jogaram minhas roupas no chuveiro depois da aula de educação física, então ficou tudo molhado.

O Sr. Bennett se retrai.

— Meu Deus, que coisa horrível. Quem fez isso?

Balanço a cabeça.

— Não sei.

— Você pode me contar. — Quando continuo quieta, ele ergue uma sobrancelha. — Pode ficar só entre nós.

Não posso contar para ele, apesar de gostar da ideia de compartilhar um segredo com o Sr. Bennett. Não importa o que ele disser, vai continuar sendo um professor e talvez acabe falando com Kenzie se eu contar. A última coisa que quero é que Kenzie me odeie mais. É mais fácil aturar as provocações dela.

— Não sei — repito.

Os olhos castanhos dele permanecem fixados nos meus por um instante, e sinto a empolgação percorrer meu corpo. Mas não sei por quê. Talvez por ser legal voltar a receber apoio de um professor. Ou de *qualquer pessoa*. Depois da situação com o Sr. Tuttle, parece que todo mundo me odeia.

— Vamos fazer assim — diz ele. — O restante da turma recebeu um dever de casa diferente hoje, analisar um poema que lemos na aula. Mas tenho uma tarefa especial para você fazer hoje.

Se a Sra. Bennett — ou qualquer outro professor, na verdade — me dissesse uma coisa dessas, eu ficaria horrorizada. Mas, agora, estou curiosa.

— Tudo bem...

— Quero que você escreva uma carta raivosa para a pessoa que pegou suas roupas — diz ele. Começo a protestar, mas então ele acrescenta: — Não um poema, mas uma carta. Você não precisa citar nomes, mas quero que coloque essa raiva para fora. Coloque a raiva no papel para mim. Diga o que você quer fazer com essa pessoa.

— O que eu quero fazer?

Ele concorda com a cabeça.

— Exatamente. Escreva uma carta de vingança. Me diga o que você faria se pudesse passar cinco minutos sozinha com essa pessoa e ninguém jamais fosse descobrir.

Ele nem imagina que as chaves da casa de Kenzie estão na minha mochila. Penso no que teria acontecido se eu entrasse escondida no quarto dela e ficasse esperando no armário. Eu poderia passar cinco minutos sozinha com ela. E a verdade é que esses cinco minutos envolveriam uma ótima vingança.

Um sorriso se forma em meus lábios.

— Tudo bem.

Já imagino o que vou escrever:

Você tem tudo no mundo. E está namorando o cara mais legal que já conheci. Mas você não merece nada disso. Você merece ter os olhos arrancados. Não, isso seria gentil demais.

— Enfim — diz ele —, parece que você está tendo um jantar legal com a sua mãe.

— Aham. — Esfrego meu cotovelo. — E espero que o senhor esteja tendo uma noite legal com a Sra. Bennett.

Por um instante, os olhos dele se obscurecem.

— É aniversário dela.

Não sei exatamente o que isso significa.

— Ah.

— Então, sim. — Ele ergue os ombros. — Tudo tranquilo. A comida daqui é boa.

Eita. Eu tinha *razão*.

O Sr. Bennett não está se divertindo com a esposa. A impressão que tenho dela nas aulas era mais certa do que eu imaginava. Ela não é alguém que chega em casa e imediatamente se transforma em uma pessoa supermaneira que é o completo oposto do que aparenta na escola. Ela é uma pessoa horrível de verdade. O Sr. Bennett gosta tanto de ser casado com ela quanto eu gosto de tê-la como professora.

É por isso que, em vez de usar o banheiro masculino vazio e voltar correndo para sua mesa para ficar com ela, ele passou os últimos cinco minutos conversando comigo no corredor.

Nesse momento, a pessoa na minha frente na fila sai do banheiro feminino e é minha vez. Mas eu preferia ficar aqui conversando com o Sr. Bennett. Talvez eu devesse deixar a pessoa atrás de mim passar.

Mas, antes que eu consiga propor essa ideia, o Sr. Bennett sorri para mim.

— Não quero te prender, Addie. A gente se vê na aula amanhã. E não se esqueça da carta.

Sinto uma pontada de tristeza quando o Sr. Bennett desaparece no banheiro masculino. Acaba me ocorrendo que, por mais que eu esteja com raiva de Kenzie, estou com mais raiva da Sra. Bennett por deixá-lo infeliz.

CAPÍTULO 26

EVE

Nate parece ainda mais distraído do que o normal durante o jantar e a volta para casa. E assim que entramos pela porta da garagem, ele solta um bocejo exagerado.

— Ai, nossa — diz ele. — Estou morto, Eve.

Suas tentativas de evitar sexo estão se tornando cada vez menos criativas. Daqui a pouco, ele vai me dizer que está com dor de cabeça.

— Não tem problema — respondo. — Pode ir dormir, você está liberado.

Ele levanta as sobrancelhas.

— Liberado?

— Só quis dizer que não precisamos transar hoje.

Nate parece chocado.

— Se você quiser transar...

A última coisa que quero é entrar em uma briga importante e emotiva com meu marido no meu aniversário. Então, apenas balanço a cabeça.

— Também estou cansada. Vou subir daqui a pouco.

E é isso que farei no meu primeiro dia com 30 anos. Vou dormir no horário recorde de nove e meia da noite.

Enquanto Nate sobe, escuto algo vibrar na minha bolsa. Quando pego o celular, vejo uma nova mensagem no Snapflash. Só um homem me manda mensagens no Snapflash, e, no começo da noite, eu tinha jurado que terminaria tudo com ele.

Jay: Deixei um presente na sua porta.

Sorrio enquanto olho a mensagem por sessenta segundos, até ela desaparecer. Olho para a escada para me certificar de que Nate entrou no quarto. Então, vou de fininho até a porta da frente e abro uma fresta.

Há uma caixa de sapatos na porta.

Tiro a caixa dali antes que alguém a veja. Jay deve tê-la deixado enquanto estávamos jantando, porque ela com certeza não estava ali quando saímos.

Abro a tampa, e é impossível não arfar de surpresa.

É um par de scarpins *slingback* da Sam Edelman em um vermelho brilhante. Duas semanas atrás, eu os admirei na loja, e fiquei decepcionada quando o último par desapareceu, porque eles cabiam apertado no meu orçamento.

Agora sei por que desapareceram. Apesar de Jay não ter muito dinheiro, ele usou suas economias para comprar um presente de aniversário que sabia que eu amaria.

Outra mensagem surge no telefone:

Jay: Achou?

Eu: Adorei. Muito obrigada.

Jay: Eu sabia que você ia gostar.

Meus olhos se enchem de lágrimas. A vida é tão injusta. Estou presa em um casamento que parece cada vez mais infeliz, sem ter qualquer chance de ficar com o homem que amo de verdade.

Estou prestes a provar meus sapatos novos quando escuto um barulho na porta. Meu coração dá um salto. Nem me importo se os vizinhos virem alguma coisa — só quero que Jay esteja aqui, do lado de fora da minha casa.

Escancaro a porta, pronta para cumprimentá-lo com um beijo intenso. Só que, quando olho para fora, não há ninguém ali. Além das luzes da varanda, está tudo escuro.

— Olá? — grito.

Ninguém responde.
Agora, mais baixo, digo:
— Jay?
Nenhuma resposta.
Que estranho. Eu tinha tanta certeza de ter escutado um barulho bem do lado de fora da porta. Fico surpresa por não encontrar uma pessoa parada ali. Mas deve ter sido minha imaginação.
Afinal de contas, não há ninguém lá fora.

CAPÍTULO 27

ADDIE

Quando chego ao meu armário no fim do dia, o cadeado foi cortado.

Eu o encaro por um instante com os olhos arregalados. O cadeado continua pendurado exatamente onde estava na última vez que mexi no armário, mas a barra de metal foi cortada por um alicate. Já ouvi falar que o pessoal da escola faz isso de vez em quando, se desconfiarem que você tem drogas, mas nem imagino por que alguém pensaria isso de mim.

Só que, quando abro o armário, sei exatamente quem foi a pessoa responsável.

Há creme de barbear por todo canto.

Arfo ao ver a quantidade de creme de barbear enchendo o armário. Havia livros e papéis lá dentro, além do meu casaco, mas o espaço todo parece ocupado agora apenas por creme de barbear. Se eu quiser pegar alguma coisa, vou ter que enfiar uma mão e tatear pelo que parecem ser mais de dez litros de espuma.

Vários alunos testemunham o espetáculo, e, a julgar pelas risadas, a cena deve ser hilária. Não preciso adivinhar por que fizeram isso comigo. Kenzie já fez comentários maldosos o suficiente na aula de educação física sobre eu raspar as pernas, apesar de eu ter criado o hábito de me depilar duas vezes por semana, sem falta.

— Ai, nossa. — Nem preciso me virar para saber a quem pertence a voz. — Aposto que todo esse creme de barbear vai acabar sendo útil. Alguém te fez um favor enorme.

Pisco para afastar as lágrimas antes de me virar para Kenzie. Ela e Bella estão me observando diante do armário, ousando chegar mais perto do que qualquer outro aluno. Há quanto tempo elas estão paradas ali, esperando que eu encontre esse caos? Eu devia sentir pena delas por terem vidas tão mesquinhas, mas não sinto. No geral, só sinto pena de mim mesma.

Por que Kenzie está fazendo isso comigo? Ela tem ciúme por achar que Hudson gosta mais de mim? Obviamente não é o caso. A namorada dele é *ela*. Eu me surpreenderia muito se ele ainda sentisse algo por mim, mesmo como amigo. Ele nem *fala* comigo.

Agora, uma multidão se reuniu ao meu redor. Todo mundo quer ver o que vou fazer. A verdade é que estão olhando e se sentindo aliviados por não ser o armário deles que está cheio de creme de barbear. Ninguém quer ser alvo de Kenzie Montgomery. Mas eu sou, e nem sei o que fiz para causar isso.

— Com licença! — ecoa uma voz adulta na outra extremidade da multidão. Ai, graças a Deus. — Podem me deixar passar, por favor?

Meu alívio momentâneo por finalmente aparecer um adulto para me ajudar a lidar com a situação vai por água abaixo quando vejo quem abriu caminho pelo amontoado de gente. É a Sra. Bennett — a pior pessoa possível. E quando vê o que há dentro do meu armário, ela parece irritada de verdade. Por outro lado, nunca a vi *não* parecer irritada, então é difícil saber a diferença.

— Addie! — exclama ela em um tom ríspido. — O que está acontecendo aqui?

Kenzie não fugiu. Fica até parecendo que ela é muito corajosa, mas a verdade é que ela sabe que não irei dedurá-la. Fazer isso seria suicídio social, ainda mais na frente de todo mundo. Caso eu tenha alguma chance de escapar ilesa, vou perdê-la completamente se entregar Kenzie agora. De qualquer forma, ela vai negar, e ninguém vai acreditar em mim.

Além disso, tenho as chaves da casa dela. Posso me vingar.

A Sra. Bennett cruza os braços, esperando por minha resposta.

— Addie...

— Não sei — digo, por fim. — Acho que alguém colocou creme de barbear no meu armário.

— Quem? — pressiona ela.

Dou de ombros.

Ela inclina a cabeça.

— Sério? Você não tem a menor ideia de quem arrombou seu armário e o encheu com creme de barbear?

Balanço a cabeça devagar.

A Sra. Bennett olha para a multidão de alunos ao nosso redor, que se tornaram a plateia para minha humilhação.

— Vocês todos. Podem ir para casa. — Os olhos maldosos dela voltam a se concentrar em mim, em um contraste enorme com os olhos castanhos bondosos do seu marido. — E *você*. Limpe isso, Addie.

Sério, qual é o problema dela? Ela é tão *rígida*. E ainda por cima sendo casada com um poeta — o professor mais legal da escola. Por que ela é assim? Por que sempre é tão cruel?

Pelo menos ela fez as pessoas pararem de me encarar, o que já é alguma coisa. Apesar de Kenzie e suas amigas continuarem enrolando no fim da fileira de armários, prestando atenção. Escuto suas risadinhas enquanto penso na minha situação. Tipo, o que vou fazer agora que meu armário está cheio de creme de barbear? Nem sei como começar a limpar isso tudo. Sem falar que todos os meus livros vão direto para o lixo.

Acho que posso ir tirando com as mãos. Eu só queria poder jogar água em tudo. E também não tenho nada com que limpar. Seria mais fácil se eu estivesse em casa, mas como vou limpar um monte de creme de barbear no meio do corredor da escola?

— O que você está esperando? — grita Kenzie. — Precisa de uma gilete?

Bella ri.

— Não dê uma gilete para ela. Ela vai acabar cortando os pulsos!

Kenzie responde alguma coisa para Bella que eu não consigo entender direito, mas meio que parece com "E daí?".

Sempre que acho que já tive o pior dia, vem um novo e consegue ganhar.

Só para completar a minha humilhação, Hudson aparece e se junta ao grupinho. Ele está usando seu uniforme de futebol americano, mas ainda não está todo sujo de terra, o que significa que ainda vai para o treino. Tenho certeza de que ele queria ver a minha cara diante do armário cheio de creme de barbear. Droga, até onde eu sei, pode muito bem ter sido ele quem arrombou o cadeado. Duvido que Kenzie tenha feito isso sozinha.

— O que houve? — pergunta ele, seus olhos azul-claros me encarando, o que é novidade.

Kenzie solta uma risadinha.

— Addie está com uns *probleminhas*. Enfim, é melhor irmos para o treino.

Hudson continua olhando na minha direção com a testa franzida. Ele sofreu muito bullying durante boa parte do ensino fundamental. Eu me lembro de uma vez no parquinho, em uma manhã chuvosa, com o chão todo lamacento, quando uns garotos o empurraram e ele caiu de cara na lama. Mas ele não revidou. Apenas aceitou, como sempre. Fui eu quem o ajudou a se levantar e o levou ao banheiro para se limpar.

Para minha surpresa, em vez de ir com Kenzie, Hudson se aproxima de mim e do meu armário cheio de creme de barbear. Por um instante, sinto vontade de jogar os braços ao redor dos seus ombros acolchoados para receber o abraço que ele teria me dado antes de nossa amizade terminar.

— Addie? O que houve?

— Nada — resmungo. — Só preciso limpar isso aqui.

Seus olhos percorrem os litros de creme de barbear dentro do armário.

— Caramba.

— Pois é.

Ele olha para trás, onde Kenzie está parada com as amigas, depois volta a me encarar.

— Vou te ajudar a limpar.

Essa é literalmente a maior quantidade de palavras que Hudson dirigiu a mim nos últimos meses. Ele tem boas intenções, mas deve saber que não vai me ajudar a limpar nada. Kenzie não vai deixar.

Como esperado, a voz de Kenzie ecoa:

— Hudson! Nós precisamos ir para o treino!

— Pode ir — digo a ele. — Sua namorada vai acabar se irritando com você.

Os olhos dele ficam sérios.

— Ela não manda em mim. Vou te ajudar.

— Hudson! — Ela não se aproxima, porém sua voz aguda ressoa no corredor. — Nós vamos nos atrasar se não formos agora!

— Dane-se ela — resmunga ele baixinho. — Anda. A gente consegue resolver isso rápido.

Olho para Kenzie, que parece furiosa. Ela arrombou meu armário e o vandalizou, e não fiz nada para merecer isso. Nem imagino o inferno em que ela transformará minha vida por sequestrar seu namorado.

— Escuta — digo —, você tem seu treino. Pode ir.

— Não — responde ele com firmeza. — Eu vou te ajudar. Eu quero fazer isso.

— Só que você está piorando as coisas.

Ele joga a cabeça para trás. Ele só queria ser legal e ajudar uma velha amiga, mas deve saber que tenho razão. Kenzie está ficando cada vez mais irritada, e, se eu deixar que ele me ajude, terei que encarar as consequências. Por mais doloroso que seja limpar tudo sozinha, será melhor assim.

— Addie... — diz ele.

— É sério. Pode ir para o treino. Você já fez o suficiente.

Hudson não parece satisfeito, mas obedientemente se vira para se juntar a Kenzie. Antes de desaparecer pelo corredor, porém, ele se vira para olhar de novo para mim. E parece tão triste.

Isso me surpreende. Quer dizer, Hudson agora é um dos caras mais populares da escola. A vida dele é infinitamente melhor do que era quando éramos só nós, dois excluídos, andando juntos. Mas, por um instante, fico me perguntando se ele sente falta daquela época. Fico me perguntando se ele sente minha falta tanto quanto eu sinto a dele.

Só que nunca mais conseguiremos ser amigos. As coisas nunca mais serão como eram entre nós.

Não depois de Hudson me ajudar a matar meu pai.

CAPÍTULO 28

ADDIE

Acabo pegando muitas toalhas de papel.

O ideal seria encontrar uma mangueira e lavar tudo. Tirei a maioria dos meus livros da parte de baixo do armário, empilhando-os no chão. No geral, eles parecem ter sobrevivido ao creme de barbear, o que já é alguma coisa.

Seria mais fácil se Hudson estivesse me ajudando. É claro que seria. Foi torturante mandá-lo embora, especialmente porque foi a primeira trégua que ele ofereceu desde que tudo aconteceu, quase um ano atrás.

Nunca me esquecerei daquele dia. O melhor e o pior dia da minha vida.

Enquanto limpo o creme de barbear do armário, fecho os olhos e me lembro da noite em que meu pai chegou em casa trocando as pernas de tão bêbado pela zilionésima vez. Nem era tão tarde assim, mas é claro que isso não importava. Meu pai era capaz de aparecer bêbado às duas da tarde.

Hudson estava lá em casa estudando. Nós sempre estudávamos juntos, apesar de ele já ter naquela época os treinos de futebol americano e um emprego de meio expediente, mas ele aparecia sempre que podia. A matéria em que Hudson ia melhor era matemática, e a pior para ele era inglês, o oposto de mim, então tentávamos ajudar um ao outro.

Ele pareceu tomar um susto quando ouvimos meu pai gritar no andar de baixo. Lembro que falei para ele: *Só ignora. Ele vai apagar daqui a pouco.*

Mas não foi isso o que aconteceu.

Meu pai subiu a escada, berrando e esbravejando. E, quando encontrou Hudson no meu quarto com a porta fechada, ficou indignado. Apesar de saber que éramos amigos, que estávamos obviamente estudando e que Hudson frequentava nossa casa desde que éramos pequenos, ele começou a berrar que eu era uma piranha e Hudson estava se aproveitando da filha dele. E não *parava*.

Foi Hudson quem finalmente o enfrentou. Fazia quase um ano e meio que ele estava malhando por causa do futebol americano, além de ter crescido durante o verão e ter se tornado mais alto que meu pai. Hudson cresceu para cima dele e disse em uma voz grossa: *Você não pode falar assim com a Addie.*

Qualquer um com o mínimo de bom senso teria se afastado naquele momento, mas não um cara que havia acabado de entornar uma garrafa inteira de uísque. Hudson só o deixou mais irritado.

Os dois continuaram berrando um com o outro no corredor. Foi meu pai quem empurrou Hudson primeiro, no meio do peito. Não sei o que Hudson teria feito depois. Não sei se ele teria coragem de dar um soco na cara do meu pai, apesar de sua mão já estar se fechando em um punho.

No fim das contas, quem empurrou meu pai de volta fui eu.

Nem me dei conta da nossa proximidade com a escada. Foi uma surpresa imensa quando ele cambaleou para trás e saiu rolando pelos degraus. Eu e Hudson nos encolhemos ao ouvir aquele baque horrível ao pé da escada. Corremos até lá e encontramos meu pai caído com o corpo contorcido, seu pescoço virado em um ângulo estranho.

Hudson começou a surtar. Eu o vi aguentar anos de bullying e nunca derramar uma lágrima, mas aquela foi a primeira vez que ele pareceu prestes a chorar. *Ele morreu, Addie! Nós matamos ele!*

Eu tinha minhas dúvidas sobre ele ter morrido mesmo, mas não chegaria perto o suficiente para descobrir. E não levaria a culpa por dar exatamente o que ele merecia.

A gente precisa sair daqui, falei para Hudson.

Ele me encarou, piscando os olhos marejados. *Como assim? Precisamos chamar a polícia. Ou... ou uma ambulância...*

Você quer ser preso?

Precisei arrastar Hudson pela porta dos fundos. Pegamos o atalho da minha casa até a porta dos fundos da casa dele, e, dez minutos depois, estávamos trancados em segurança no quarto dele. Eu me esforcei para manter a calma, mas Hudson continuou surtando. *Isso é errado*, repetia sem parar. *A gente precisa contar o que aconteceu para alguém. A gente precisa chamar a polícia, Addie.*

É claro, apenas uma hora depois, minha mãe chegou em casa do trabalho e encontrou meu pai morto ao pé da escada. Não havia sinais de crime e o nível de álcool no sangue dele deixou claro que o homem havia perdido o equilíbrio no topo da escada e sofrido uma queda trágica. Até onde todos sabiam, Hudson e eu passamos a tarde toda estudando no quarto dele. Então ninguém descobriu nossa participação na morte dele.

Só que Hudson nunca me perdoou.

Nós nos safamos, mas, no dia seguinte na escola, Hudson mal conseguia olhar para mim. Tentei conversar, mas ele só repetia: *Não dá, não dá.* Por algum motivo, não tinha percebido o quanto ele tinha ficado abalado. Não tinha percebido que aquele era o tipo de coisa que ele jamais conseguiria superar.

Sem Hudson, fui tenebrosa em matemática no semestre seguinte. E sem a amizade dele, passei a ficar mais tenebrosa ainda. A única outra pessoa que eu tinha para conversar era minha mãe, e ela também estava de luto. Eu não tinha ninguém. Então, quando o Sr. Tuttle foi legal comigo, o que eu deveria fazer? Ignorá-lo?

Ele só queria me ajudar. Apesar de ninguém acreditar, ele nunca fez nada de errado. Se eu tivesse um pai como ele, talvez não fosse tão problemática. Não suporto o fato de a vida dele ter sido destruída por minha causa.

Demoro mais de uma hora, mas finalmente consigo limpar boa parte do armário. Meus livros estão meio úmidos, mas vou deixá-los secando durante a noite. Não tenho outra opção.

Quando estou fazendo a última viagem ao banheiro em busca de toalhas de papel, olho para uma das janelas do corredor — o mundo está caindo lá fora, é claro. Eu me lembro de ter visto a previsão do tempo sobre chuva mais tarde, mas achei que chegaria em casa antes disso. Agora, vou ter que ir embora, de bicicleta, embaixo de uma tempestade.

Dou uma última esfregada no armário, e, quando estou quase terminando, ninguém menos que o Sr. Bennett vem descendo pelo corredor. Pisco de surpresa ao vê-lo. Mas ele sempre fica na escola até tarde, porque é o supervisor do jornal estudantil.

— Oi, Addie — diz ele. Ele olha para meu armário, ainda com restinhos de creme de barbear grudados nos cantos que não consegui alcançar. — O que você está fazendo?

Meus instintos me dizem para mentir, mas acabo soltando:

— Alguém encheu meu armário de creme de barbear.

Ele se encolhe.

— Eita. Quem foi?

Apenas balanço a cabeça. Ele ergue as sobrancelhas, mas não vou contar.

— Tudo bem. — Ele observa o armário. — Precisa de ajuda para limpar?

A reação do Sr. Bennett é completamente oposta à bronca que sua esposa me deu mais cedo.

— Na verdade, talvez o senhor consiga alcançar o creme grudado naquele cantinho ali.

— Pode deixar.

O Sr. Bennett acaba me ajudando a limpar o restante do creme de barbear, e arrumamos os livros de volta no armário de um jeito que os ajude a secar melhor. Parece um problema de geometria que eu não sei resolver, mas vai dar certo. Fiz tudo que podia, de qualquer forma.

— Obrigada — digo ao Sr. Bennett quando fechamos o armário. Removo o cadeado quebrado e o substituo pelo do armário do vestiário. — Seria difícil fazer tudo sozinha.

— De nada. — Ele arqueia uma sobrancelha. — Quer uma carona para casa?

Eu me retraio. O Sr. Tuttle me levou para casa algumas vezes e esse foi um dos exemplos de "comportamentos inapropriados" mencionados pela diretora.

— Não, obrigada.

— Mas está chovendo muito — argumenta ele. — E você não tem carro, né?

Solto uma risada irônica.

— Não tenho nem carteira de motorista. Só uma licença de aprendizagem, que não serve para nada.

— Então. Talvez você não devesse recusar uma boa carona.

Não sei o que dizer. Obviamente, eu preferia voltar para casa no carro bonito e seco do Sr. Bennett do que tentar ir de bicicleta ou, pior, andar na chuva. Minha mãe ainda está trabalhando no hospital, então não existe a possibilidade de ela vir me buscar nas próximas duas horas.

— Não quero causar problemas — digo, por fim.

Ele concorda com a cabeça, sério.

— Eu agradeço. Mas é sério, não tem problema. Já dei carona para outros alunos e ainda não perdi meu emprego.

Quando ele fala desse jeito, parece bobagem mesmo. É só uma carona oferecida por um ser humano para outro. Ele não pode me dar carona só porque é meu professor? Que coisa ridícula.

— Tudo bem — respondo.

É uma bobagem. Nada de ruim vai acontecer.

CAPÍTULO 29

ADDIE

O carro do Sr. Bennett estava estacionado perto da entrada dos fundos da escola, mas ainda assim ele abre um guarda-chuva. Eu chego perto dele para não me molhar, mas não perto demais, obviamente.

Seu carro é um Honda Accord cinza. Acho estranho, porque esperava algo mais chamativo, tipo um conversível vermelho ou coisa assim, o que é esquisito, porque o Sr. Bennett não é de usar coisas chamativas. Mas é um carro tão de *adulto*, apesar de o Sr. Bennett passar a impressão de ser adolescente como nós.

O interior do carro tem o cheiro dele. Não sei exatamente que cheiro é, talvez uma colônia, um pós-barba ou coisa assim, mas já notei que ele é cheiroso. Não consigo sentir seu perfume quando ele está sentado à mesa do professor, mas o cheiro dele chega até meu lugar na primeira fileira quando ele dá a volta nela.

— Desculpa a bagunça — diz ele enquanto tira alguns papéis do banco do passageiro.

Mas não está tão bagunçado assim, ainda mais se comparado com o carro da minha mãe. Toda vez que entro nele, sempre há batatas fritas de fast food no chão.

Eu me acomodo no banco do carona e coloco o cinto de segurança. Quando o Sr. Bennett se senta no banco do motorista, fica mais esquisito ainda. Tenho a sensação de que deixamos de ser professor e aluna, nos tornando dois amigos indo juntos para casa. A única pessoa com quem ando assim no carro é minha mãe e ela é bem mais velha que o Sr. Bennett. Pelo menos em uns dez anos, talvez mais.

E ele não é como outros adultos que conheço. Eu andava no carro do Sr. Tuttle, mas ele era velho, como meu pai ou até meu avô e tal. Só que o Sr. Bennett não é assim. Ele é muito bonito — mais bonito que praticamente todos os garotos da minha idade —, e é difícil não notar isso.

É claro que, se fôssemos amigos, eu não o chamaria de Sr. Bennett. Seu primeiro nome é Nathaniel. Nathaniel Bennett. Penso em Nathaniel Hawthorne, autor de *A letra escarlate*, que li na aula de inglês do ano passado. Há algo poético no nome Nathaniel.

Nathaniel e Adeline. Parece um casal de séculos passados.

Já ouvi outros professores o chamarem de Nate. Se fôssemos amigos, eu provavelmente o chamaria assim. Mas, como não somos, continuarei usando "Sr. Bennett".

— Obrigada de novo — digo quando ele liga o carro.

— De nada. — Ele sai da vaga, os limpadores de para-brisa indo de um lado para o outro em um ritmo furioso. — Eu não ia deixar você ir andando nesse tempo. E não estou com pressa. Eve tem um compromisso hoje à noite.

Estou sentada ao seu lado enquanto ele dirige. Falei meu endereço, e ele parece saber o caminho sem precisar do GPS. Então fico ali, brincando com um fio solto na costura da minha calça jeans. Tento pensar em algum assunto para puxar, mas tudo que surge na minha cabeça parece idiota. Quer dizer, tenho 16 anos. Não acho que nada do que eu disser será interessante para ele. Geralmente, só conversamos sobre poesia, mas este não parece ser o momento para falar disso.

— Então — finalmente diz ele —, a pessoa que encheu seu armário de creme de barbear foi a mesma que estragou suas roupas?

Hesito por um instante antes de concordar com a cabeça. Entreguei a carta que escrevi para Kenzie como dever de casa, mas, para falar a verdade, alguns dos meus pensamentos raivosos também eram voltados para a Sra. Bennett. O Sr. Bennett não a corrigiu nem a devolveu para mim, mas disse quando a entreguei: *Aposto que você se sentiu bem escrevendo isso.*

Eu me senti bem mesmo.

Mas não tanto quanto me sentiria se *fizesse* todas aquelas coisas.

— Sinto muito pelo que está acontecendo com você — diz ele. — Você não merece ser tratada assim. Ninguém merece. E saiba que não há nada de errado em se defender.

— É meio difícil me defender quando a outra pessoa tem seu próprio exército.

Eu me preparo, esperando pelo sermão motivacional que todo adulto me passa, mas o Sr. Bennett apenas concorda com a cabeça.

— Não vou mentir. A escola pode ser um saco, às vezes.

— Tenho certeza de que não foi um saco para o senhor.

— Hum. Acho que você não sabe como foi ser um garoto de 16 anos que gostava de escrever poesia.

Apesar de tudo, tenho que rir. É difícil imaginar o Sr. Bennett com 16 anos, como eu. Há momentos, porém, em que ele parece muito jovem. Quase consigo visualizá-lo adolescente, sentado embaixo da árvore, na área externa da escola, escrevendo poemas.

— Qual foi o primeiro poema que você escreveu? — pergunto.

Meu rosto arde um pouco quando me questiono se fiz uma pergunta idiota, mas ele não parece pensar assim. Ele pressiona os lábios como se pensasse na resposta. Eu me dou o direito de observá-lo e reparo em um pequeno corte no seu queixo, que talvez tenha ganhado ao fazer a barba de manhã. Muitos garotos da minha turma ainda não fazem a barba e só tem tufos de pelos nojentos espalhados pelo queixo.

— Escrevi um poema quando eu tinha 6 anos — diz ele. — Para minha mãe, pelo Dia das Mães. Ela o prendeu na geladeira e o deixou lá por anos, então ainda me lembro dos versos. Calma aí. *Amo minha mãe, e já sei por quê. Ela me dá comida para eu não morrer.*

— Ai, mas que coisa fofa — falo com a voz esganiçada.

— Pois é. Eu era uma gracinha. — Ele sorri para mim. — E você?

— Acho que nunca escrevi nada tão fofo. De qualquer forma, só passei a levar poesia a sério no ensino médio. — Agora, meu rosto parece estar pegando fogo. — Não quero dizer que sou poetisa nem nada. Não sou. Só que eu não levava meus poemas a sério antes disso. Mais ou menos a sério.

— Mas você é uma poetisa. — O sorriso desaparece do rosto dele. — Não negue, porque você é, sim. Mais do que muitos adultos que dizem ser poetas.

Aperto as mãos entre os joelhos. Às vezes, adultos falam coisas só para agradar, mas não parece ser o caso. Ele parece estar falando o que pensa.

Quase fico triste quando minha casa surge. Eu passaria mais uma ou duas horas ali conversando com o Sr. Bennett. No geral, quando estou no carro com minha mãe, ligo o rádio para evitar conversas desconfortáveis, mas não sinto vontade de fazer isso com o Sr. Bennett.

— Obrigada pela carona — digo quando ele estaciona na frente da minha calçada.

— O prazer foi meu.

Ele deixa o carro em ponto morto, e, por um milésimo de segundo, quase parece que nós dois estamos em um encontro e ele veio me deixar em casa no fim da noite. É tão absurdo, mas é essa a sensação que tenho. E, por um instante, é quase como se eu devesse me inclinar para um beijo de boa-noite.

Mas que coisa ridícula.

— Obrigada de novo. — Pego minha mochila no chão e abro a porta do carro. — De verdade.

— Sempre que você precisar, Addie.

Saio correndo do Honda até minha porta, tentando fugir da chuva, e me pego sorrindo feito uma idiota.

CAPÍTULO 30

EVE

—Agora, esses cabem feito uma luva.

Jay está ajoelhado ao meu lado, no corredor dos fundos da Simon's Shoes, depois de calçar meus pés com scarpins verdes da Calvin Klein. Fazemos isso às vezes após nossa sessão na sala de estoque, se *ela* não ligar pedindo para ele voltar para casa. Vamos para a frente da loja e ele me ajuda a provar sapatos. Já tem meia dúzia de caixas no chão ao meu lado.

— Não tenho dinheiro para comprá-los — lembro a ele, apesar de serem maravilhosos.

— Eu queria poder comprar para você. — Seus olhos encontram os meus. — Eu queria poder comprar todos esses sapatos para você.

— E eu queria não ter que voltar para *ele* em casa.

Falo sem pensar, mas, quando as palavras saem da minha boca, percebo como são verdadeiras. No meu aniversário, cogitei tentar salvar meu casamento, mas agora entendo que eu e Nate nunca conseguiremos achar o caminho de volta um para o outro. O abismo entre nós aumenta a cada dia que passa.

— Por que você não se separa? — pergunta Jay.

Solto uma risada irônica enquanto tiro os sapatos com os pés. Gostei *demais* deles, e isso me deixa frustrada.

— E depois? Nós vamos fugir juntos?

Apesar de eu falar com sarcasmo, a verdade é que sonho com um final feliz entre mim e Jay. É impossível — nós dois temos complicações demais —, mas sonhar não custa nada. No fim das contas, porém, eu não conseguiria fazer isso com Nate. Não seria capaz de humilhá-lo dessa maneira.

Mas há dias em que penso que ele mal sentiria minha falta. Quando chegou em casa hoje, ele estava ensopado e me disse que caminhou na chuva para se inspirar. Então, foi para seu escritório no segundo andar e fechou a porta. Bati para avisar que estava saindo, e ele mal respondeu.

Como se eu tivesse dado a deixa, o telefone de Jay começa a tocar. Desta vez, enquanto ele fala, escuto um bebê chorando ao fundo. Apoio o queixo nas mãos, tentando afastar a culpa que me apunhala o peito. Não importa o que aconteça com Nate, preciso terminar com Jay. O mais rápido possível.

— Você precisa ir — comento assim que Jay desliga.

— Ela precisa de mim em casa. — Ele suspira. — O bebê está... Enfim. Semana que vem?

Enquanto ele ainda está agachado ao meu lado, estico o braço e passo os dedos por uma velha cicatriz irregular pouco abaixo de onde seu cabelo começa. Ele me disse que era de um machucado da infância, de quando tentou passar por baixo de uma cerca. Em alguma dessas semanas, vai ser a última vez para nós dois. Mas espero que não seja nesta, nem na próxima.

Mas será logo.

— Sim — respondo. — Até semana que vem.

Jay olha para as caixas de sapatos espalhadas ao redor dos meus pés.

— É melhor eu guardar isso tudo. Não quero arrumar encrenca.

Todas as caixas vieram do estoque, então pegamos algumas e as levamos de volta. Quase como cães de Pavlov, começo a sentir tesão assim que nos aproximamos da sala. Não importa se já tivemos duas rodadas hoje. Ainda o desejo. E, pelo olhar em seu rosto ao me fitar, ele sente a mesma coisa.

— Semana que vem... — Ele parece estar falando tanto pra si quanto para mim. — Mal posso esperar.

Saímos juntos da loja. Ele tranca a porta e, como sempre, vai comigo até meu carro, parado no pequeno estacionamento. Sempre fico um pouco ansiosa quando eu e Jay estamos juntos em público, o que geralmente é só por um instante, quando vamos embora. Mas estou com uma sensação estranha hoje, como se alguém estivesse nos observando.

Ao nos aproximarmos do meu Kia, Jay agarra meu braço e se inclina para me beijar. Então ele segue para o próprio carro, para voltar para sua casa com o bebê chorando. Eu entro no meu Kia e volto para o marido que não me ama.

CAPÍTULO 31

ADDIE

Tenho prova de matemática hoje e estou tão ferrada.

Não entendo nada da matéria. Na melhor das circunstâncias, já tenho dificuldade. Quando ainda falava comigo, antes que eu o obrigasse a encobrir o assassinato (acidental) do meu pai, Hudson se sentava comigo e me explicava a matéria cheio de paciência. E, depois, o Sr. Tuttle fazia o mesmo. Mas parece que aos poucos fui isolando todo mundo que me oferecia ajuda de graça.

Talvez fosse melhor eu pedir para minha mãe contratar um professor particular, já que a Sra. Bennett não vai diminuir o ritmo por minha causa. Mas não posso fazer isso, mesmo porque o dinheiro anda apertado. Minha mãe tem feito plantões extras no hospital, e a escutei tendo uma conversa assustadora com o banco sobre o pagamento da nossa hipoteca. Então a última coisa que quero é pedir que ela gaste mais dinheiro comigo porque sou burra demais para entender trigonometria.

E conseguir um professor particular não me ajudaria em nada neste momento, já que a Sra. Bennett está distribuindo as provas. Nada me ajudaria agora.

Leio a primeira questão, torcendo para a prova ser miraculosamente mais fácil do que o esperado. Talvez eu esteja mais preparada do que imagino. Coisas mais estranhas já me aconteceram.

Um nadador precisa pegar um objeto a 5 metros da parede da piscina. Se o ângulo de depressão do objeto desde a plataforma da piscina for de 30°, encontre a distância vertical que ele precisa nadar para chegar ao objeto.

Isso não é difícil. Eu consigo encontrar a resposta.
Se concentra, Addie!

Enquanto encaro o papel sobre a mesa, é impossível não notar que tenho a visão desimpedida para a prova de Kyle Lewis. Ele está sentado bem na minha frente, do lado esquerdo, mas, por ser canhoto, tenho uma vista privilegiada de tudo o que ele escreve. E Kyle sempre tira dez em matemática.

É claro, eu estaria *colando*. Não existe outra definição para isso — olhar a prova de outro aluno seria errado e, apesar de eu ter feito muitas coisas ruins na vida, sempre me considerei alguém que jamais faria uma coisa dessas.

Tirando que, se eu não fizer, com certeza vou tirar zero na prova. Droga.

Tudo bem, e se eu só olhar a resposta para algumas das perguntas? Não preciso copiar todas, só o suficiente para tirar uma nota acima da média. Mesmo porque não é que eu vá usar trigonometria para alguma coisa no futuro. Até parece que vou deixar de aprender uma habilidade importantíssima para a minha vida. Poesia deve ser mais útil que trigonometria, e isso já diz muito.

Antes de eu conseguir me controlar, estou copiando as respostas de Kyle. Por sorte, as perguntas são de múltipla escolha, e mostrar o raciocínio não é necessário, apesar de eu tentar rabiscar algumas coisas, porque não quero deixar óbvio que... Bem, não quero deixar óbvio que copiei as respostas do cara sentado à minha frente.

Depois que a Sra. Bennett anuncia que o tempo acabou, passo minha prova para a frente com o restante da turma. Apesar de a maioria das minhas respostas estar correta, sinto meu estômago embrulhar.

Eu colei. Nunca fiz nada parecido antes.

Talvez, no fundo, eu seja tão ruim quanto meu pai.

Mas preciso ver o lado positivo. Eu ia tirar zero na prova e, apesar de não ter copiado todas as respostas de Kyle, porque daria muito na cara, tenho certeza de que vou tirar pelo menos oito.

Enquanto pego minhas coisas, sou encoberta por uma sombra. Levanto a cabeça e vejo Kenzie me encarando do alto. Ela senta duas mesas atrás de mim, à esquerda, e eu quase me esqueço da sua presença na aula, tirando o fato de ela sempre dar um jeito de bater em mim com a mochila quando sai. Só que, agora, ela não está passando direto. Está parada ao meu lado.

— Então, Addie — diz ela —, conseguiu ver direitinho a prova do Kyle?

O sangue se esvai do meu rosto.

— O quê?

— Cara, você foi *tão* descarada. — Ela revira os olhos. — Acho que até a Sra. Bennett te viu olhando para a prova dele. Mas caso não tenha visto...

Percebo aonde ela quer chegar. Kenzie me viu olhando para a prova de Kyle e vai me dedurar. Se eu fizesse algo parecido com ela, seria atormentada para sempre. Mas Kenzie consegue se safar de tudo.

— Não faz isso, por favor. — Odeio ter que implorar, mas não posso ser o centro de outro escândalo na escola. *Não posso.* — Eu não... Quer dizer, talvez tenham sido só uma ou duas respostas, mais nada.

Ela dá de ombros.

— Eu sei o que vi, Addie.

Kenzie sai a passos largos da sala, andando muito mais rápido do que eu com suas pernas longas e esbeltas. Ela é mesmo detestável de tão perfeita fisicamente. Nem consigo culpar Hudson por gostar dela. Apesar de eu odiá-la.

— Kenzie... — Estou bufando para alcançá-la enquanto ela anda pelo corredor, indo na direção oposta da minha próxima aula. Vou acabar me atrasando, mas tenho prioridades. — Não conta para a Sra. Bennett, por favor. Por favor. Faço tudo que você quiser.

Kenzie para de repente. Ela se vira para mim com os olhos azuis brilhando.

— Tudo?

— Sim! Tudo.

— Então tá. — Ela bate um dedo contra os dentes. Suas unhas estão pintadas de azul-gelo. — Quando a gente chegar na aula de inglês hoje, quero que você fique de quatro e lamba o chão.

Fico boquiaberta.

— Lamber o *chão*?

Ela concorda com a cabeça.

— Por sessenta segundos.

Nem sei o que dizer. Se fosse em outra aula... Bem, não sei se eu aceitaria, porque, tipo, que nojo. Mas com certeza não vou lamber o chão na frente do Sr. Bennett. Meu Deus, o que ele pensaria de mim?

— Não vou fazer isso — digo.

— Nesse caso... — Os olhos dela brilham. — Acho que eu e a Sra. Bennett precisamos ter uma conversinha.

— Por favor, Kenzie — choramingo. — Eu errei feio. Nunca fiz nada assim antes. *Não* sou uma pessoa ruim.

— Isso — diz Kenzie — é questionável.

Com essas palavras, ela me dá as costas, praticamente jogando o cabelo loiro comprido na minha cara. Por que Kenzie me odeia tanto? Nunca fiz nada para ela. E não acho que ela se comportaria assim por causa do Sr. Tuttle. Só pode ser por causa de Hudson.

Será que Hudson contou nosso segredo para ela?

Se for isso, tenho problemas piores do que a Sra. Bennett descobrir que colei na prova.

CAPÍTULO 32

ADDIE

Enquanto estou sentada na aula de inglês do Sr. Bennett (*sem lamber o chão, apesar de Kenzie ficar me lançando olhares*), uma aluna entra na sala com um papel dobrado, interrompendo o Sr. Bennett no meio de um debate sobre um poema de Robert Frost. Quando ele ergue as sobrancelhas, ela diz:

— Tenho um bilhete para Adeline Severson.

O Sr. Bennett pega o papel. Ele abre a folha e lê o conteúdo, seus lábios se curvando para baixo. Por um instante, seus olhos castanhos encontram os meus.

— Obrigado — diz ele para a aluna. — Vou entregar para ela.

Nunca desejei ter superpoderes antes, mas, neste momento, eu daria tudo para ter visão de raio X e conseguir ler o que está escrito no papel. Mas o Sr. Bennett o coloca sobre a mesa e volta a falar sobre Robert Frost. Como se eu fosse capaz de continuar filosofando agora sobre o fato de que nada que é de ouro permanece.

Como esperado, assim que o sinal toca, o Sr. Bennett me chama com um dedo. Vou me arrastando até sua mesa e ele estica o bilhete para mim. Não consigo impedir minhas mãos de tremerem um pouco enquanto leio o recado:

Adeline,
  Por favor, venha até minha sala imediatamente após sua última aula.
                                                    Eve Bennett

Ah, não. Não acredito que Kenzie falou com ela tão rápido.

— O que foi que aconteceu? — pergunta o Sr. Bennett, apesar de sua voz ser suave. O espaço entre suas sobrancelhas está franzido de leve.

— Não faço ideia — minto.

O Sr. Bennett não parece acreditar em mim, mas não insiste.

— Se você estiver com algum problema, sabe que pode me contar, né?

Sua oferta é tão gentil que quase me desmancho em lágrimas. Mas a pior parte é que, se ele soubesse o que fiz — que colei de outro aluno —, ficaria muito decepcionado comigo. É por isso que não aceito a oferta. Por outro lado, a Sra. Bennett é casada com ele. A confidencialidade não existe neste caso. Se ela achar que fiz algo errado, contará para ele. Ela contará para *todo mundo*.

— Estou bem — respondo. Outra mentira, mas tanto faz.

Os olhos do Sr. Bennett permanecem grudados nas minhas costas enquanto saio da sala. Tento me convencer de que ela pode querer falar comigo sobre outra coisa. O bilhete assustador não necessariamente significa que a Sra. Bennett sabe que copiei a prova de Kyle. Talvez ela só queira me ajudar com algumas sugestões. Mas então por que pediria que eu fosse "imediatamente" e pediria para outra aluna entregar o bilhete?

Quando chego à sala da Sra. Bennett, ela está sentada à mesa, parecendo corrigir as provas. Sua mão aperta a caneta vermelha, e sua testa está franzida de concentração. Enquanto a observo, não consigo entender o que o Sr. Bennett viu nela. Ela até é bonita, mas vive de cara amarrada. Como ele aguenta?

— Sra. Bennett? — Bato de leve à porta da sala, apesar de já estar aberta. — A senhora queria falar comigo?

— Sim. — Seus lábios formam uma linha reta no meio do rosto, quase como se tivessem desaparecido dentro da boca. — Sente-se, Adeline.

O fato de ela me chamar pelo meu nome inteiro me deixa nervosa. Minha mãe também faz isso antes de me dar bronca. Mas obedeço, me acomodando na carteira diante dela.

— Então. — A Sra. Bennett foca sua atenção em mim. — Tem alguma coisa que você queira me contar?

Eu a encaro. Não digo nada. Seja lá o que Kenzie contou para ela, não há provas.

Quando fica óbvio que não vou confirmar nem negar nada, ela tira duas provas de baixo da pilha de papel sobre a mesa e as joga à frente.

— Você copiou a prova do Kyle. Você estava sentada bem atrás dele, olhou para a prova e copiou as respostas.

Abro a boca para falar alguma coisa, mas há algo entalado na minha garganta, e nada sai dela. Não acredito que isto esteja acontecendo. Nunca colei na vida, e, quando resolvo fazer isso pela primeira vez, sou descoberta, tipo, uma hora depois. Sou azarada demais.

Para ser justa, ninguém descobriu que matei meu pai.

— Então? — As sobrancelhas dela se levantam. — Você não tem nada a dizer?

As palavras continuam sem sair. O que eu poderia falar? Colei mesmo. Não quero mentir e piorar o que já fiz.

— Desculpa — finalmente digo com a voz aguda.

A Sra. Bennett não parece nada comovida. Isso não me surpreende. Ela me lembra da bruxa malvada de algum filme da Disney. Só falta uma capa.

— Colar é muito grave. Amanhã cedo, vou conversar com a diretora sobre isso.

A diretora Higgins já não gosta de mim. Ela gostava antes. Bem, durante meu primeiro ano e meio no Colégio Caseham, ela nem sabia que eu existia, e talvez fosse melhor assim. Na primeira vez em que conversamos, ela foi tão legal comigo. Mas, agora, por causa do que fiz com o Sr. Tuttle, ela me vê como uma menina problemática.

O que ela vai fazer quando descobrir que, além de tudo, colei na prova?

— Pode ir — diz a Sra. Bennett para mim.

Levanto com as pernas trêmulas e consigo sair da sala sem desabar no chão. Não sei o que vai acontecer amanhã, mas será péssimo. A diretora vai descobrir que colei de Kyle. É bem provável que chamem minha mãe, e então vou ver aquele olhar decepcionado horrível no rosto dela.

Talvez a pior parte seja que o Sr. Bennett vai saber de tudo.

Estou furiosa com Kenzie. Ela não precisava ter contado para a Sra. Bennett. Ela podia ter ficado de boca calada. Nem entendo por que ela me odeia tanto.

Não vou mais ser capacho de ninguém. Não vou deixar que Kenzie saia impune dessa.

CAPÍTULO 33

EVE

Quando chego em casa da escola, fico surpresa ao encontrar Nate esperando por mim.

Quase sempre sou a primeira a chegar. Ele costuma passar tanto tempo na escola que não entendo o que ele faz lá. Mas, hoje, quando chego, ele está sentado no sofá. E quando entro na sala, ele se levanta para me cumprimentar. Até me dá um beijo.

— Como foi seu dia? — pergunta ele.

— Bom. — Olho para a cozinha para ver se ele deixou alguma coisa cozinhando. — O que você quer jantar hoje?

— Na verdade — diz ele —, pensei em pedir comida. Você escolhe, qualquer lugar.

No geral, Nate acha que pedir comida sai caro demais, ele prefere comer macarrão instantâneo a fazer um pedido em um restaurante italiano.

— Que ótima ideia.

Um sorriso surge em seus lábios. Seus olhos percorrem meu corpo, e seu rosto exibe uma expressão que não vejo há muito tempo.

— Você está bonita hoje, Eve.

Estou? Hoje, escolhi uma blusa de botões branca e uma calça bege. Também estou usando, é verdade, meus sapatos da Manolo Blahnik, que não uso com frequência, mas estava precisando de algo para me animar.

— Obrigada.

Então, ele me beija de novo. Desta vez, é um beijo demorado, longo. Há certo frenesi no beijo, e, um segundo depois, ele abre o primeiro botão da minha blusa.

— Nate — arfo.
— Vamos subir — sussurra ele ao meu ouvido. — Tá?
Não vou recusar.
Meia hora depois, estamos deitados ofegantes na cama. Nate se mostrou tão determinado em me devorar que acabei chutando meus sapatos Manolo para longe em vez de tirá-los cuidadosamente e guardá-los com todo o amor no fundo do closet. O restante de nossas roupas estão espalhadas pelo chão. Quando olho para Nate, há uma camada de suor cobrindo todo o seu corpo, e ele me fita de volta, sorrindo.
— Nossa — diz ele. — Isso foi...
Concordo com a cabeça. Não sei o que mudou hoje, mas talvez exista um caminho para salvarmos nosso casamento. Eu gosto muito de Jay, mas nós dois não temos futuro. O futuro é Nate, de um jeito ou de outro.
— Que bom que vamos pedir comida — digo. — Estou exausta demais para cozinhar.
Nate ri.
— Eu sei.
— A gente devia, hum... — Meus olhos encontram os dele. — A gente devia fazer isso com mais frequência.
— Sem dúvida.
Eu me aconchego em meu marido e ele passa um braço ao meu redor. Apoio a cabeça nos músculos do ombro dele, me sentindo feliz ao seu lado pela primeira vez em muito tempo. Nós transamos uma vez por mês, só que nunca mais tinha sido desse jeito. No geral, é tudo muito automático, como se estivéssemos escovando os dentes.
Hoje foi como nos velhos tempos, quando nos conhecemos.
— Aliás — murmura Nate no meu cabelo —, recebi um bilhete esquisito hoje. Dizia que você precisava falar com Addie Severson assim que possível. Está tudo bem?
Addie Severson é a última pessoa sobre quem quero falar enquanto saboreamos nosso êxtase pós-sexo, mas seria grosseria não

responder. Além do mais, quero que ele saiba o que aquela garota fez. Ele precisa saber do que ela é capaz.

— Mais ou menos — digo. — Ela colou na prova.

Ele fica em silêncio por um instante.

— Colou como?

— Ficou olhando para a prova de outro aluno. Eu percebi e conferi as duas provas depois. As respostas eram praticamente idênticas. O outro garoto é um ótimo aluno e seria impossível ela acertar tantas respostas sozinha.

— Nossa. O que você vai fazer?

— Vou conversar com a diretora. — Preciso esperar até amanhã cedo, mas esse é o protocolo quando pegamos algum aluno colando. — Vou contar para Higgins o que aconteceu e deixar que ela resolva.

— A diretora. — Nate balança a cabeça. — Caramba. Que rígida. Você precisa mesmo contar justo para a diretora?

— Preciso. São as regras.

— Bem — diz ele em um tom pensativo enquanto aperta meu corpo —, não que ela tenha feito algo deplorável. Ela não bolou de maneira premeditada um esquema de colas para pegar as respostas da prova. Só estava lá fazendo a prova, sem saber resolver os problemas. Sei como é. Ela entrou em pânico.

— Ela *colou*, Nate.

— Mas você nem tem provas, tem? — Ele franze a testa. — Você acha que a viu copiando a prova de alguém, mas talvez não tenha sido isso que aconteceu. Talvez ela tenha estudado. Ela admitiu que fez algo errado?

Tecnicamente, Addie não admitiu ter colado. Mas eu a *vi* olhando para a prova de Kyle. Após tantos anos como professora, foi absurdamente óbvio. Além do mais, aquela garota não é capaz de tirar uma nota tão alta sozinha. E vi o olhar em seu rosto quando a coloquei contra a parede.

— Não exatamente.

— Ela está passando por uma fase difícil. — Ele me aperta mais contra seu corpo quente. — Todo mundo já esteve nessa situação, Eve. Você não teve dificuldade em inglês no ensino médio e precisou de aulas particulares?

Não sei o que dizer. Em tese, é verdade.

— Então ela devia ter tido aulas particulares. Não precisava colar.

— Nem todo mundo tem dinheiro para bancar um professor particular. Acho que nós dois concordamos que Addie passou por *muita* coisa no último ano.

Em qualquer outra circunstância, essa conversa me deixaria furiosa. Colar é errado e o fato de meu marido defender uma aluna que copiou a prova dos outros é ridículo. Ainda mais porque ele parece ter transformado Addie em sua queridinha, apesar de eu tê-lo alertado sobre ela. Só que, aconchegada em seus braços, não consigo me sentir irritada nem indignada. Nate se importa muito com os alunos, eu entendo. Esse foi um dos motivos pelos quais me apaixonei por ele.

— Então, qual é a sua sugestão? — pergunto.

— Bem — responde ele —, é óbvio que você não pode deixar ela ficar com a nota, mas, se lhe der zero e uma bronca, duvido que ela tente fazer algo assim de novo. E talvez esse seja o susto de que ela precisa para tomar jeito.

— Você acha?

Addie parece um caso perdido às vezes.

— Com certeza. — Ele beija minha testa. — Sei que, no fundo, você quer que ela e todos os seus alunos aprendam. Acho que vai ser o melhor para ela. Você não quer estragar a vida da menina, né? Mesmo que ainda esteja com raiva pelo que aconteceu com Art. Você entende que não foi culpa dela, certo?

Entendo? É provável que ele tenha razão. Addie Severson passou por muita coisa no ano passado. A verdade é que tenho sido dura com a menina. Talvez por estar com raiva de o meu mentor ter perdido o emprego por causa dela.

— Tudo bem — concordo. — Não vou meter a diretora nisso. Vou conversar com ela depois da aula e avisar que lhe darei zero, mas não vou contar para ninguém.

— Essa é a coisa certa a fazer, Eve.

Ele me dá outro beijo na testa antes de se virar e sair da cama em direção ao banheiro. Um segundo depois, escuto a água do chuveiro e meu telefone vibra na mesa de cabeceira. Eu o pego e encontro uma mensagem esperando por mim no Snapflash.

Jay: Vamos nos ver amanhã?

Olho para a porta do banheiro, onde o chuveiro continua ligado. Fazia tempo que eu desejava que Nate me tratasse com tanta paixão. De muitas formas, foi perfeito. Exatamente o que eu queria, e torço para mais momentos assim acontecerem no futuro.

Mas alguma coisa está me incomodando.

Talvez eu não tenha me impressionado com o fato de ele ter começado a falar de Addie assim que terminamos. E então, foi direto para o banho.

Só que, no fim das contas, a questão aqui não é ele, e sim o cara que está conversando comigo. Jay juntou dinheiro para me dar um lindo par de sapatos no meu aniversário, enquanto meu marido não me deu nada. Nunca precisei questionar se Jay tinha segundas intenções. Está estampado no seu rosto o quanto ele me deseja. Então só hesito por um instante antes de digitar a resposta:

Eu: Pode contar comigo.

CAPÍTULO 34

ADDIE

Kenzie tem o treino da equipe de líderes de torcida pelo menos até as cinco da tarde. Seus pais com empregos importantes também só chegarão tarde.

Eu, por outro lado, não tenho absolutamente nada para fazer com meu tempo, enquanto espero para descobrir se a diretora Higgins me expulsará da escola amanhã.

Paro a bicicleta a um quarteirão da casa de Kenzie, acorrentando-a em um poste. Pego a mochila e sigo andando pela rua até a mansão, o peso dos livros fazendo as alças se enterrarem nos meus ombros. Caminho com um ar decidido, como se eu estivesse exatamente onde deveria. Como se eu fosse amiga de Kenzie, fazendo uma visita.

Apesar de isso estar bem longe de ser verdade.

Toco a campainha, esperando pelo som de passos. Toco de novo só para garantir, mas escuto apenas o silêncio. É como eu suspeitava — não há ninguém. A casa está completamente vazia.

Olho para as casas ao redor, que parecem tão vazias e silenciosas quanto a dos Montgomery. Quando me sinto confiante de que ninguém está me observando, sigo pela lateral da casa, pisando firme pelo quintal verdejante.

Chego até a porta dos fundos e reviro o bolso da mochila. Pego as chaves. Joguei fora o chaveiro que dizia *Kenzie* com pedrinhas brilhantes, mas guardei as chaves. A família pode muito bem ter trocado todas as fechaduras depois que Kenzie perdeu o chaveiro. Mas ela mora em um bairro seguro. Talvez seus pais tenham achado que ela deixou as chaves caírem em algum canto e que isso não justificaria o estresse de trocar as fechaduras.

Bem, de toda forma, estamos prestes a descobrir.

Há três chaves, mas uma é maior e parece ser da porta da casa. Respiro fundo e a enfio na fechadura. Conto até dez na minha cabeça, então tento virá-la.

Ela vira.

Paro por um instante, tentando ouvir o som de algum cachorro latindo. Não escuto nada. Então, eu termino de virar a chave, giro a maçaneta e entro na cozinha da casa dos Montgomery.

A primeira coisa que faço é olhar ao redor em busca de um sistema de alarme. Já os vi na casa de outras pessoas, e, se eu não desarmá-lo, ele irá disparar ou a polícia será chamada sem o aparelho sinalizar. Seja lá qual opção for, não quero que isso aconteça. Mas não vejo nenhum quadro com teclado nem sinais de que a casa tenha um alarme. O que é uma burrice da parte deles, porque esta casa *precisa* de um alarme.

Conforme vou adentrando o ambiente, fico cada vez mais impressionada. A planta é aberta, então da cozinha resplandecente vejo o amplo espaço e os móveis caros da sala. Nossa casa foi construída há mais de cem anos e duvido que o interior tenha mudado muito desde então. Nossa geladeira é mais velha do que eu e sinto que ela vai continuar na ativa por muito tempo depois de mim e de todos que amo.

Deixo meus tênis ao lado da porta dos fundos, porque o carpete da casa tem uma cor muito clara e já sujei um pouco a cozinha com minhas solas sujas. Sigo de fininho para a sala e chego à escada coberta por carpete. E começo a subir.

Não acredito que estou fazendo isso. Como se já não bastasse eu ter colado em uma prova pela primeira vez na vida (e ter sido pega). Agora, aqui estou eu, apenas algumas horas depois, piorando tudo ao invadir uma casa. Mas é tudo culpa de Kenzie. Ela não precisava ter contado para a Sra. Bennett, nem ter feito tudo o que anda fazendo comigo ao longo do semestre. Ela *merece* o que vai receber.

Quando chego ao segundo andar, o primeiro cômodo que encontro é um banheiro. Entro, admiro os acessórios brancos e as escovas de dente coloridas alinhadas sobre a bancada da pia. Ai, meu Deus, aquilo é um aquecedor de assento no vaso sanitário? Seria esquisito experimentar?

Sim, provavelmente.

Por um instante, me encaro no espelho acima da pia. Esse é o mesmo espelho que Kenzie usa para se olhar todo santo dia. Só que, quando ela olha para ele, seu reflexo mostra maçãs do rosto perfeitas, olhos azuis brilhantes e um cabelo loiro sedoso, em vez dos meus traços sem graça, com olhos e cabelo cor de lama.

Aperto o armário de remédios com o dedo indicador para abri-lo. Não me surpreende ver que está cheio de cremes para pele e produtos capilares. Há alguns frascos laranja cheios de comprimidos na última prateleira, e pego o primeiro.

Ondansetrona. Tome um comprimido três vezes ao dia conforme necessário, para náuseas.

Antes que eu tenha tempo de me perguntar por que Kenzie precisa tomar remédio para enjoo, viro o frasco e vejo que a receita foi feita para seu irmão mais velho. É claro. Kenzie não fica enjoada. Ela nunca deve ter vomitado na vida.

Não demoro muito para encontrar o quarto de Kenzie. Há vários no segundo andar, mas um é obviamente a suíte principal e outro parece pertencer a um adolescente — o irmão dela, pelo visto —, e o de Kenzie é o que tem a cama com dossel e uma caixa de joias cor-de-rosa grande sobre a escrivaninha. Sem dúvida, é o quarto de adolescente mais legal que já vi.

Sento à escrivaninha branca de Kenzie, afundando na cadeira de couro. Kenzie senta nessa mesma cadeira e faz seu dever de casa, e provavelmente não dá o menor valor para o quanto é sortuda.

Abro a primeira gaveta. Há uma folha de papel rasgada lá dentro, com um bilhete: *Não consigo parar de pensar em você. Mal posso esperar para te ver hoje à noite*. Argh, justamente o que eu queria encontrar — uma carta de amor de Hudson. Ainda não acredito que ele esteja namorando Kenzie.

As coisas eram tão esquisitas entre mim e Hudson. Quando éramos mais novos, eu o idolatrava e o achava bonitinho de um jeito genérico, com seu sorriso animado e o cabelo loiro-claro bagunçado, mas eu não era apaixonada por ele nem nada do tipo. Nós passávamos o tempo juntos como duas crianças fariam, jogando Nintendo ou fazendo dever de casa. No verão, jogávamos bola no quintal dele, íamos até a loja mais próxima para comprar doces, ou passávamos por baixo da cerca do vizinho dele para usar a piscina.

Mas, quando começamos o ensino médio, Hudson cresceu tanto que finalmente ficou mais alto que eu — *bem* mais alto —, e, de repente, comecei a pensar nele de um jeito diferente. Comecei a ter fantasias sobre como seria beijá-lo. E eu tinha a sensação de que ele pensava a mesma coisa.

Não que o fato de meu melhor amigo ter parado de falar comigo seja culpa de Kenzie. Isso aconteceu por causa da situação com meu pai e pelo que obriguei Hudson a fazer. Mas vê-los juntos é doloroso mesmo assim.

Vejo uma estátua de cerâmica sobre a escrivaninha. É um pássaro, pintado de azul-claro e roxo. Quando o pego, vejo as iniciais dela, KM, escritas no fundo, o que significa que ela o fez na aula de cerâmica, apesar de parecer uma obra profissional. Kenzie é incrível em *cerâmica*. Em um impulso, arremesso o pássaro no chão, onde ele se despedaça em cinco partes.

Achei que quebrar algo no quarto dela faria eu me sentir melhor, mas não faz. Nem um *pouco*. E, por incrível que pareça, não me sinto mais tão chateada por ela e Hudson estarem juntos quanto me sentia antes. Ainda sinto falta de Hudson como meu amigo, só que, quando crio fantasias sobre um cara com quem eu gostaria de ficar, não penso mais nele.

Penso em Nathaniel Bennett.

Não que alguma coisa pudesse acontecer entre mim e o Sr. Bennett. Que ideia idiota. Mas penso nele o tempo todo. À noite, quando estou caindo no sono, imagino que ele está sorrindo para mim, seus olhos se enrugando como sempre fazem. Saber que ele pode descobrir que colei é tão humilhante. Não há nada mais importante do que a opinião dele sobre mim.

Levanto da cadeira de couro e vou até o closet de Kenzie. Ela tem um closet gigantesco, é claro. Passo a mão por todas as roupas de marcas maneiras guardadas ali dentro. Além de ser bonita e popular, ela também é bem mais rica do que a maioria dos alunos da escola. A vida não parece justa às vezes, sabe?

Tiro uma blusa cor-de-rosa do closet. O material é macio e dá para perceber que ela moldaria meu peito em todos os lugares certos. E é do meu tamanho. Se eu a levasse, ela nem perceberia. Quer dizer, ela tem uns cinco zilhões de blusas neste closet. Sério, eu estaria lhe fazendo um favor. Eu a estou ajudando a praticar o *desapego*. Na verdade, posso ajudá-la a se desapegar de *várias* coisas aqui.

E então, quando começo a analisar as blusas dela, escuto um estrondo no andar de baixo.

CAPÍTULO 35

ADDIE

Tem alguém na casa.

Ai, meu Deus, que coisa terrível. Achei que eu estava encrencada quando fui pega colando, mas isso é muito pior. O máximo que poderia acontecer por eu ter colado na escola seria ser expulsa, o que era até improvável.

Mas isso é invasão de domicílio. Podem me mandar para a prisão. Ou para um centro de detenção juvenil ou o que for. É um crime grave.

Por que fiz isso? Tive essa ideia maluca de me vingar de Kenzie, mas só quebrei um pássaro idiota de cerâmica e revirei o closet dela. Não tenho coragem para me vingar de Kenzie pelas coisas que ela fez contra mim.

Fico paralisada, sem saber o que devo fazer. O barulho sem dúvida veio do andar de baixo, então tenho receio de descer e dar de cara com um dos Montgomery. Mas que outra opção me resta?

Posso me esconder. O closet de Kenzie é grande o suficiente para esconder a mim e metade do time de futebol americano. Posso me trancar aqui dentro e torcer para a pessoa que está lá embaixo ir embora, e depois saio de fininho. Mas e se for Kenzie? Aí vou ficar encurralada no closet dela e vai ser uma questão de tempo até ela me encontrar.

Ser descoberta dentro da casa de Kenzie já seria ruim. Ser descoberta me escondendo no closet dela seria um pesadelo.

Não, preciso sair daqui.

Jogo as chaves no closet e saio devagar do quarto, me perguntando se vou conseguir escapulir pela porta dos fundos. Se for Kenzie, estou ferrada. Mas, se forem os pais ou o irmão dela, posso fingir que ela me pediu para vir aqui. Afinal, não pareço exatamente ameaçadora.

Meu coração bate disparado no peito enquanto desço lentamente a escada. De poucos em poucos degraus, paro e presto atenção. Não escuto vozes. Mas com certeza houve um estrondo. E foi alto o suficiente para não ter sido o vento ou coisa parecida.

Será possível que um ladrão tenha entrado na casa no mesmo instante que eu?

Não, provavelmente não.

Chego ao pé da escada. Ainda não consigo ver nem ouvir ninguém lá dentro. A casa parece vazia, apesar de eu ter escutado o barulho. Dou a volta de fininho por trás da escada e vou até a cozinha, voltando para a porta dos fundos.

E é então que eu vejo.

Um gatinho branco felpudo está no meio da cozinha, parado ao lado de um jarro de água que devia estar sobre a bancada antes, porém agora está no chão. O gato me encara e solta um miado desafiador.

Foi o *gato*.

Meu corpo inteiro relaxa de alívio. Não vou ser presa por invadir uma casa e acabar em um centro de detenção. Não há ninguém na casa. Só um gato mimado.

Ainda assim, não vou arriscar. Pego meus tênis e saio pela porta dos fundos fazendo o mínimo de barulho possível, fechando-a depois de passar. Deixei as chaves no closet justamente para não sentir a tentação de voltar.

CAPÍTULO 36

EVE

Addie entra na minha sala no dia seguinte como se estivesse sendo conduzida à cadeira elétrica.

É impossível não sentir uma pontada de pena da garota. Ela está tendo dificuldade na minha aula, e sei disso. Talvez a culpa seja minha por não me esforçar para ajudá-la. No passado, quando tive outros alunos com o mesmo nível de dificuldade, sugeri professores particulares para eles, e foi por isso que fiz uma lista de colegas que poderão ajudá-la por um preço razoável.

Assim que o sinal toca para encerrar a aula, gesticulo para Addie vir falar comigo. Ela parece preferir pular da janela, mas se aproxima.

— Addie — digo.

Ela ergue os olhos, que parecem marejados.

— Decidi não falar com a diretora — anuncio.

Os olhos dela se arregalam.

— A senhora...

— Você vai levar zero na prova — digo. Esse baque tornaria a aprovação dela na matéria quase impossível, então, se eu tenho o mínimo de compaixão, preciso amenizá-lo. — E fiz uma lista de colegas que dão aulas particulares. Se você aumentar bastante suas notas até a última prova, vou desconsiderar o zero ao calcular sua média.

Ofereço a lista de professores para Addie, que a aceita com uma mão trêmula.

— *Muito* obrigada, Sra. Bennett. Eu agradeço mesmo.

Dou um resmungo, sabendo que, se Nate não tivesse sido tão persuasivo ontem à noite, eu estaria a caminho de falar com Higgins agora. Mas ele tinha razão. Ela fez o que fez porque estava desesperada, não porque planejou aquilo. Posso deixar passar.

— Se algo assim acontecer de novo...

— Não vai. — Ela parece prestes a ajoelhar e beijar meus pés. — Prometo. É coisa do passado.

— Que bom.

Estou disposta a perdoar esse lapso de julgamento, mas não vou fazer amizade com a garota. Ela tem sorte de Nate enxergar seu potencial, porque Deus é testemunha de que eu não vejo nada de bom nela.

CAPÍTULO 37

ADDIE

Devo ter dormido com a bunda virada para a lua, porque estou tendo uma sorte incrível.

Primeiro, ninguém me pegou invadindo a casa de Kenzie.

Depois, a Sra. Bennett resolveu que não contaria para a diretora o que fiz. Nem imaginei que fosse possível, mas ela foi legal comigo. É claro que ela não sorriu — aí já seria demais —, mas recomendou professores particulares baratos que podem caber no nosso orçamento e disse que desconsideraria o zero se eu conseguisse me recuperar até o fim do semestre.

E, agora, estou na reunião da revista de poesia, e o Sr. Bennett acha que o novo poema que estou ajustando há duas semanas merece ser publicado na próxima edição. Eu estava com tanto medo de que a Sra. Bennett fosse contar o que fiz para ele e prejudicar minha imagem, mas acho que ela não falou nada, porque ele continua olhando para mim do mesmo jeito que sempre olha.

— Adorei esse verso — me diz ele. — "O sangue se esvai do meu coração a cada batida." Que imagem poderosa.

Olho na direção de Lotus para ver se ela está prestando atenção, mas seu rosto está virado para o outro lado. Ela ficou com tanta raiva por o Sr. Bennett inscrever o meu poema naquela competição, em vez do dela, que nem fala mais comigo. Ela não parece querer ser minha amiga, o que é impressionante, porque Lotus talvez seja a única garota menos popular na escola do que eu.

A reunião da *Reflexões* acaba oficialmente às quatro e meia, embora o pessoal mais dedicado costume ficar até as cinco, debatendo poemas para a revista e coisas em geral que lemos e de que gostamos. Lotus é a última a ir embora, pendurando a mochila no ombro e saindo da sala sem se despedir. Estou prestes a segui-la quando o Sr. Bennett diz meu nome.

— Addie — chama ele. — Espera.

Eu paro de andar, curiosa com o que ele tem a dizer. Fico ainda mais curiosa quando ele passa por mim e fecha a porta da sala. Nós ficamos sozinhos e ele ergue as sobrancelhas para mim.

— Então, o que aconteceu? O que Eve disse?

É estranho que ele a chame de Eve e não de Sra. Bennett. Quer dizer, é óbvio que ele não chamaria a própria esposa de Sra. Bennett quando está com ela, mas faria sentido que ele a chamasse assim na minha frente. Isso, porém, é menos importante do que o fato de que ele sabe o que aconteceu. Ela deve ter contado a ele o que fiz.

Meu Deus, que vergonha.

— Hum — digo. — Foi... tudo bem.

A voz dele se torna um pouco mais grave.

— Ela pegou leve com você, né? Não vai falar com a diretora?

Balanço a cabeça sem falar nada.

Ele assente, satisfeito. Ele puxa a gravata, afrouxando-a ao redor do pescoço até eu conseguir ver um pouquinho dos pelos em seu peito.

— Falei para ela que você passou por um período difícil no ano passado. Falei para ela te dar outra chance.

Agora tudo faz sentido. Eu estava me perguntando por que a Sra. Bennett tinha resolvido ter pena de mim do nada. Foi por causa *dele*. Ele *falou* para ela não repassar a questão para a diretora.

— O senhor me ajudou — digo.

— Claro que ajudei, Addie. — Ele sorri para mim, seus olhos se enrugando. — Eu não ia deixar minha aluna favorita ser expulsa da escola. Tive que te defender.

Minha cabeça está girando. O Sr. Bennett sabe o que eu fiz e não me odeia. Quero chorar de felicidade.

— Obrigada — digo com dificuldade. — Muito obrigada.

— De nada — responde ele. — Era a coisa certa a fazer.

A onda de emoções que sinto é quase avassaladora. Antes que eu conseguisse me controlar, jogo meus braços ao redor do Sr. Bennett e lhe dou um abraço apertado. Meus olhos estão cheios de lágrimas e eu me agarro a ele. Nunca abracei meu pai, não desde que era pequena, e nunca abracei nem o Sr. Tuttle. Mas também nunca senti tanta gratidão por alguém. Ele acreditou em mim. Ele me defendeu.

O Sr. Bennett me abraça de volta, sem me afastar nem quando permaneço agarrada nele. O abraço dura mais do que eu pretendia, mas não quero soltá-lo e ele também não parece se importar. Então algo firme esbarra na minha perna. Como um rolo de papel higiênico.

Ai, meu Deus. Isso é...?

Dou um pulo para trás, me afastando horrorizada do meu professor. Torço para estar enganada, mas, quando desço o olhar, vejo um volume autoexplicativo na calça do Sr. Bennett. Pela expressão no seu rosto, ele sabe exatamente o que aconteceu e parece estar morrendo de vergonha.

— Me desculpe, Addie! — exclama ele. Ele vira de costas para mim, tentando esconder, mas agora já era. — Isso é completamente... É inaceitável. Me desculpe mesmo.

— Tá — respondo em uma voz tímida.

— Não é justificativa — continua ele, falando baixo —, mas eu só queria que você soubesse que minha esposa... Nós não temos mais nada em comum. Não sinto nada por ela. E então conheci você, e é como... Finalmente me conectei com alguém pela primeira vez na vida. — Ele arrisca um olhar para mim, seu rosto vermelho feito um pimentão. Mesmo envergonhado, ele é tão bonito. — Mas isso não é justificativa. *Não* é. Me desculpe mesmo.

Eu queria que ele calasse a boca e parasse de se desculpar.

— Tudo bem.

— É melhor você ir — diz ele.

Eu obedeço. Pego minha mochila e saio da sala em silêncio, apesar de minha cabeça estar girando ainda mais do que antes. Enquanto caminho pelo corredor escuro, tento entender a situação.

O Sr. Bennett é o professor mais gato da escola toda. Isso é unânime. E ele é casado com uma mulher adulta, com quem imagino que faça sexo. Mas, por algum motivo, quando o abracei, ele ficou excitado. Por *minha* causa. E então me disse que nunca sentiu uma conexão como a nossa.

A parte esquisita é que eu sinto a mesma coisa.

Paro no meio do corredor. Não sei o que fazer agora, mas não posso ir embora. Preciso entender o que aconteceu naquela sala. Nós dois merecemos isso.

Eu me viro e volto para a sala. Não há mais ninguém na escola. O horário de todos os clubes já acabou, apesar de ainda haver treinos de esportes no campo lá fora. O Sr. Bennett está sentado à sua mesa, e, quando ergue seus olhos castanhos carinhosos para mim, parece que somos as únicas pessoas na escola inteira. No *mundo* inteiro.

— Oi — digo.

— Addie. — Ele franze a testa. — Acho que não devemos mais falar sobre esse assunto. Como eu disse, estou muito arrependido.

— Mas eu *quero* falar sobre esse assunto.

O Sr. Bennett se levanta. Ele não consegue esconder que ainda está excitado. Ele fica me encarando do outro lado da sala.

— Fecha a porta — instrui ele.

Eu obedeço.

Atravesso a sala como se flutuasse até parar bem à sua frente. Minha altura bate na metade da cabeça dele, então tenho que inclinar o rosto para fitá-lo. Seus lábios parecem umedecidos. Houve momentos com Hudson que me abalaram, mas nunca como agora. É a mesma sensação multiplicada por mil.

— Estou tentando resistir a você — murmura ele. — Você nem imagina o quanto estou tentando.

— Mas não precisa.

Achei que eu teria que dar o primeiro passo, então fico surpresa quando o Sr. Bennett leva os lábios aos meus. É a primeira vez que beijo um garoto — bem, um *homem*. No começo, são apenas seus lábios contra os meus. Mas então, alguns segundos depois, sua língua entra na minha boca. Eu sempre soube que as pessoas beijavam de língua, mas nunca imaginei como seria a sensação. No começo, é esquisitíssimo, como se um objeto alienígena rastejasse para dentro de mim, e não sei se gosto. Quase quero me afastar, mas ele me abraça com força, me mantendo perto do seu corpo, e também seria ridículo fugir. Ele ficaria tão decepcionado.

E aí, após mais alguns segundos, meu corpo começa a formigar. E é... incrível. Meu corpo inteiro parece estar pegando fogo, como uma explosão. Não quero que acabe, mas então ele se afasta.

— Isto é errado — diz ele.

Fico irritada com esse comentário. Sim, ele é meu professor e é bem mais velho do que eu. E é casado. Certo, não parece nada bom. Só que, ao mesmo tempo, temos uma conexão. Quando duas pessoas se conectam como nós, elas não têm a *responsabilidade* de fazer alguma coisa, não importam as circunstâncias?

— Não acho que seja errado — respondo.

— É, sim. — Suas sobrancelhas franzem. — Mas você é irresistível. Não tenho autocontrole.

Mas você é irresistível. Não tenho autocontrole.

Só tenho medo de alguém nos pegar. Veja só o que houve com o Sr. Tuttle, e nada parecido aconteceu com ele. Mas talvez seja essa a diferença. Eu e o Sr. Tuttle não estávamos fazendo nada de errado, então não tomávamos qualquer cuidado. Só que eu e o Sr. Bennett tomaremos.

Como se ele lesse minha mente, o Sr. Bennett lança um olhar ansioso para a porta.

— Não devíamos fazer isso aqui.

— Sei de um lugar.

Ele parece surpreso, mas me segue obedientemente pela porta da sala. Há um lugar na escola que ninguém mais conhece, onde duas pessoas podem ficar sozinhas. Ano passado, escolhi fotografia como minha matéria eletiva e o conteúdo era todo digital, mas não era assim antes. Há uma sala escura ao lado da sala de aula, onde os alunos revelavam fotos antigamente, e que agora é só um espaço pequeno e vazio, com uma pia grande e frascos antigos com substâncias químicas. Talvez ele seja reutilizado para alguma coisa no futuro, mas, agora, é um paraíso da privacidade.

Fecho a porta atrás de nós.

— Você é impressionante, Addie — arfa ele.

Ele afrouxa a gravata e abre o primeiro botão da gola, fazendo meu coração perder o compasso. Ele não vai tirar a blusa, vai? Só de pensar nisso, fico desconfortável, mas, por sorte, ele se limita ao primeiro botão.

— Que bom que gostou da sala, Sr. Bennett — digo.

Ele sorri para mim.

— Você não precisa me chamar de Sr. Bennett quando estamos aqui.

— Ah. — Eu me sinto idiota. Obviamente, se vamos nos atracar em uma sala escura, eu não deveria chamá-lo de Sr. Bennett. — Então, Nathaniel?

É tão estranho falar o primeiro nome dele. Mesmo depois do beijo, dizer "Sr. Bennett" parece mais normal para mim.

Ele sorri.

— A maioria das pessoas me chama de Nate. Mas é você quem sabe.

— Gosto de Nathaniel — respondo, pensativa.

— Tudo bem — concorda ele. — E você? Prefere Adeline? — Seu sorriso se alarga. — Doce Adeline...

Sempre detestei o nome Adeline, mas gosto do som na voz dele. *Doce Adeline...*

Tirando que isso não é verdade, né? Não há nada doce no que está acontecendo nesta sala escura.

— Prefiro Addie.

— Pode deixar. — Ele inclina a cabeça para mim. — Lá na sala, aquele foi... foi seu primeiro beijo?

Meu rosto queima de vergonha. Odeio que ele pense que sou inexperiente, mas não quero mentir. Tenho a sensação de que ele sabe quando falo a verdade.

— Você só pareceu desconfortável no começo — continua ele, rápido.

Sério? *Não* era isso que eu queria ouvir, apesar de tecnicamente ele ter razão.

— Fui muito ruim?

— Não. *Não*. Você foi incrível. — Ele balança a cabeça. — E não importa se foi seu primeiro beijo ou não. Esquece o que eu disse. Eu só... Eu me sinto mal. Não quero que você faça nada que não queira fazer.

Inclino o queixo na direção dele.

— Eu quero fazer isso.

Ele hesita por um milésimo de segundo, pensando na minha resposta. Então me pressiona contra a mesa que era usada para guardar as fotos reveladas e me beija de novo.

CAPÍTULO 38

ADDIE

Nós passamos os quarenta minutos seguintes na sala escura, e então o Sr. Bennett — quer dizer, Nathaniel — me dá uma carona de volta para casa. É um pouco arriscado, mas, sem a carona, vou chegar tarde, e minha mãe vai surtar se chegar do trabalho e não me encontrar. Então é um risco que precisamos correr.

No caminho, não consigo parar de pensar no que aconteceu naquela sala escura. O jeito como o Sr. Bennett — quer dizer, *Nathaniel* — tocou em mim. A sensação dos seus lábios contra os meus fez todos os nervos do meu corpo pegarem fogo. E só nos beijamos. Ele nem tentou fazer nada além disso. Ele disse que não tentaria. Foi tudo que sonhei em fazer com ele.

Ele é gentil nesse nível. Não se importa se não fizermos nada além de nos beijar. Ele só quer estar comigo, porque temos uma conexão.

Quando paramos em um sinal vermelho, ele estica o braço e segura minha mão. Ele me lança um olhar nervoso.

— Posso? — pergunta.

Aperto sua mão de volta para mostrar que sim.

— Pode.

Seus ombros relaxam.

— Desculpa, isto é... É novidade para mim. Para ser sincero, me sinto uma péssima pessoa. Sou seu professor...

— Fui eu quem tomou a iniciativa — argumento. — Você me disse para ir embora.

Ele solta um suspiro demorado, tirando os olhos por um instante da rua para me fitar.

— Eu me casei com Eve porque esperavam que eu me casasse com alguém. Nunca conheci ninguém especial de verdade antes. E, agora, tenho 38 anos, conheci minha alma gêmea e ela só tem 16. — Ele faz uma careta. — O universo é tão cruel.

Ele acabou de me chamar de sua alma gêmea. Que loucura, porque tenho a mesmíssima sensação, mas, se ele não tivesse falado nada, eu acharia que estava imaginando coisas.

— A gente não escolhe com quem tem uma conexão. Né?

— Pode acreditar, bem que eu queria que todo mundo pensasse assim. Mas as pessoas não vão entender.

Ele tem razão. Se alguém descobrir, ele será demitido. E tenho certeza de que a minha vida também pioraria muito.

— Não vou contar a ninguém.

— Você nem imagina como a sua presença mudou minha vida — diz ele. — Antes de você aparecer, eu estava completamente bloqueado. Agora, voltei a escrever poesia! Pela primeira vez em muito tempo.

Que incrível. Ainda mais porque tudo que quero fazer é escrever poemas sobre Nathaniel Bennett. Quero preencher um caderno inteiro só com versos sobre a maneira como seus olhos se enrugam.

— Você pode me mostrar seus poemas?

— Estou louco para fazer isso. — Ele sorri. — Eve... ela não se interessa pelos meus poemas. Nunca se interessou. Para ela, tudo tem que ser prático, e poesia parece um desperdício de tempo.

Nunca gostei da Sra. Bennett, e, agora, quase a odeio. Nathaniel adora poesia — que tipo de esposa não apoiaria algo assim?

Nathaniel estaciona a um quarteirão da minha casa.

— Acho melhor não chegar mais perto.

Concordo com a cabeça, sabendo que ele tem razão. É horrível precisarmos nos esconder, mas também é meio excitante.

— Não tem problema.

— Addie... — Ele estica o braço para tocar meu rosto, mas se afasta no último segundo. — Você não pode contar para ninguém sobre nós. Ninguém mesmo. Nem para sua mãe, nem para seus amigos... ninguém.

— Não vou contar.

— É sério. — Ele me encara em meio às sombras do carro. — Minha carreira inteira está nas suas mãos. Estou contando com você.

Ele havia afastado a mão durante o caminho, e me estico para segurá-la agora.

— Pode confiar em mim.

Dá para perceber o quanto ele quer me beijar, mas nós dois entendemos que fazer isso em um carro no meio da rua, mesmo que esteja escuro, não seria a melhor ideia do mundo. Podemos ter momentos roubados na sala escura, mas nada além disso. Qualquer outra coisa seria arriscado demais.

Talvez nem sempre seja assim. Talvez exista um momento no futuro em que possamos ficar juntos.

CAPÍTULO 39

EVE

Estou corrigindo provas no sofá quando Nate chega.

A porta da frente bate, e, um segundo depois, ele está parado na minha frente, no meio da sala.

— Oi — diz ele.

— Oi. — Abro um sorriso rápido, depois volto para as provas. Vou sair daqui a uma hora para encontrar Jay, e quero adiantar a correção. — Não esquece que vou sair hoje.

Nate se joga no sofá ao meu lado. Ele sorri para mim — ele sempre fica tão deslumbrante quando sorri.

— O que você está fazendo?

— Corrigindo provas.

Ele puxa a pilha de papéis das minhas mãos.

— Quer fazer uma pausa?

— O quê?

Sinceramente não entendo do que ele está falando até ver a expressão em seu rosto. Ele joga minhas provas sobre a mesa de centro e me agarra, me pressionando contra o sofá. Seus lábios vão de encontro aos meus e ele me beija com selvageria.

— Eita! — Tento sair debaixo dele. — Nate, estou ocupada!

— E daí? — Ele silencia meu protesto com outro beijo. — Você pode fazer isso mais tarde.

Que doideira. Geralmente, nós fazemos sexo, tipo, doze vezes por ano, e agora ele quer transar em dois dias seguidos. E seu comportamento está estranho. É quase como se ele estivesse *ávido* por mim, como se estivesse prestes a rasgar minhas roupas, e isso não é do seu feitio. Faz anos que não vejo tanta paixão nele.

Não entendo o que está acontecendo. Será que ele está com um tumor no cérebro? Porque não consigo pensar em mais nada que explicaria isso.

Se eu não tivesse planos, provavelmente iria para o quarto com ele. Mas a verdade é que estou ansiosa para encontrar Jay. Não quero cancelar, apesar de nunca ter encarado um dilema como esse antes.

— Nate. — Eu o empurro com força. — Talvez... a gente possa fazer isso outra hora? Quero corrigir as provas antes de sair...

— É sério?

— É!

Nate me encara com um olhar incrédulo antes de permitir que eu me desvencilhe do seu abraço.

— Não te entendo, Eve. Você vive reclamando que não transamos o suficiente, e, agora que eu quero, você me manda embora.

— Nate...

— Não, deixa para lá. — Ele sai de cima de mim com uma careta. — Eu me viro sozinho.

Pulo do sofá, chamando seu nome enquanto ele sai batendo os pés. A porta do quarto bate com força, e agora a incrédula sou eu.

Mas o que foi isso?

CAPÍTULO 40

ADDIE

As reuniões da *Reflexões* costumavam ser a melhor parte do meu dia, mas, agora, só quero que ela acabe para eu poder ir com Nathaniel para a sala escura.

— Esse poema todo — diz Lotus para mim. — É muito... meloso.

— Meloso? — repito.

O poema que ela está lendo foi o que escrevi pensando em Nathaniel. É um poema de amor, mas não achei que fosse meloso.

Seus olhos castanhos
são como folhas de outono
recém-caídas no chão
Anseio pelo seu abraço
na noite sombria
Nós nos vemos todos os dias
Mas, quando não podemos estar juntos,
desejo estar nos seus braços
Meu amor por você é como
um buraco negro
Tão fundo
que me perco

— É. — Ela franze o nariz. — Tipo, olha isso. "Meu amor por você é como um buraco negro." Sério, Addie? Parece que foi escrito por uma adolescente apaixonada. Você não costuma escrever essas merdas.

Puxo o poema das mãos dela, meu rosto pegando fogo. Cogitei mostrar o poema para Nathaniel hoje, mas agora tenho minhas dúvidas. Não achei que fosse meloso. Não achei que eu pareceria uma adolescente apaixonada. Mas Lotus sabe do que está falando.

— Só quero ajudar — diz Lotus. — Você precisa aceitar críticas se quiser ser escritora. As pessoas vão falar coisas ainda piores.

— É... — Olho para o outro lado da sala, onde Nathaniel conversa com outro aluno. Ele percebe que estou olhando e abre um sorriso minúsculo. — Você deve ter razão.

Ela olha para o relógio de pulso, que avisa que são quatro e meia. A reunião praticamente acabou. Graças a Deus.

— Ei — diz ela. — Quer comer uma pizza?

Essa é a primeira vez em muito tempo que Lotus tenta ser legal comigo. Só que não faz mais diferença. Ser amiga de Lotus dificultaria meus encontros com Nathaniel. E nenhuma amizade vale arriscar isso.

— Tenho que jantar em casa — respondo.

— Ah. Tudo bem. — Lotus parece decepcionada, o que me surpreende. Achei que ela me detestasse. — Bem, então vamos.

Ela pega sua mochila e prende uma alça no ombro, esperando por mim. Só que não posso ir embora com Lotus. Não vou perder a oportunidade de passar um tempo com Nathaniel.

— Na verdade — digo —, preciso falar rapidinho com o Sr. Bennett. Talvez eu te alcance depois.

Lotus me fita com um olhar esquisito, mas não insiste. Ela não quer mesmo ser minha amiga.

Eu a deixo sair na frente, mas não espero por Nathaniel. Saio da sala de aula e vou direto para a sala escura. Afinal, alguém poderia desconfiar se nos visse entrando lá juntos.

Enquanto espero, aliso os amassados na minha camisa e passo os dedos pelo cabelo. Na última vez em que estivemos aqui, que foi a terceira, tirei a camisa, e fiquei com um pouco de vergonha do meu sutiã. Era um sutiã bege e prático, basicamente o oposto de sexy. Eu queria poder tirar a blusa e exibir algo bonito e rendado, mas não tenho nada assim. E não é como se eu pudesse pedir para minha mãe comprar um sutiã bonito para mim. Ela provavelmente me colocaria de castigo só de me ouvir dando essa ideia.

De modo geral, daquela vez, só nos beijamos, e ele tocou meus seios. Em outros momentos, só conversamos, e às vezes ele recita poesia para mim. Ele sabe tantos poemas de cor, inclusive seu favorito, "O corvo". Ele é superpaciente comigo, e vive repetindo que não preciso fazer nada que não queira. Só quer estar comigo. Ele me disse que não tem problema se nunca transarmos. Acho que provavelmente faremos isso um dia, mas adoro saber que ele pode esperar o tempo que for.

Enquanto espero, meu telefone vibra dentro do bolso da calça jeans. Eu o pego e vejo que recebi uma mensagem no Snapflash. O pessoal da escola gosta de usar o Snapflash para que os pais não invadam sua privacidade, lendo todas as suas mensagens, mas eu só o utilizo para falar com uma pessoa: Nathaniel. Foi ideia dele, porque as mensagens somem após sessenta segundos. É a forma mais segura de nos comunicarmos.

Leio a mensagem que ele enviou:

Nathaniel: Já estou acabando aqui. Chego em dois minutos.

Encaro a mensagem até ela desaparecer da tela. Adoro as mensagens que ele me envia. Sempre que recebo uma, eu a leio e releio até o tempo terminar.

Depois que a mensagem some, pego o poema que escrevi para Nathaniel e o releio. Lotus disse que era meloso, mas não acho. Parece mesmo que meu amor por Nathaniel é como um buraco negro infinito. Lotus não entende porque nunca se apaixonou. Na verdade, sinto pena dela.

A porta da sala escura abre, e sinto a onda de empolgação que sempre surge quando vejo Nathaniel. Mas especialmente aqui, porque sei que ele vai me tocar. E adoro como seu rosto se ilumina ao me ver.

— Addie — arfa ele. — Minha doce Adeline.

— Oi. — Sempre me sinto estranhamente tímida quando ele entra. Demoro um instante para me acostumar. — Como você está?

— Ótimo, agora que estou aqui. — Ele atravessa o espaço pequeno e não perde tempo ao me beijar. Que bom que *ele* não fica tímido. — E quero te mostrar uma coisa.

— O quê?

Na penumbra, suas bochechas enrubescem.

— Escrevi um poema... para você.

Isso me faz perder o ar. Ele escreveu um poema para mim? Como? Não sou o tipo de pessoa para quem homens escrevem poemas. Mas ele parece estar falando sério. Nathaniel Bennett escreveu um poema para mim.

Vou desmaiar de felicidade.

— Quer ouvir? — pergunta ele, agora tímido.

Concordo com a cabeça.

— Quero muito.

Ele tira um pedaço de papel de caderno do bolso. Reconheço sua caligrafia agora, e vejo as anotações na página. Palavras que ele escreveu só para mim. Escuto extasiada enquanto ele recita os versos:

A vida quase passou voando por mim
E então ela
Jovem e intensa
Com as mãos macias
E as bochechas rosadas
Me mostrou quem eu sou
Tirou meu fôlego
Com seus lábios vermelhos
Me trouxe de volta à vida

Quando ele termina o último verso, estou sem fôlego. É um poema tão lindo. Ninguém nunca escreveu algo parecido para mim antes. Hudson era meu amigo, mas não tinha nada de poeta.

Se alguma coisa acontecesse entre nós, ele jamais escreveria algo parecido para mim.

— Adorei — sussurro. — Muito mesmo.

— É sério — diz ele baixinho. — Você me trouxe de volta à vida. Você nem imagina como meu mundo era cinza antes de você aparecer.

Ele entrelaça os dedos aos meus e ficamos parados assim por um instante, apenas olhando um para o outro. Nem cogito mostrar o que escrevi depois de escutar os versos lindos dele. Em comparação, meu poema parece tão idiota e imaturo. Vou ter que melhorá-lo. Até conseguir escrever algo que ele mereça ouvir.

— Penso em você o tempo todo. — Ele estica a mão para prender uma mecha de cabelo atrás da minha orelha. — Você pensa em mim?

— A cada segundo do dia — respondo, falando a verdade.

Ele me beija de novo e começa a puxar minha camisa. Ele fez isso da última vez, então já era algo esperado. Mas eu não esperava que ele tentasse desabotoar minha calça jeans daquele jeito. Dou um passo para trás e abro um sorriso pesaroso, mas ele não vê minha expressão — está completamente focado em abrir minha calça. Dou outro passo para trás, agora batendo na mesa às minhas costas e não tenho mais para onde ir. Nathaniel consegue abrir o botão, e depois desce o zíper enquanto puxo o ar.

Ele ergue os olhos para me encarar.

— Você é a menina mais linda que já conheci, Addie.

Prendo a respiração enquanto ele tira minha calça, depois minha calcinha. Mas não digo para ele não fazer essas coisas, porque... bem, como eu poderia? Sim, ele me disse que não se importa com sexo, mas no fundo eu sabia que isso não poderia ser verdade. Não sou completamente idiota.

Perco minha virgindade para Nathaniel na sala escura naquela tarde e passo o tempo todo recitando mentalmente seu poema, aquele que ele escreveu só para mim.

A vida quase passou voando por mim
E então ela
Jovem e intensa
Com as mãos macias
E as bochechas rosadas
Me mostrou quem eu sou
Tirou meu fôlego
Com seus lábios vermelhos
Me trouxe de volta à vida

CAPÍTULO 41

ADDIE

Apesar de inglês ser minha matéria favorita, está cada vez mais difícil prestar atenção.

Quando olho para Nathaniel — que preciso chamar de Sr. Bennett durante as aulas —, só consigo pensar em como me sinto quando ele toca em mim. Estou contando os segundos para podermos nos encontrar na sala escura.

Antes, quando estávamos em sala de aula, Nathaniel sorria ou piscava para mim. Era algo que me dava a impressão de que ele me achava especial. Ele toma cuidado de não fazer mais isso agora e, apesar de eu entender por quê, ainda fico enlouquecida quando ele pisca ou sorri para outras garotas. Não nos falamos mais durante o horário das aulas, só quando é necessário. Se ele quiser me falar alguma coisa, me manda uma mensagem pelo Snapflash, por ser mais seguro e discreto.

Mal posso esperar até ficarmos sozinhos. Faz mais de três semanas que começamos a nos encontrar na sala escura — quase todos os dias. Nos dias em que ele trabalha no jornal da escola, fico na biblioteca fazendo meu dever de casa e esperando ele acabar. Pensei em entrar para o jornal também, mas Nathaniel disse que era uma péssima ideia. Ele disse que, quanto mais tempo passássemos juntos na frente de outras pessoas, maior a chance de alguém perceber.

Desde a primeira vez que fizemos amor na sala escura, nunca mais paramos. Basicamente a primeira coisa que ele faz quando chega é começar a me beijar e tirar minha calça, às vezes antes mesmo de trocarmos uma palavra. Foi burrice achar que ficaríamos só nos beijos. É algo que o deixa tão feliz. Eu também gosto, mas o que mais me empolga é ver o quanto ele gosta. Ele diz que não transa mais com a Sra. Bennett. Que não fazem isso há muito tempo.

Enquanto estou na aula de inglês, me esforçando para me concentrar na aula, um anúncio é berrado pelas caixas de som. Reconheço a voz da diretora Higgins.

— Atenção! — chama ela. — Quero parabenizar a vencedora da Competição de Poesia do Massachusetts, ninguém menos que uma de nossas alunas no Colégio Caseham...

Eu me empertigo, meu coração disparando. Esse foi o concurso de poesia em que Nathaniel me inscreveu. Aquele para o qual escolheu meu poema entre todos os outros. Ele só podia enviar um, então, se a vencedora é aluna da escola, isso significa que eu ganhei. Eu literalmente ganhei uma competição estadual famosa de poesia!

A diretora continua:
— Parabéns, Mary Pickering!
O *quê?*
Mary Pickering? Essa é a *Lotus*. Mas ele não inscreveu Lotus na competição — foi por isso que ela ficou tão chateada. Então, não entendo. Como ela pode ter ganhado se nem foi inscrita?

Olho para Nathaniel, mas ele não me encara. Até parece que está evitando encontrar meu olhar.

Se eu não conseguia me concentrar antes, agora é mil vezes pior. Não entendo o que aconteceu. Ele *disse* que me inscreveria na competição. Será que mentiu?

Não, Nathaniel jamais mentiria para mim. Nós nos conhecemos bem demais para isso. Só que não consigo pensar em outra explicação.

Tento falar com ele depois que o sinal toca, mas ele vai embora em um piscar de olhos, me deixando para trás, com minha cabeça girando. Nós combinamos de nos encontrar depois que ele terminar no jornal da escola, mas não vou aguentar esperar tanto. Então, pego o celular e mando uma mensagem para ele no Snapflash:

Eu: O que aconteceu? Achei que você tivesse me inscrito nessa competição.

Por sorte, a resposta chega rápido.

Nathaniel: Prometo que vou explicar tudo quando nos encontrarmos.

Encaro as palavras na tela, que não explicam nada. Mas pelo menos ele admite que há o que explicar.

Para completar, ele chega vinte minutos atrasado ao encontro na sala escura. Fico parada ali, esperando, cada vez mais irritada, e, quando a porta finalmente abre, estou quase explodindo.

— Addie. — Ele pega minhas mãos para tentar me puxar para perto. — Que bom te ver. Foi um dia longo.

Normalmente, me derreto toda quando ele me toca, mas resisto desta vez. Estou com raiva dele, droga. Ele me deve uma explicação.

— O que houve com a competição de poesia, Nathaniel? Você disse que inscreveu meu poema.

— Eu sei, e sinto muito de verdade. — Ele baixa a cabeça. — Você sabe que foi minha primeira opção. Adorei seu poema e achei que ele ganharia de lavada. Mas a Lotus reclamou com a diretora sobre eu ter escolhido um poema de alguém do segundo ano, quando costumamos inscrever alunos do terceiro para a competição. Eu queria lutar por você, mas, por causa dos meus sentimentos, tive medo de estar sendo parcial. E você vai ter chance de participar da competição no ano que vem, enquanto essa era a última chance da Lotus.

Passei as últimas duas horas furiosa com Nathaniel, mas agora percebo que errei. Foi Lotus quem reclamou com a diretora. Isso é *tão* mesquinho, ainda mais levando em consideração as últimas tentativas dela de virar minha amiga.

— Me desculpe. — Ele leva as mãos às minhas bochechas, puxando meu rosto para perto. — Eu devia ter lutado por você. Mas fiquei com medo de a diretora entender tudo quando me ouvisse falando seu nome e descobrir que gosto demais de você.

Apesar de tudo, suas palavras aquecem meu coração. Ele gosta de mim — *demais*.

— Não tem problema — digo por fim. — A culpa não é sua. Entendo que você tenha ficado numa posição difícil.

— Ah, graças a Deus. — Os ombros dele relaxam. — Achei que você estivesse com raiva de mim e jamais me perdoaria. Eu estava enlouquecendo, achando que ia chegar aqui e não te encontraria.

— Eu não faria isso.

Ele pressiona os lábios contra os meus e eletriza cada centímetro do meu corpo. Nunca imaginei que beijar alguém pudesse ser assim. Aposto que Nathaniel também não imaginava. Ele fala muito sobre como é difícil ser casado com alguém com quem sempre se sentiu desconectado, e como estar comigo é uma sensação completamente nova.

— Você se tornou tão importante para mim, Addie — arfa ele quando seus lábios se afastam dos meus. — Amamos com um amor que vai além do amor. Com um amor invejado pelos serafins alados do paraíso.

"Annabel Lee" é meu poema favorito há anos, mas nunca senti aquelas palavras com tanta profundidade. Afinal, não penso em nada além de amar e ser amada por ele. Quase fico assustada com a intensidade da minha paixão por Nathaniel. Ele já é meu primeiro pensamento quando acordo de manhã, e o último enquanto adormeço. Meus poemas recentes só giram em torno dele. Estou tão apaixonada por esse homem.

— Eu só queria ter te conhecido quando eu tinha 16 anos — murmura ele. — O universo é tão injusto. Finalmente conheço minha cara-metade e sou duas décadas mais velho que você.

— Pelo menos nos encontramos agora — argumento. — A maioria das pessoas não tem nem isso.

— É verdade.

Não temos muito tempo antes de precisarmos ir para casa, e sempre há o medo de sermos descobertos, então, geralmente, vamos direto ao ponto. Não demora muito e Nathaniel diz que isso é normal quando se gosta de alguém tanto quanto ele gosta de mim. Penso em como o deixo feliz e no fato de ele ter uma vida tão triste em casa, com sua esposa. Ela não o deixa feliz como eu. E ela vive enchendo o saco dele para ir para casa, então não podemos demorar e conversar como gostaríamos.

Não que as coisas seriam fáceis se ele não fosse casado. Minha mãe ficaria desconfiada se eu começasse a chegar muito tarde, e ninguém na escola poderia descobrir, é claro. Mas, se ele não fosse casado com a Sra. Bennett, eu poderia ir para a casa dele para transarmos em uma cama de verdade e não nesta sala escura desconfortável. A ideia de transar com Nathaniel em uma cama parece tão excitante e madura.

Além do mais, um dia vou terminar o ensino médio e poderei namorar com quem eu quiser. Mas, se Nathaniel ainda for casado, ele continuará preso.

Quem dera a Sra. Bennett não existisse. As coisas seriam bem mais fáceis.

CAPÍTULO 42

ADDIE

Estou sentada no refeitório, sozinha como sempre, quando Kenzie derruba meu almoço inteiro no chão.

Para alguém que não estivesse prestando atenção, pareceria um acidente. Ela passa pela mesa e esbarra na bandeja, que cai no chão. Mas não é isso que acontece. Ao passar por mim, Kenzie pega minha bandeja, desliza-a até a ponta da mesa, e então a deixa cair.

E a pior parte é que o almoço de hoje é chili. Batatas fritas e cachorro-quente já seriam ruins o suficiente, mas, agora, há uma pilha imensa de carne moída e feijão sobre o piso, que precisarei limpar, porque ninguém vai vir me ajudar.

— Ai, nossa — diz Kenzie enquanto suas amigas riem. — Foi mal! Mas, Addie, você precisa tomar mais cuidado e não deixar sua bandeja tão na beirada da mesa.

Eu a encaro com raiva e pulo da cadeira para tirar a bandeja do chão. Tenho alguns guardanapos, mas obviamente não serão suficientes.

Enquanto estou agachada no chão, Kenzie pega o caderno que deixei sobre a mesa. Ela lê o papel sobre ele e meu estômago embrulha. No papel, está o poema que Nathaniel escreveu só para mim. Tive uma manhã difícil e eu sabia que não o encontraria hoje, porque a Sra. Bennett queria que ele chegasse cedo em casa para um jantar idiota, então me sinto melhor tendo um pedaço dele comigo. Passei o dia lendo e relendo o poema até ter a sensação de que meus olhos começariam a sangrar.

— O que é *isto*? — questiona Kenzie.

Ela sacode tanto o papel que o amassa.

— Nada. — Arranco o poema das mãos dela antes que o estrague de verdade. — É só um poema.

— Quem escreveu?

Eu adoraria contar a ela que Nathaniel Bennett é o autor do poema, que escreveu para mim porque sou a primeira pessoa a inspirá-lo em muitos anos. Mas é claro que não posso dizer nada disso. Então só respondo:

— Sei lá. Copiei de um livro.

Ela estreita os olhos para mim.

— É melhor você limpar essa bagunça. E, como eu disse, toma mais cuidado da próxima vez.

Kenzie e suas amigas vão embora rindo, e olho para o pedaço de folha de caderno que seguro. Faço uma careta ao ver a mancha de chili no canto da página. Eu teria morrido se ela tivesse tentado estragar o poema. Eu o leio pelo menos quatro ou cinco vezes por dia, apesar de já tê-lo decorado.

A vida quase passou voando por mim
E então ela
Jovem e intensa
Com as mãos macias
E as bochechas rosadas
Me mostrou quem eu sou
Tirou meu fôlego
Com seus lábios vermelhos
Me trouxe de volta à vida

Eu o imagino escrevendo essas palavras no papel e pensando em mim. Já olhei tantas vezes para ele que o papel está ficando puído, e agora tem uma mancha de chili, mas não seria a mesma coisa se eu tirasse uma cópia. Não seria o mesmo papel que ele mesmo escreveu enquanto pensava em mim.

Uso um zilhão de toalhas de papel para limpar a sujeira no chão e volto para a fila na tentativa de comprar outro almoço. Não tenho tempo para um novo prato de chili, mas posso pegar um sanduíche e comer no corredor a caminho da aula de matemática. Eu mal tinha começado a comer quando Kenzie jogou tudo no chão, e não tomei café da manhã. Preciso comer alguma coisa.

Pelo menos a fila diminuiu, porque faltam menos de dez minutos para o almoço acabar. Pego um dos sanduíches embalados de peito de peru, que não é dos meus favoritos, mas me restam poucas opções agora. Eu o levo até o caixa, e a moça da cantina me diz que são dois dólares.

Vasculho o bolso da calça jeans e pego a carteira. Tenho exatamente uma nota de um dólar.

— Só tenho um dólar — digo a ela.

Ela nem se abala.

— Sinto muito, o sanduíche custa dois.

— Posso pagar amanhã?

— Infelizmente, não.

Que ótimo. Comi exatamente duas colheradas de chili no dia inteiro, e agora preciso ir tentar aprender matemática. Mas a pior parte é que não verei Nathaniel no fim da tarde. Eu aguentaria tudo se soubesse que teria nosso encontro esperando por mim. Ele parecia arrasado quando me disse que teria que ir cedo para casa para ajudar sua esposa a preparar o jantar. Parece que vão receber amigos, apesar de ele ter acrescentado: "Na verdade, são amigos *dela*."

Lanço um olhar desejoso para o sanduíche de peito de peru, meus olhos se enchendo de lágrimas. Não acredito que estou prestes a chorar por causa de um sanduíche de peito de peru. Começo a me sentir meio ridícula. Mas estou com muita, *muita* fome.

— Aqui tem mais um dólar, Vera.

Um braço roça em mim, esticando a nota de um dólar. Olho para cima, e é Hudson, o cabelo loiro-claro bagunçado como sempre. Fico boquiaberta.

— Ah — digo. — Hum, não precisa...

— Precisa, sim — diz ele daquele jeito que mostra que não adianta nem tentar discutir. — Você tem que almoçar.

Vera aceita a nota dele e agora o sanduíche é todo meu.

— Vou te pagar de volta — prometo.

— É só um dólar.

Só que um dólar não é apenas um dólar para ele, imagino que mesmo agora. A família de Hudson sempre foi apertada de grana. Se ele quisesse mesada, tinha que arrumar empregos de meio expediente. Mesmo no ensino fundamental, Hudson sempre estava cavando neve, varrendo folhas e cortando a grama de todo mundo no seu quarteirão.

Ainda assim, não adianta discutir com ele.

— Obrigada — digo. Mas não me aguento e acrescento: — É melhor você não contar para Kenzie.

Ele não responde. Em vez disso, pergunta:

— Você está bem, Addie?

— Estou — digo, e isso é mais verdade agora do que seria no passado. Hudson era meu melhor amigo e estou doida para contar para ele que estou apaixonada pela primeira vez na vida, mas não posso fazer isso. Não posso contar meu segredo para ninguém. — E você?

— Também — diz ele, mas o tom de voz me faz cogitar que talvez isso seja mentira.

Porém, antes que eu consiga falar qualquer outra coisa, o sinal toca. O almoço oficialmente acabou, então vou ter que comer o sanduíche pelo caminho.

— Depois a gente se fala, Hudson — digo. — Valeu pelo sanduíche.

Ele abre a boca como se quisesse dizer mais alguma coisa, mas saio correndo para a aula de matemática antes disso. Meu plano é chegar pelo menos alguns minutos mais cedo para comer o sanduíche antes de a aula começar.

Por um milagre, sento antes de o segundo sinal tocar. Meu estômago ronca um pouco, e coloco o sanduíche sobre a mesa para tirá-lo da embalagem. Tenho cerca de dois minutos e meio para devorá-lo.

— Addie! — A voz ríspida da Sra. Bennett me interrompe antes que eu consiga dar uma mordida. — Nada de comida na minha sala. Guarde isso.

— Só preciso terminar o sanduíche — explico.

Escuto risadinhas, mas a Sra. Bennett não parece ver graça. Não que eu estivesse tentando ser engraçada. Só quero comer a porcaria do meu sanduíche.

— *Guarde* isso, Addie.

— Mas eu não almocei!

— E de quem é a culpa? — Ela suspira alto. — O sinal já vai tocar. Guarde o sanduíche.

Avalio minhas opções, calculando se vale a pena engolir o sanduíche inteiro apesar de ela estar gritando para eu não fazer isso. É bem provável que ela me mande para a diretora. E já estou por um fio com a Sra. Bennett. Por causa daquele zero na prova, ela tem todo o direito de me reprovar e, apesar de eu estar fazendo aulas particulares, um milagre não vai acontecer. Se eu passar na matéria, vai ser raspando.

A Sra. Bennett é uma pessoa ruim de verdade, e não digo isso só por causa do meu relacionamento com Nathaniel, apesar de ele ter me contado muitas coisas que me fazem gostar ainda menos dela.

Ela cozinha mal.

Quase nunca sorri para ele ou faz qualquer comentário gentil.

É obcecada por sapatos. Ele diz que ela vive comprando dos mais caros, apesar de eles não terem dinheiro para isso. Que, mesmo que ele peça o divórcio, não restará grana alguma, porque ela gastou tudo em sapatos. E a pior parte é que os sapatos dela nem são bonitos! São só, tipo, normais.

E, agora, ela não me deixa almoçar.

O sinal ainda nem tocou, e, se ela tivesse me deixado comer, o sanduíche de peito de peru já estaria na minha barriga. Em vez disso, me sinto completamente oca, e não sei como vou me concentrar. Mas ela não se importou com isso. Não que eu esperasse outra coisa dela.

Uma vez perguntei a Nathaniel se ele cogitaria largá-la. Ele disse que seria difícil. Que ela provavelmente não o deixaria ir embora. Que talvez esteja preso a ela pelo resto da vida.

Eu queria que não fosse assim, pode acreditar, explicou ele. *Eu queria poder passar o tempo todo com você, e não com ela.*

Não é justo. Não é justo que uma mulher tão terrível seja casada com o melhor cara que já conheci, sem nem dar valor a ele. Ainda assim, ela não o deixaria ir embora.

A verdade é que odeio a Sra. Bennett.

CAPÍTULO 43

EVE

O jantar com Shelby e o marido parecia uma boa ideia quando combinamos tudo, mas foi um saco.

Quando comecei a trabalhar na escola, eu e Shelby éramos próximas. Mas, desde então, ela se casou com um ricaço gênio da tecnologia, e agora eles têm um filho de 3 anos que se tornou seu único assunto. Ao longo da refeição, Justin não parava de tocar em Shelby, o que só chamou mais atenção para o fato de que Nate nem chega perto de mim. O único ponto positivo é que pelo menos Nate não está ficando calvo como Justin, apesar de eu ter uma quedinha por carecas.

Então fico absurdamente feliz quando Shelby anuncia que precisa voltar para casa por causa da babá e recusa a sobremesa. Nate também parece aliviado, apesar de ele ter feito um ótimo trabalho puxando papo. Uma coisa que pelo visto temos em comum é o fato de nós dois detestarmos socializar.

Acompanho Shelby e o marido até a porta, e nós duas nos demoramos na varanda para nos despedirmos sozinhas enquanto Justin vai ligar o carro. Shelby se estica para me dar um abraço, apesar de eu não estar no clima de abraçar ninguém agora. Só quero que ela vá logo embora.

— Eu me diverti muito — diz Shelby, efusiva. — De verdade. Precisamos marcar outro jantar em breve.

— Com certeza — minto.

— É melhor eu ir. — Ela olha o relógio. — A babá reclama se nos atrasarmos. Você tem tanta sorte por não precisar lidar com essas coisas. Mas aposto que isso vai mudar logo, logo! — Ela ri. — Como vão as coisas nesse sentido, aliás?

Mais do que tudo, me arrependo de ter contado a Shelby que eu pararia de tomar meu anticoncepcional no ano passado. (Eu e Jay usamos camisinha, porque não quero nem cogitar *essa* situação.) Eu achava que engravidaria bem rápido e o fato de continuarmos sem filhos só ilustra como nossa vida sexual é escassa. Ou talvez meu útero tenha simplesmente secado e atrofiado. Quem sabe?

E não parece que as coisas vão melhorar. Tive aquele vislumbre de esperança quando Nate ficou no clima por dois dias seguidos, mas, desde então, estamos passando por nossa pior seca. O primeiro sábado do mês chegou e Nate reclamou que sua dor nas costas tinha voltado. Estou começando a questionar se vamos transar de novo algum dia.

— Ainda não demos sorte — digo para Shelby.

Ela pressiona os lábios.

— Talvez vocês devessem ir ao médico. Não existem especialistas em infertilidade?

Não preciso de um médico cheio de diplomas pomposos para me dizer que relações sexuais são necessárias para conceber uma criança.

— É, talvez a gente faça isso.

Shelby me abraça de novo e então sai correndo para o carro que a levará de volta para sua vida perfeita. Só me resta observá-la indo embora.

Assim que os faróis do Mercedes desaparecem ao longe, toda a tensão some do meu corpo. Graças a Deus ela já foi. E, apesar de todo aquele papo sobre futuros jantares, ela detesta deixar o filho sozinho à noite, então estou livre por pelo menos mais seis meses.

Amanhã é o dia da coleta de lixo, então entro em casa para limpar os restos do jantar, pegar os latões de lixo e os levar para a calçada. É o final perfeito para minha noite glamorosa.

Assim que chego à calçada, tenho uma sensação estranha. Um formigamento na nuca, como se alguém me observasse. Eu me viro e olho para a janela do quarto em busca de Nate, mas não o vejo.

Então, escuto um baque alto.

Dou um passo para trás, meu coração disparando. Não vejo ninguém, mas sem dúvida ouvi o barulho. Será que foi um animal selvagem? Já vi coelhos pulando pelo quintal, mas o som foi alto demais para ser um coelho.

— Olá? — chamo.

Estou de vestido, o que significa que não tenho bolsos. Meu telefone está dentro de casa e não há nada nos arredores que eu possa usar como arma. Eu até poderia usar meus saltos agulha, mas prefiro que um ladrão me ataque a estragar meus sapatos. Já fiz uma aula de defesa pessoal, apesar de, às vezes, achar que ela só tenha servido para me dar uma falsa sensação de segurança. Se alguém me atacasse mesmo, ganharia facilmente.

Olho para a porta da frente da casa. Estou a menos de seis metros dela. Posso correr.

E então vejo os arbustos balançando de leve.

Há algo ali. Não é um animal — consigo enxergar a sombra de uma pessoa. Alguém está se escondendo nos nossos arbustos, e aqui estou eu, parada na calçada, em nossa tranquila rua sem saída, usando apenas um vestidinho — um alvo fácil.

Cogito gritar, mas acho que isso só pioraria a situação. Talvez o intruso sinta necessidade de me atacar para me calar. Olho para trás, para a casa mais próxima — as luzes estão apagadas. Se eu gritar, será que alguém vai perceber antes que o invasor me alcance?

Não posso correr esse risco.

Conto mentalmente até cinco. Assim que termino, saio correndo na direção da porta. O salto do meu sapato direito quase se prende nos degraus, mas, por um milagre, consigo me equilibrar. O farfalhar nos arbustos fica mais alto, e agarro a maçaneta com uma mão trêmula. Ela não gira.

Não.

Eu não a tranquei, né? Nem estou com as chaves. A menos que Nate a tenha trancado quando saí da casa. Mas por que ele faria algo assim?

Por que meu marido me trancaria do lado de fora da casa?

Viro com mais força, e, desta vez, a maçaneta cede. Graças a Deus — ela estava só emperrada. Entro na casa e, antes de bater a porta, vislumbro o vulto de uma pessoa atravessando meu quintal. Por um instante, a luz da lua ilumina o rosto dela.

É Addie Severson.

CAPÍTULO 44

EVE

Nunca fiquei tão nervosa na vida. Até tirei os sapatos para conseguir andar de um lado para outro do quarto. Esta deve ser minha vigésima volta, e não me sinto melhor.

— Tem certeza de que era ela? — pergunta Nate.

Assim que entrei em casa, fui correndo para o quarto e contei a Nate o que vi. Ele não está nervoso o suficiente para andar de um lado para outro. Não está nem preocupado em sair da cama. Muito menos assustado com o fato de minha aluna ter se escondido nos arbustos diante da nossa casa. Ele deve estar achando que estou imaginando coisas.

— Eu sei o que vi, Nate. — Paro de andar e o encaro. — Addie estava nos arbustos. Ela estava me observando. Me *vigiando*.

— Por que ela faria uma coisa dessas?

Fecho os punhos. Reconheço que Nate não tem a mesma relação conflituosa que eu tenho com aquela garota, mas estou ficando de saco cheio de ouvir as defesas dele. Eu deveria ter ouvido meus instintos e a levado para a diretora quando descobri que ela colou na prova. Era para ter cortado essa história toda pela raiz.

— Ela me odeia — digo.

Ele ri.

— Fala sério. Por que ela te odiaria?

— Dá para ver nos olhos dela. — Notei o brilho de raiva mais cedo quando mandei Addie guardar o sanduíche. Ela ficou irritada, mas o que eu deveria fazer? Deixar os alunos transformarem minha sala de aula em um refeitório? Não dá para competir com o som de batatas sendo mastigadas. — Ela é uma adolescente cheia de hormônios. Já a peguei colando e ela nunca se prepara para minha aula. Sempre que a chamo, ela faz cara feia.

— Ela faz *cara feia*? — Nate arqueia uma sobrancelha. — Essa é a sua prova?

Afundo na beira da cama.

— Nate, me escute. Nós já sabemos que aquela garota ficou rondando a casa de Art Tuttle. Não estou criando uma história mirabolante. Não me importa se você acredita em mim ou não, eu sei o que vi.

A convicção na minha voz desta vez é suficiente para apagar o sorriso zombeteiro do rosto dele. Ele se levanta na cama.

— Tudo bem, digamos que fosse mesmo ela. O que você vai fazer?

— Preciso falar com a diretora.

— Com a diretora? Que exagero.

— Nate — digo entredentes. — A garota estava *escondida nos arbustos na frente da nossa casa*. Art já perdeu o emprego por causa dela. Estou levando isso a sério.

Ele fica quieto por um instante, refletindo. Não entendo sobre o que ele pensa tanto. Esta é uma situação muito delicada e precisa ser encarada do jeito certo. Falar com a diretora é a melhor coisa a fazer.

— Só não quero causar mais problemas para Addie — diz ele. — Você sabe que os outros alunos a excluem por causa do que aconteceu no ano passado.

— Talvez ela precise de terapia — digo.

É a coisa mais gentil em que consigo pensar. Não quero falar que Addie simplesmente é uma pessoa ruim que jamais conseguirá se redimir.

— Terapia? — Ele retorce o rosto como se tivesse acabado de comer algo azedo. — Agora você quer mandar a garota para o psiquiatra?

Não entendo por que Nate está discutindo comigo sobre isso. Se Addie tem problemas, terapia ajudaria. Se ele quer defendê-la, por que acharia ruim ela receber a ajuda de que precisa? Fazer terapia não é mais estigmatizado.

— Vou falar com a Higgins — digo. — E ponto-final.

Nate sai da cama e se acomoda ao meu lado, na beira do colchão. Nem imagino o que ele vai dizer agora, mas acaba que ele não diz nada. Ele apenas estica os braços, leva as mãos aos meus ombros e começa a me massagear.

— O que você está fazendo? — pergunto.

— Foi uma longa noite — diz ele. — Você parece tão tensa ultimamente, Eve, e me sinto mal. Sinto que a culpa é minha.

— Não é culpa sua — respondo, e só estou mentindo um pouco.

Nate pressiona minha pele mais fundo com seus dedos.

— Isso está ajudando?

Quero dizer que não tenho qualquer interesse em receber uma massagem agora, mas, na verdade, está gostoso. Eu não tinha percebido como meus ombros estavam tensos até ele começar a massageá-los. Eu tinha me esquecido de como as massagens de Nate são boas.

— Deita.

Obediente, deito de barriga para baixo na cama, acomodando a cabeça em um travesseiro. Nate engatinha até o meu lado, seus dedos aliviando os músculos nos meus ombros e costas. Toda a tensão dentro de mim se esvai. Contra minha vontade, solto um suspiro feliz.

— Além do mais — acrescenta Nate —, depois de passar a noite toda ouvindo sobre bebês, achei que a gente pudesse se esforçar um pouquinho mais para ter um. — Ele se inclina mais para perto de mim, seu hálito quente batendo no meu pescoço. — Você não acha?

Nate parecia tão desinteressado em sexo nos últimos tempos que fico chocada ao ouvir isso. Mas, quando ele abre o zíper nas costas do meu vestido, não tenho dúvidas sobre suas intenções.

CAPÍTULO 45

ADDIE

Ir à casa de Nathaniel ontem à noite foi um erro.

Eu jamais deveria ter feito aquilo. Nunca fiz nada parecido antes. Tudo bem, estou mentindo. Não foi nem de longe a primeira vez que fui escondida à casa de um professor. Foi por isso que o Sr. Tuttle teve tantos problemas.

Argh, ainda me sinto horrível por isso. Não sei por que inventei de ir até a casa do Sr. Tuttle naquela noite. Não era para ter feito aquilo. Mas eu estava tendo uma noite ruim e minha mãe estava chorando por causa do meu pai, o que era ridículo, porque ele foi péssimo como pai e ainda pior como marido. Não entendo por que ela ainda o ama. As roupas dele continuam no armário, e ela se recusa a vender o carro dele, que está parado na garagem.

Eu só queria estar perto de um adulto que fosse legal comigo, mas então, quando cheguei à casa e olhei pela janela, ele estava jantando com a esposa, e imaginei que não iria querer falar comigo. Aí decidi que talvez fosse melhor esperar até os dois terminarem de comer, e quando cheguei à conclusão de que eu deveria ir embora, alguém já tinha chamado a polícia.

Achei que eu estava encrencada, mas quem acabou encrencado foi o Sr. Tuttle. A diretora Higgins começou a me fazer um monte de perguntas sobre ele e nosso "relacionamento". No começo, não entendi sobre o que ela estava falando, mas então ela passou a perguntar se o Sr. Tuttle já tinha tocado em mim. E foi aí que entendi. Ela queria saber se ele já tinha tocado em mim de um jeito inapropriado, algo que nunca aconteceu. Mas ele *tocou* em mim. Tipo, uma vez, quando estávamos estudando depois da aula, contei sobre meu pai e como era difícil quando ele chegava bêbado em casa, então comecei a chorar, e o Sr. Tuttle tocou meu ombro. Então, sim, ele *tocou* em mim. Mas não desse jeito — nem de perto.

    Mesmo assim, ela notou minha hesitação ao responder a pergunta e se agarrou a isso. E aí, quando dei por mim, a escola inteira achava que eu tinha um caso com o Sr. Tuttle. Ou pensavam que eu era uma mentirosa que só queria receber atenção.

    Só que a pior parte foi o que aconteceu com o Sr. Tuttle. Ele só queria me ajudar. Ele sentia pena de mim por causa do meu pai, porque eu não tinha amigos e corria o risco de ser reprovada em matemática. Tentei explicar para todo mundo que ele só estava sendo legal, mas os pais começaram a ligar para a escola exigindo que ele se demitisse. Ele não teve opção.

    E, agora, fiz a mesma coisa. Pior ainda, não é a primeira vez. Já fui duas vezes até a casa de Nathaniel sem que ele soubesse.

    Não sei direito no que eu estava pensando, tirando o fato de que senti falta de me encontrar com Nathaniel depois da aula, como sempre fazemos. E comecei a ficar curiosa sobre como seria um jantar na casa dele. O trajeto de bicicleta da minha casa só dura cinco minutos, então, quando minha mãe foi deitar no quarto, escapuli pela porta dos fundos e fui até lá.

    Burra, burra, burra.

    Foi deprimente ver Nathaniel tendo um jantar feliz entre casais com sua esposa, a Sra. Maddox e o marido dela. O único lado bom foi que o marido da Sra. Maddox foi muito carinhoso com ela, mas Nathaniel mal tocou na Sra. Bennett. E eu prestei muita atenção nisso.

    Enfim, sou muito sortuda por não ter sido pega. Houve um instante em que a Sra. Bennett estava levando o lixo para a rua e eu fiquei morrendo de medo de ela ter me visto, mas então nada aconteceu. A Sra. Bennett pensou ter visto algo, mas estava escuro demais. Ela não viu quem era.

Ou era isso que eu pensava. Até receber uma mensagem de Nathaniel durante a segunda aula, pelo Snapflash.

Nathaniel: Você foi à minha casa ontem à noite. Grande erro.

Encaro as palavras na tela até elas desaparecerem. Não havia nem uma pergunta. Ele sabe que eu estive lá. Ou ele me viu pela janela, ou a Sra. Bennett contou que me viu. Respondo:

Eu: Desculpa.

Fico com medo de o professor de história me pegar no celular e confiscá-lo, então eu o enfio de volta no bolso, apesar de estar morrendo de vontade de ver a resposta de Nathaniel. Tenho certeza de que ele está com raiva de mim. Mas com muita raiva? Ele não ficaria irritado a ponto de terminar comigo.
Ficaria?
Não, não acredito nisso. Mas a ideia faz meu estômago embrulhar. Nosso relacionamento é arriscado por tantos motivos. Ele me avisou que, se alguém desconfiasse de alguma coisa, teríamos que cortar relações no mesmo instante. A ideia de nunca mais chegar perto dele é fisicamente dolorosa.
Eu preferia ser enterrada em uma cova no mar.
Assim que o sinal toca, praticamente arranco o celular do bolso. Como o esperado, há uma mensagem me esperando, que abro com um clique:

Nathaniel: A diretora vai conversar com você. Fiz o possível para impedir que isso acontecesse. Negue tudo.

E então uma segunda mensagem:

Nathaniel: Minha vida inteira está em suas mãos.

E, realmente, mal entrei na sala da terceira aula quando um anúncio nas caixas de som me orienta a ir para a diretoria. Minhas pernas tremem demais enquanto desço para o térreo e passo pela recepção ocupada por Annie e seu balde de laranjas. O sorriso de Annie é forçado ao me cumprimentar e não fico surpresa ao entrar na sala da diretora Higgins e encontrar a Sra. Bennett. Imaginei que Nathaniel também estaria ali, não sei o que sua ausência significa.

— Adeline. — A diretora me encara por cima dos seus óculos de meia-lua e gesticula para uma das cadeiras de plástico diante da sua mesa. — Sente-se, por favor. E feche a porta.

Feche a porta. Por enquanto, não está parecendo promissor. Ainda mais porque a Sra. Bennett está com aquela cara de poucos amigos. Os lábios finos dela desapareceram completamente.

Quando sento na cadeira de plástico barulhenta, tento exibir uma expressão neutra. Penso no que Nathaniel disse. *Negue tudo*. Isso deve significar que a Sra. Bennett não tem certeza se me viu mesmo.

— Addie. — A diretora Higgins parece tão irritada quanto a Sra. Bennett. Na primeira vez em que ela me chamou à sua sala para falar sobre o Sr. Tuttle, lembro que ela foi tão legal e boazinha comigo — isso mudou quando ela descobriu que eu estava vigiando (um pouco) a casa dele. Agora, ela parece estar de saco cheio de mim. — A Sra. Bennett disse que viu você nos arbustos do quintal da casa dela ontem à noite. É verdade?

Negue tudo.

— Não, claro que não. Passei a noite toda em casa, com minha mãe.

A Sra. Bennett bufa com raiva.

— Eu te *vi*, Addie. Você estava nos arbustos, depois saiu correndo pelo gramado.

Negue tudo.

— Eu... não sei o que dizer. Passei a noite inteira em casa. Como eu disse, minha mãe estava lá. Podem perguntar para ela.

Se elas perguntarem à minha mãe, ela vai confirmar que passei a noite toda em casa. É tão fácil sair escondida sem ela perceber.

Vejo uma sombra de dúvida passar pelo rosto da Sra. Bennett. Ainda bem que Nathaniel me avisou, porque, caso contrário, eu provavelmente confessaria tudo. Porém, quanto mais penso no assunto, mais entendo que negar é a coisa certa a fazer. Estava escuro ontem à noite. Ela não sabe o que viu.

A diretora Higgins ainda não parece convencida.

— A Sra. Bennett me disse que você anda tendo alguns conflitos com ela. Que está com dificuldades na matéria, que não se esforça, e que até pegou você olhando para a prova de outro aluno.

— Eu... eu dei uma olhadinha — admito, baixando a cabeça com vergonha. — Mas a Sra. Bennett foi legal comigo. Ela até me ajudou a achar um professor particular.

Arrisco olhar para a Sra. Bennett e abrir um sorriso. Ela não sorri de volta.

— Sinto muito por a senhora achar que eu iria até a sua casa — digo. — Mas eu jamais faria uma coisa dessas. — Percebo o quanto minhas palavras devem parecer implausíveis, levando em consideração que fui literalmente encontrada pela polícia diante da casa de um professor, então acrescento rápido: — Aprendi minha lição depois da última vez.

A diretora Higgins lança um olhar para a Sra. Bennett. Nenhuma das duas parece feliz comigo, mas elas não têm provas.

Negue tudo.

— Tudo bem, Addie. — A diretora se recosta na cadeira. — Seja lá o que aconteceu ontem à noite, espero que não se repita. Pode voltar para a aula.

Levanto da cadeira de plástico, chocada por não sofrer nenhuma consequência. E, mais importante, ninguém perguntou nada sobre Nathaniel. Eu tinha tanta certeza de que seria igual à última vez, quando a diretora Higgins me interrogou sobre o Sr. Tuttle. Eu esperava que ela perguntasse se Nathaniel tinha tocado em mim e já estava nervosa pensando nas respostas, porque achei que a verdade ficaria estampada na minha cara.

Só que a Sra. Bennett achou que eu estava lá por causa dela. Porque ela sabe que a detesto. Que desejo mais do que tudo que ela não estivesse na minha vida.

E, de certa forma, ela tem razão.

CAPÍTULO 46

ADDIE

Depois da conversa com a diretora, Nathaniel não responde a nenhuma das minhas mensagens.

Quando chega a hora do almoço, estou quase histérica, pensando que ele me odeia. Mas Nathaniel tentou me proteger. Ele me disse para negar tudo e a estratégia funcionou. Mesmo assim, estou uma pilha de nervos.

Enquanto estou sentada no refeitório, tentando me obrigar a comer um cheeseburguer com gosto de guardado há três dias, Lotus se larga na cadeira à minha frente com um hambúrguer vegano na bandeja. Não estou no clima para falar com ela depois da sua traição, ainda mais hoje. O meu poema poderia ter ganhado a competição se ela não tivesse se metido.

— Oi, Addie — diz ela.

— Oi — resmungo, sem afastar o olhar do meu lanche.

— Tudo bem?

— Tudo ótimo. — Passo uma das minhas batatas fritas pela piscininha de ketchup que fiz na bandeja. — Só não tenho interesse em ser amiga de uma pessoa tão falsa.

Lotus fica boquiaberta.

— Como é que é? Como eu sou falsa?

Não costumo me defender, mas estou tendo um dia difícil. Quero que Lotus saiba que sei que ela me traiu. E é um pouco satisfatório ver o quanto ela parece sem graça.

— Nath... O Sr. Bennett ia me inscrever naquela competição de poesia. Então você foi falar com a diretora e o obrigou a inscrever o seu poema.

Ela me encara por um instante com uma expressão chocada. Ela nem imaginava que eu sabia disso.

— Tá falando sério? — O lábio inferior dela se projeta para a frente. — Isso *nunca* aconteceu.

— Aham, sei.

— Nunca! — insiste ela. — Eu não falei nada. O Sr. Bennett me chamou para conversar uma semana depois que você me contou sobre a competição e disse que tinha decidido usar o meu poema.

Não acredito que ela esteja mentindo com a cara mais deslavada do mundo. Levanto da cadeira, pegando minha bandeja ainda cheia. Eu não teria mais apetite nem se o sanduíche estivesse comestível. E as batatas estão meio cruas e murchas.

— Tá bom — digo.

— Addie! — Ela grita meu nome, mas não vem atrás de mim nem tenta me convencer das suas mentiras.

Fico feliz, porque eu jamais acreditaria nela. Nathaniel me contou exatamente o que aconteceu.

Nathaniel. Preciso falar com ele.

Nathaniel tem um tempo livre agora, e, no passado, sugeri que nos encontrássemos nesse horário, já que também estou livre, mas ele foi enfático sobre como seria arriscado nos encontrarmos durante o horário das aulas. Só que estou enlouquecendo e não acho que vou aguentar o dia inteiro sem vê-lo. Então, caminho pelos corredores vazios até chegar à sala dele, torcendo para encontrá-lo ali e não na sala dos professores.

Como esperado, Nathaniel está sentado à sua mesa, lendo alguns papéis enquanto come um sanduíche. Eu o observo por um instante, do mesmo jeito que fiz ontem à noite e que faço todo dia nas aulas. Ele é tão bonito. Adoro as curvas de seu rosto, seu cabelo escuro espesso, a maneira como a gravata marrom combina com seus olhos. E, quando ele sorri para mim, sinto algo quentinho e maravilhoso.

Esta donzela só pensa em amar e ser amada por ele.

Mas, quando ele ergue o olhar, não sorri.

— Addie — sibila ele. — O que você está fazendo aqui?

Eu me esgueiro para dentro da sala e fecho a porta.

— Desculpa. Eu só... estou surtando...

— Bem, vir aqui não vai melhorar nada. — Ele levanta da cadeira com os lábios retorcidos. — Você não devia ter ido à minha casa ontem à noite. Isso foi um grande erro.

Mordo o lábio inferior.

— Eu sei...

— Agora, você chamou atenção para você. Chamou atenção para *nós*. — Ele balança a cabeça. — Não acredito que você fez uma estupidez dessas.

As lágrimas que ardem em meus olhos desde que fui à sala da diretora agora ameaçam escorrer. Uma escapa do meu olho direito, e rapidamente a seco.

— Desculpa. Me desculpa. Eu me sinto tão burra.

Nathaniel nota minhas lágrimas e isso ameniza um pouco sua raiva. Ele olha para a janelinha na porta da sala de aula para confirmar que o corredor continua vazio e, em seguida, dá a volta na mesa.

— Addie, não chore.

— Eu só... — Seco o nariz nas costas da mão antes de o catarro começar a escorrer. Se ele vir catarro escorrendo do meu nariz, com certeza vamos terminar. Não, eu não deveria pensar assim. Ele não seria tão fútil. — Não quero que você me odeie. Cometi um erro idiota.

— Addie...

O olhar dele suaviza, e, após verificar a janela de novo, ele pega minhas mãos. Foi burrice me preocupar. Eu e Nathaniel somos almas gêmeas. Ele não vai jogar fora o que temos só porque cometi um erro idiota. Somos importantes demais um para o outro.

— Eu nunca, jamais, te odiaria — diz ele. — Você é meu mundo agora. Você é minha *alma gêmea*. Mas precisamos tomar um pouco mais de cuidado. Só por um tempinho. Não quero que Eve desconfie de nada.

— Então... não vamos nos encontrar hoje.

Torço para ele dizer que vamos. É sexta-feira, e minha mãe me deixa ficar fora até tarde nas sextas, porque não tenho aula no dia seguinte.

Ele hesita, então balança a cabeça.

— É melhor não. Talvez na semana que vem.

Ai, meu Deus, vou *morrer* até lá.

— Na semana que *vem*?

Ele abre um sorriso torto.

— Eu sei. Vou enlouquecer.

A ideia de não poder tocá-lo ou beijá-lo por uma semana inteira é suficiente para eu querer gritar. Em um impulso, estico o braço e agarro sua gravata marrom. Eu o puxo para perto e, apesar de perceber que ele fica nervoso por estarmos na sala dele, Nathaniel não me impede. Se vamos precisar passar uma semana inteira sem nos encontrarmos na sala escura, preciso de algo para me ajudar a aguentar esse tempo.

E ele deve estar sentindo o mesmo, porque se inclina na minha direção e me dá um beijo mais intenso do que nunca. Ele entrelaça os dedos pelo meu cabelo, seus lábios amassando os meus. O beijo parece durar uma eternidade e é doloroso me afastar.

Eu poderia escrever um poema sobre esse beijo. E aposto que ele venceria aquela competição idiota.

— Não podemos fazer isso de novo — diz Nathaniel em uma voz séria. — Pelo menos não por um tempo. Eu aviso quando for seguro.

— Ainda podemos trocar mensagens?

Ele pensa por um instante.

— Poucas. Uma ou duas por dia. E só no Snapflash, obviamente.

Concordo com a cabeça, tentando engolir um bolo na garganta. O que vou fazer por uma semana sem ele? Nathaniel não é apenas a melhor coisa na minha vida — ele é a *única* coisa.

É tudo culpa de Eve Bennett.

— É melhor você ir — diz ele.

Ele aperta minha mão pela última vez, e é quando o sinal toca. Endireito meus ombros, viro e saio da sala. Vou aguentar. E, um dia, nós dois vamos ficar juntos. Porque ele prometeu.

CAPÍTULO 47

EVE

Após a reunião com Higgins, me sinto completamente insatisfeita.

Addie Severson estava do lado de fora da minha casa ontem à noite, nos arbustos. Nunca tive tanta certeza de algo na minha vida. Primeiro, porque a *vi*. E ela tem muitos motivos para me odiar.

Quando estávamos no supermercado naquele dia, Art Tuttle me alertou sobre ela. Ele tinha motivos para isso. Ela destruiu a vida dele, mesmo que não tenha sido de propósito.

E, hoje, aquela garota mentiu na cara dura.

Assim que Addie saiu, olhei para Debra Higgins e falei:

— Ela está mentindo.

Debra balançou a cabeça.

— Eu concordo com você, Eve. Mas o que podemos fazer? É a sua palavra contra a dela. E ela disse que estava em casa com a mãe.

Até parece. Quando eu era adolescente, fazia um monte de coisas enquanto minha mãe achava que eu estava segura no meu quarto. Na minha opinião, isso não é álibi, mesmo que a mãe dela confirmasse a história, algo que não aconteceu.

Assim que saí da sala da diretora, mandei uma mensagem para Nate:

Eu: Ela negou tudo.

Nós estávamos no intervalo entre as aulas, então sua mensagem veio rápido:

Nathaniel: Talvez não fosse ela.

A resposta é tão enlouquecedora que quero arremessar meu telefone.

Daqui a pouco, terei que dar a sexta aula do dia e precisarei encarar Addie de novo, mas não estou no clima para isso. Debra me disse que pretende transferir Addie para outro professor no segundo semestre, mas ainda terei que aguentar dois meses antes disso. Dois meses tendo que lidar com aquela garota.

— Com certeza era ela — reclamo com Shelby no refeitório dos professores. Eu trouxe uma salada em um pote de plástico para o almoço, mas mal toquei na comida. — Como ela mentiu com tanta cara de pau?

Shelby dá de ombros.

— Ela é adolescente. Eles fazem essas coisas mesmo. É quase igual a respirar.

— Ela me detesta. — Estremeço de leve, pensando no olhar raivoso com que ela me fitou ontem na aula. — Ela me detesta de verdade. E, agora, está me seguindo.

— Mas por quê? — Shelby morde uma de suas cenouras. — Quer dizer, ela ficou atrás de Art porque ele era *legal*.

— Sim, e daí?

— E daí que você não é legal com ela. Por que ela iria à sua casa? — Ela toma um gole da Coca diet. — Quer dizer, ela não é perigosa. Você acha mesmo que ela te seguiria porque você não deixou que ela comesse um sanduíche durante a aula? Isso parece meio exagerado, até para uma adolescente.

— Talvez...

— Agora, se ela estivesse atrás de Nate, até que faria sentido. — Ela pisca para mim. — Quer dizer, todas as alunas são apaixonadas por ele. E você disse que ela entrou para a revistinha de poesia dele? Faria muito sentido se ela estivesse ficando obcecada demais.

Fico paralisada, com um pedaço de alface caindo da boca. Não sei como não cogitei essa hipótese antes. Talvez porque, quando eu estava na calçada, parecia que alguém me observava. Por algum motivo, não pensei que ela poderia estar na casa para ver outra pessoa.

Ai, meu Deus. Ela está obcecada por *Nate*.

Faz muito mais sentido. Eu avisei que não era para ele ser legal demais com ela, e, agora, ela está fazendo com ele a mesma coisa que fez com Art Tuttle. E, se ele não tomar cuidado e lidar direito com isso, vai acabar exatamente como Art.

Preciso alertá-lo. Ele precisa resolver isso agora.

Peço licença antes de levantar da mesa, e Shelby provavelmente fica feliz por poder falar sobre qualquer outro assunto além de Addie Severson. Ainda restam dez minutos até o próximo tempo, e Nate deve estar na sala dele. Não vamos poder conversar muito, mas posso pelo menos avisá-lo antes de ele dar aula para ela.

Os corredores estão quase vazios, já que é o meio do quinto tempo, e os saltos das minhas botas de couro Givenchy soam como tiros ao ecoarem pelo ambiente. Passo por uma garota com maquiagem preta demais, mas isso está longe de ser a pior coisa que essas adolescentes fazem. Quando chego à sala de Nate, a porta está fechada, o que me parece esquisito. Espio pela janela, e, como esperado, lá está Nate. Mas não sozinho.

Ele está com Addie Severson.

Levanto a mão para bater à porta, mas algo me impede. Dou um passo para trás, saindo um pouco de vista. Se Nate prestasse atenção, me veria. Mas não se olhar rápido.

Nate e Addie têm uma conversa intensa. Não sei o que estão dizendo, mas parece que ela está chorando. O que ele disse para fazê-la chorar? Por outro lado, adolescentes choram por qualquer bobagem. Confiscar o celular deles costuma ser suficiente, na minha experiência.

Mas então Nate segura a mão dela.

Tudo bem, isso não é necessariamente estranho. Ela está chorando, ele quer consolá-la. Com certeza não é a maneira mais apropriada de consolar um aluno, mas já vi coisas piores. Só que ele não está dando tapinhas na mão dela. Parece estar segurando. Pelo menos sessenta segundos se passaram e os dois continuam de mãos dadas. Por que ele continua segurando a mão dela? Isso já ultrapassou os limites do que seria apropriado.

E aí algo acontece que me faz esquecer das mãos. Algo que faz as mãos dadas parecerem... bem, mãos dadas. Algo que me faz querer vomitar as poucas folhas de salada que consegui comer.

Ele a beija.

Não, ele não a beija pura e simplesmente. Parece que ele está tentando descobrir o que ela comeu no almoço. Esse beijo... Não é um primeiro beijo. É um beijo entre duas pessoas que já se beijaram muitas vezes e provavelmente fizeram outras coisas.

Agora, tudo faz sentido.

Entendo por que Addie me odeia tanto. Entendo por que ela estava escondida nos arbustos da minha casa. Entendo por que, toda vez que tento alertar Nate sobre algo que ela fez, ele a defende. Entendo por que meu marido não tem o mínimo interesse em transar comigo a menos que queira que eu *a* ajude com algo.

Esse desgraçado está me traindo. Com *ela*.

CAPÍTULO 48

EVE

Acho que nunca senti tanta raiva na vida.

Parte de mim quer entrar na sala e pegar os dois em flagrante na frente dos alunos e professores que logo estarão saindo das aulas. Afinal, é isso que ele merece. Imagino seu olhar de choque se transformando em humilhação enquanto todos descobrem o que ele fez.

Mas fico onde estou.

Reconheço que, se eu pegar Nate agora, destruirei três vidas: a dele, a minha e a de Addie. Ele merece ter sua vida destruída, mas eu, não. Se eu fizer um escândalo e desmascará-lo desse jeito, não vou poder continuar trabalhando na escola. Será humilhante demais. A vergonha dele acabará sujando a minha imagem.

Quanto a Addie, a verdade é que ela também não merece isso. Apesar de todas as minhas críticas, ela só tem 16 anos. Ela é uma *criança*. Não é culpa dela ter se apaixonado pelo lindo professor de inglês. Era Nate quem tinha a responsabilidade de evitar que isso acontecesse.

É por isso que não exponho os dois na frente de todo mundo. Mas faço uma coisa: tiro uma foto.

A idade de consentimento no estado é de 16 anos. Então, Nate não será preso por causa disso. Não se trata de estupro de vulnerável. Mas sua carreira como professor será arruinada. Meu marido cairá em desgraça e todo mundo vai saber o que aconteceu.

Minha vida atual chegará ao fim.

Vou andando entorpecida até minha sala. Não sei como vou dar uma aula de matemática daqui a cinco minutos. Terei que passar exercícios para os alunos resolverem pela maior parte do tempo. Todo o meu planejamento de aula foi por água abaixo.

Chego à porta bem a tempo de esbarrar em Addie Severson. Ela está com um sorrisinho nos lábios — inchados de beijar meu marido —, mas que desaparece do seu rosto assim que ela me vê. Estar na minha aula é algo que ela não quer, tanto quanto eu não quero que ela esteja ali. Ela abaixa a cabeça e segue em silêncio até sua carteira, largando a mochila no chão.

Preciso me lembrar de novo que a culpa não é dela. Nate se aproveitou da sua vulnerabilidade. Sou professora há tempo suficiente para saber que algumas garotas são mais sugestionáveis que outras. Algumas são mais propensas a ceder a uma paixonite por seu professor favorito.

Não é culpa dela. Não é.

— Peguem seus livros e resolvam os problemas na página cento e trinta e sete — aviso à turma. — Em silêncio.

Passo problemas demais, sabendo que eles ficarão ocupados até o sinal tocar. Outros professores de matemática recorrem a essa tática com uma frequência preocupante, mas nunca fiz isso antes — estou desesperada. Desmorono atrás da minha mesa, e a primeira coisa que faço é buscar pelo meu celular. Após hesitar por um instante, envio uma mensagem para Jay:

Eu: Preciso te ver hoje à noite.

Fico sentada ali, prendendo a respiração, esperando pela resposta dele, sem saber se ele conseguirá falar comigo no meio do dia. Por sorte, a mensagem chega alguns minutos depois:

Jay: Não vou fechar a loja hoje, então não podemos nos encontrar aqui.

Eu: Tudo bem. Podemos ir de carro para algum lugar.

Jay: Tem certeza, Eve?

Eu: Por favor.

Marcamos um ponto de encontro distante. Jay é a única pessoa com quem posso conversar sobre isso. Se eu contar para qualquer outra pessoa, o segredo será exposto. Mas confio em Jay. Sei de segredos demais dele.

Jay vai me ajudar a encontrar uma solução. Ele pode não entender nada sobre as políticas da escola, mas tem bom senso e é uma boa pessoa. De um jeito ou de outro, não vou deixar que Nate saia impune.

CAPÍTULO 49

EVE

Depois que as aulas terminam, eu e Jay nos encontramos no estacionamento de um McDonald's próximo à loja de sapatos.

Paramos em lados opostos do estacionamento. Vou até o carro dele, sento no banco do carona e ele sai dirigindo. Em outras circunstâncias, eu poderia ficar empolgada com tanto sigilo, mas não consigo pensar em nada além da boca do meu marido nos lábios daquela garotinha.

— Obrigada por vir — digo enquanto finco os saltos das minhas botas no tapete.

Não sei o que ele desmarcou para me encontrar, mas sou grata.

— Então, o que houve? — pergunta Jay.

Abro a boca para contar a história toda, mas, antes de eu conseguir falar, desato a chorar. Jay olha de soslaio para mim com uma expressão levemente apavorada. Ele continua dirigindo até encontrar uma rua tranquila, sem vista para nenhuma casa. Então, estaciona o carro.

— Eve. — Ele se estica para me envolver em um abraço. — O que houve? Me conta.

Soluço em seus braços grandes e fortes enquanto ele acaricia meu cabelo para me acalmar. Demoro vários minutos para me recompor o suficiente para conseguir contar a história toda. Ele sabe a primeira parte, sobre os problemas que tenho com Nate e o quanto ele se distanciou de mim, mas, quando chego à parte de ter encontrado Nate e Addie se beijando na sala de aula, seu corpo enrijece. Ele se afasta com os olhos arregalados.

— Você só pode estar brincando — diz ele. — Você viu mesmo isso?

Concordo lentamente com a cabeça.

— Aquele filho da puta. — Ele estala as juntas da mão direita. Jay parece furioso, e parte de mim tem medo de que ele procure Nate para lhe dar um soco na cara. E a outra parte quer que ele faça isso. — Não dá para acreditar numa coisa dessas.

— Pois é. — Fecho os olhos, mas a imagem dos dois se beijando não desaparece. Duvido que desapareça um dia. — Não sei o que fazer.

— Talvez você devesse matá-lo.

Olho para Jay e ele não está rindo. Mas ele não está falando a sério. Embora a ideia pareça tentadora no momento.

— É sério. O que você acha que devo fazer? Contar para a diretora?

Ele balança a cabeça.

— Se você contar para a diretora, todo mundo vai descobrir. É isso que você quer?

Falar com a diretora seria o protocolo correto, mas ele tem razão. Por mais que a escola tente, será impossível resolver a questão de forma discreta. A situação com Art Tuttle deixou isso bem claro, apesar de ele nunca ter feito nada de errado.

— Não é isso que eu quero.

— Então — diz ele —, você precisa colocá-lo contra a parede. Faça de tudo para garantir que isso pare agora mesmo e nunca mais se repita. E também... — Ele pega minha mão. — Você precisa sair desse casamento.

Ele tem razão sobre essa parte. Preciso largar Nate. Isso é uma certeza. Levanto a cabeça, olhando no fundo dos olhos de Jay, me perguntando, pela primeira vez, se há chance de um futuro entre nós. Sei que não há, mas existem momentos em que gosto de imaginar que seria possível.

Mas não importa. Podendo ou não ficar com Jay, não posso mais ficar com Nate.

— Você vai conseguir. — Ele aperta minha mão. — Não tenha medo dele. Você *consegue*.

Ele acredita em mim, mas o problema é que ele não conhece meu marido tão bem quanto eu.

CAPÍTULO 50

EVE

Quando Nate chega em casa, já estou mais do que bêbada.

Ele só aparece três horas depois de as aulas acabarem, o que me faz questionar o que ficou fazendo por todo esse tempo. Não sei se ele estava com ela ou de fato trabalhando na escola. Se Nate não for um completo idiota, sabe que deveria se afastar de Addie Severson depois de ela ter sido vista na frente da nossa casa. Mas talvez ele não esteja pensando com clareza, já que a beijou dentro da própria sala de aula.

Quanto a mim, depois de Jay me levar de volta ao estacionamento do McDonald's para eu buscar meu carro, passei um tempo dirigindo a ermo, mas acabei voltando para casa.

Tentei corrigir provas, mas foi inútil. Não demorei muito para pegar uma garrafa de vinho. Infelizmente, só tínhamos um quarto de uma garrafa de Cabernet. Mas encontrei meia garrafa de vodca.

Quando escuto a porta da frente abrir, estou no processo de provar meus sapatos. Sim, todos eles. Não sei por quê, mas há algo reconfortante em fazer um desfile de moda para meus pés. Sempre que me sinto mal com alguma coisa, vou direto para meus sapatos. É algo que Nate jamais entenderia, mas Jay entende.

Nate não chama meu nome ao chegar. Ele nunca faz isso. Talvez esteja torcendo para eu não estar em casa, para ele poder bater punheta pensando nela. Não quero nem saber o que está passando pela cabeça dele. Só quero esse homem fora da minha vida.

Jogo todos os sapatos de volta no closet, tirando os scarpins da Louis Vuitton que usei no meu aniversário. Calço-os e sigo para o andar de baixo.

Nate está na sala, tirando o casaco preto. Ele puxa o gorro e passa rapidamente uma mão por suas madeixas espessas, para penteá-las. Enquanto desço a escada, é impossível não pensar na primeira vez em que vi meu marido e no quanto o achei bonito. Foi amor à primeira vista — ou pelo menos era o que eu pensava. Sempre acreditei que ficaríamos juntos para sempre.

Como fui idiota.

— Olá. — É apenas após a primeira palavra sair que percebo que estou falando meio arrastado. Não era para eu ter tomado aquela última dose de vodca. Preciso estar com a cabeça no lugar para esta conversa. — Você chegou.

— Hum, sim. — Ele pendura o casaco no armário do corredor.

— Você já começou o jantar?

— Não. — Eu me seguro no corrimão para não me desequilibrar.

— Preciso falar com você.

— Tudo bem. — Ele afrouxa a gravata no pescoço e estreita os olhos ao virar para mim. — Você bebeu?

Não era bem assim que eu queria começar esta conversa, mas não importa. Não vou esperar mais para falar com ele. Preciso resolver isso hoje. Dou um passo na sua direção, agora me agarrando ao sofá para me equilibrar. Não sei como tocar no assunto, então vou direto ao ponto.

— Eu sei sobre você e Addie Severson — digo.

As mãos de Nate param sobre o nó da gravata.

— Como é?

— Eu sei — repito. Preciso me concentrar para as palavras não se arrastarem, mas ele tem que entender que estou falando a sério. — Eu sei o que você está fazendo com ela. Sei que foi por isso que ela veio aqui ontem.

— Isso... isso é loucura! — Ele ri. — Fala sério, Eve. Você acha mesmo que eu faria algo assim? Com *Addie*? — Ele balança a cabeça. — De onde você tirou essa bobagem? Acho que você bebeu além da conta. Quer que eu faça um café?

Ah, ele é bom nisso. Meu marido é esperto. Se eu tivesse apenas escutado um boato, provavelmente me questionaria agora. Por outro lado, eu sempre soube que ele era um mentiroso.

— Eu *vi* vocês dois — rebato com raiva. — Vi quando você beijou ela. Na sua sala, no horário da quinta aula.

— Ah. — O sorriso despreocupado desaparece do rosto dele. — Entendi.

— O que você tem a dizer?

Nate puxa a gravata até soltá-la, e então a larga no chão. Ele baixa a cabeça.

— Não sei o que dizer. Cometi um erro absurdo. Addie tinha uma quedinha por mim e achei que eu pudesse lidar com a situação; aí ela me beijou hoje. Deixei durar por mais tempo do que deveria, sei disso. Foi uma idiotice e nunca mais vou deixar que aconteça. Vou deixar claro para ela que aquilo foi muito errado.

Fecho os punhos — quero socar seu peito até ele estar todo roxo e sangrando.

— Não, eu vi. *Você* beijou *ela*.

— Você não estava lá. Não sabe o que aconteceu.

— Eu vi!

Uma veia pulsa na minha têmpora. Parece bem provável que ela exploda e me mate antes de terminarmos esta conversa. Antes de meu marido admitir que fez o que o vi fazendo. Parte de mim deseja que isso aconteça.

Mas outra parte quer que ele sofra.

— Você contou para a Higgins? — finalmente diz Nate.

— Ainda não.

— Você contou para alguém?

— Não.

Contei para Jay, mas não vou dizer isso para meu marido.

— Entendi. — Ele franze o cenho, a testa enrugando inteira. — E vai contar?

— Ainda não sei. — Eu me apoio no braço do sofá, porque minhas pernas tremem. — Não decidi.

— Existe... — Ele dá um passo na minha direção, esticando um pouco um braço. — Existe alguma coisa que eu possa fazer para te convencer a não contar?

Olho para seu braço como se ele me oferecesse veneno.

— Se você tocar em mim, vou arrancar seus olhos.

— Certo, desculpa. — Ele volta a se afastar. — Tá, tudo bem. Então, vamos conversar. O que você quer de mim?

— Quero o divórcio.

Ele nem hesita.

— Feito.

Nossa, que porrada. Por mais que eu o queira fora da minha vida, por algum motivo imaginei que ele lutaria um pouquinho pelo nosso casamento, ou tive certa esperança de que isso acontecesse.

— E — continuo — a casa é minha.

— Mas a casa...

— *A casa é minha.*

Nate trinca os dentes.

— Tudo bem. Fique com a casa.

— E — acrescento — você precisa terminar sua relação com Addie *imediatamente*. Tipo, hoje à noite ou amanhã. Seja gentil com ela, mas deixe bem claro que vocês nunca mais terão nada. Isso precisa acontecer agora. Não espere até segunda-feira.

Ele devia imaginar que isso estava por vir.

— Tudo bem — responde ele. — Só isso?

Tenho uma última exigência que bolei depois da conversa com Jay. Esta vai ser a mais difícil para ele, mas não é opcional.

— Você precisa pedir demissão do Caseham — digo. — E nunca mais pode dar aulas para crianças.

Nate puxa o ar.

— O quê? Você só pode estar brincando. É assim que eu ganho a vida, Eve.

— Você pode continuar sendo professor. Pode dar aula para adultos. Mas não para crianças. Nunca mais.

— Eve, fala sério — engasga ele. — Não posso aceitar isso. Todas as outras coisas, tudo bem. Mas não vou abrir mão de dar aula para o ensino médio.

— Tudo bem. Então, podemos falar com a diretora e deixar que ela decida.

Nate passa por mim e vai até o sofá, onde afunda nas almofadas. Ele se inclina para a frente e pressiona a ponta dos dedos contra as têmporas.

— Por favor, não faça isso. Seja razoável. Você precisa ser razoável.

— Não dá para ser mais razoável do que isso. A verdade é que você deveria ser preso.

— Ela tem 16 anos. Já é considerada adulta no Massachusetts.

— É, tenho certeza de que você a vê assim. Como uma *adulta*. — Balanço a cabeça, enojada. — Você precisa tomar uma decisão. Se não pedir demissão, vou contar tudo para a diretora.

Ele ergue o rosto para me encarar.

— E você acha que ela acreditaria em você?

— Por que ela não acreditaria em mim?

Ele se levanta do sofá e solta uma risada irônica.

— Todo mundo na escola sabe que você é completamente doida, Eve. Você não é a pessoa mais confiável do mundo.

— Como é que *é*? O que *isso* quer dizer?

— Para começo de conversa, você está bêbada às seis da tarde. — Ele vai contando nos dedos. — Além disso, é uma acumuladora de sapatos. E é uma loucura mesmo. Se qualquer um visse nosso closet, você seria internada na hora.

Meu rosto queima de vergonha. Ele decidiu jogar sujo, no fim das contas. Eu não deveria ter esperado nada diferente disso.

— Eu só tenho, tipo, uma dúzia de sapatos no closet. Muitas mulheres têm vários sapatos.

— Hum, e você acha que eu não sei dos sapatos que você guarda naquela mala enorme?

Eu achava que ele não sabia. Mas faz sentido que ele saiba. Ele deve ter ido procurar uma mala para alguma viagem e encontrado meu estoque. Quero morrer de humilhação só de pensar que ele sabe meu segredo, mas isso não muda nada.

— Na verdade — diz ele —, é a sua palavra contra a minha. Bem, a minha e a de Addie. Ela nunca vai admitir nada.

— Pois é, então... — Ergo um ombro. — Ainda bem que tirei uma foto de vocês dois se beijando.

Eu *adoraria* ter uma foto da cara de Nate no momento em que compartilho esse pequeno detalhe. Ele fica pálido e seu corpo inteiro parece murchar. Sim, tenho uma foto dele beijando sua aluna de 16 anos. Ele não tem nenhum poder sobre mim.

— Tudo bem — grunhe ele baixinho. — Você venceu, Eve. Vou pedir demissão.

Com essas palavras satisfatórias, ele me dá as costas e sobe a escada batendo os pés. Nem imagino para onde ele está indo, então o sigo, subindo dois degraus de cada vez. Eu o encontro no quarto. Ele tirou uma bolsa de viagem do closet e está jogando roupas aleatórias lá dentro.

— O que você está fazendo? — pergunto.

— Pegando minhas coisas. — Ele me fita como se eu fosse completamente idiota. — Você não me expulsou de casa? Posso levar minhas roupas ou preciso ir com a roupa do corpo?

— Pode levar suas coisas.

— Que generoso da sua parte. — Nate revira uma gaveta da cômoda e pega seu moletom favorito, que tem um furo no bolso, e o joga dentro da mala. — Sabe, sempre fui legal com você. Nunca perdi a calma. Nunca reclamei quando você comprava cinco bilhões de sapatos. — Ele chuta a mala com meu estoque escondido. — Eu vinha para casa todas as noites. O que mais você queria de mim?

Ele me encara, e percebo que não se trata de uma pergunta retórica. Ele acha mesmo que todas essas coisas eram suficientes para torná-lo um bom marido. Que, se você cumprir todos os requisitos certos, está tudo bem, sua esposa sempre estará ao seu lado. Mesmo que você a chifre com uma garotinha.

Não faz sentido tentar explicar que ele fez algo errado. Em vez disso, volto para o andar de baixo e o deixo pegar suas coisas em paz. Depois de hoje, ele nunca mais será problema meu.

CAPÍTULO 51

ADDIE

Estou fazendo o dever de casa de história quando recebo uma mensagem no Snapflash.

Fico surpresa. Nathaniel é a única pessoa que me manda mensagens por lá e ele me disse hoje que precisávamos manter distância por um tempo. Então, não entendo por que recebi uma nova mensagem. Mas é claro que não consigo resistir. Ainda mais quando a minha outra opção é estudar o feudalismo.

Abro o aplicativo e vejo a mensagem. Ela é curta e vai direto ao ponto:

Nathaniel: Eve descobriu.

Sinto um frio na espinha. *Eve descobriu.* Essa é a catástrofe que nós dois sabíamos que precisava ser evitada acima de tudo. A Sra. Bennett sabe sobre nós. O que significa que...

Nathaniel: Sinto muito, Addie. Não posso mais encontrar você.

Se alguém tivesse pegado uma faca na cozinha e me apunhalado no peito, a dor seria a mesma. Não entendo como pode ter acabado assim, tão de repente. Sim, entendo que o fato de a esposa dele saber complica as coisas. Mas Nathaniel e eu somos almas gêmeas. Não é possível que ela possa estalar os dedos e acabar com tudo.

As palavras de Nathaniel desaparecem da tela e é quase como se eu as tivesse imaginado. Mas não imaginei nada. Com as mãos trêmulas, digito uma pergunta:

Eu: Ela contou para a diretora Higgins?

Nathaniel: Não. Ela não contou, mas disse que contará se eu não fizer o que ela mandar.

Eu: O que ela quer que você faça?

Fico tanto tempo sem receber uma resposta que me pergunto se ele abandonou a conversa. Mas a mensagem dele finalmente aparece na tela:

Nathaniel: Ela disse que preciso terminar imediatamente com você e pedir demissão.

A primeira parte já é muito ruim, mas a segunda acaba comigo. *Pedir demissão?* Nathaniel é um professor incrível, o único que acreditou em mim de verdade e com certeza é o melhor poeta da escola inteira. Talvez o *único* poeta do Caseham. Como a Sra. Bennett pode obrigá-lo a pedir demissão?

Ela é má. Mais que isso. Ela é uma *vilã de desenho animado*. Outra mensagem de Nathaniel surge na tela:

Nathaniel: Ela também me expulsou de casa. Espero que o teto desabe em cima dela e que ela morra.

Respondo:

Eu: Eu também.

Nathaniel: Se ela morresse, eu manteria meu emprego e nós continuaríamos juntos.

Encaro as palavras na tela. *Se ela morresse, eu manteria meu emprego e nós continuaríamos juntos.* Eu leio a frase cinco vezes antes de ela desaparecer e fico me perguntando mais uma vez o que ele realmente quis dizer.

Se ela morresse, eu manteria meu emprego e nós continuaríamos juntos.

Bem, é verdade. Se a Sra. Bennett é a única que sabe sobre nós dois, então se ela não existisse...

— Addie?

A voz da minha mãe ecoa do outro lado da porta fechada do meu quarto. Ela bate uma vez, e, quando não recebe uma resposta, entra direto. É como se ela não entendesse que posso estar fazendo algo que demande privacidade. Ela nem imagina que eu não seja mais virgem.

Apesar de ser bem possível que eu volte a ser, agora que não me encontrarei mais com Nathaniel, porque não há ninguém com quem eu queira ficar. Talvez tudo se feche de novo.

Minha mãe faz o mesmo de sempre ao entrar no meu quarto, que é olhar para os quatro cantos, como se tivesse medo de encontrar drogas em um deles. Ela cruza os braços. Achei que ela se tornaria mais feliz sem meu pai, mas não é o caso. Não entendo como uma pessoa inteligente como minha mãe podia amar alguém tão horrível.

— Addie — diz ela. — Eu só queria avisar que estou saindo.

— Saindo? — repito.

Minha mãe sempre diz que suspiro demais, mas ela faz mais isso do que eu.

— Peguei o plantão da noite no hospital. Eu te avisei.

— Ah, é.

Ela franze a testa.

— Tem certeza de que você vai ficar bem sozinha? Quer chamar alguma amiga para te fazer companhia?

Não tenho nenhuma. É claro, Nathaniel poderia me fazer companhia. Ele é até adulto. Mas algo me diz que minha mãe não gostaria dessa ideia. Se bem que ela não precisa saber...

— Vou ficar bem, mãe — respondo. — Pode ir lá ser enfermeira. Cuide dos doentes. Estou bem.

Esta é apenas a segunda vez que ela me deixa sozinha para trabalhar à noite. No passado, meu pai geralmente estava em casa, embora isso fosse pior do que ficar sozinha.

— Então tá... — Os dedos da minha mãe ficam mais alguns instantes sobre a maçaneta. — Mas estou com o celular, então, se acontecer alguma coisa...

Até parece que ela sairia no meio do plantão só porque estou me sentindo solitária. Mas se ela se sente melhor dando essa opção, tudo bem.

Minha mãe insiste em entrar no quarto e dar um beijo na minha testa, o que é muito irritante. Estou basicamente contando os segundos até ela sair do quarto, e, assim que ela vai, agarro o celular e envio uma mensagem:

Eu: Minha mãe acabou de sair. Quer vir para cá?

Fico encarando o telefone, esperando a resposta dele. Ela chega um minuto depois:

Nathaniel: Já disse, não posso. Eve não está de brincadeira. Ela vai me destruir se nos encontrarmos de novo.

Eu: Como ela descobriria?

Nathaniel: Não posso arriscar. E não estou no clima.

Eu: Por favor! Preciso te ver.

Encaro o telefone, esperando por uma resposta, mas ela nunca chega. Para ele é conversa encerrada.

Jogo o telefone na cama, frustrada, meus olhos cheios de lágrimas. Consigo segurá-las até o carro da minha mãe ir embora, e então começo a chorar, com soluços altos e descontrolados, que devem fazer a casa inteira estremecer.

Eu amo Nathaniel. Eu o amo tanto que quase chega a doer. Muita gente pelo mundo namora ou é casada, mas tenho quase certeza de que nós dois nos amamos mais do que qualquer uma dessas pessoas. Elas não têm a mesma conexão que temos. Sim, ele é bem mais velho do que eu, só que isso não importa. Nosso amor transcende a idade.

Ele nunca teve uma conexão com a esposa. Ele se casou com ela porque sentiu que era isso que deveria fazer. E, agora, é ela quem o controla. Quem nos controla.

É tão injusto que quero gritar.

CAPÍTULO 52

ADDIE

Dá para perceber que a situação está ruim quando nem sorvete ajuda.

Uma hora depois, estou sentada na cozinha com um pote vazio de sorvete de chocolate com marshmallows e não me sinto nem um tiquinho melhor. Na verdade, me sinto pior, porque agora minha barriga dói. Comecei a me arrepender quando ainda faltava um quarto do pote, mas segui em frente.

A dor de saber que nunca mais ficarei com Nathaniel fere minha alma. Nunca sofri tanto antes. Estou me sentindo bem pior do que quando meu pai morreu, sem sombra de dúvida.

Bem, isto é, do que quando matei meu pai.

Mas foi um *acidente*. Um acidente que destruiu minha amizade com Hudson, e isso foi uma droga, mas que pelo menos me levou até Nathaniel. E, apesar de minha mãe não admitir, nossa casa é muito melhor sem a presença dele. A morte do meu pai resolveu tudo.

Como a morte da Sra. Bennett também resolveria tudo.

Mesmo com o estômago revirando, lambo o restante do sorvete da colher. Gosto do desconforto, porque quero sentir algo além da dor que assola meu peito. Só que a perda do amor da minha vida não é minha única emoção agora. Há outra coisa quase maior do que essa tristeza:

Ódio.

Odeio a Sra. Bennett. Eu achava que a odiava antes, mas não entendia o significado da palavra. Ela é a pior pessoa que já conheci. Ela está estragando a nossa vida, sem nem se importar.

Se ela morresse, eu manteria meu emprego e nós continuaríamos juntos.

Mas eu jamais a machucaria. Quer dizer, sim, sou culpada pela morte do meu pai, mas foi um *acidente*. Eu jamais faria...

Eu jamais poderia...

Não. De jeito nenhum. Está fora de cogitação.

Mas posso tentar conversar com ela. É bem provável que ela esteja achando que Nathaniel se aproveitou de mim, só que isso não é verdade. Talvez eu possa explicar a situação. Se ela entender o quanto gostamos um do outro, pode ser que ela ceda. Ela nem o quer mais, já que o expulsou de casa.

Preciso acreditar que, no fundo, a Sra. Bennett é uma pessoa decente. Afinal de contas, ela tentou me ajudar com as aulas de matemática. Ela não me dedurou por colar e me ajudou a encontrar um professor particular.

Talvez ela dê ouvidos à razão.

Eu preciso tentar. É minha última esperança.

CAPÍTULO 53

EVE

O dia todo hoje foi surreal.

Peguei meu marido beijando uma de suas alunas de 16 anos. Ele tem *transado* com ela. Agora o expulsei de casa e, assim que possível, vou pedir o divórcio. Nem preciso de advogado. Ele vai me dar tudo que quero — tudo que mereço.

Senão...

Mas não posso comemorar o fim do meu casamento. Pulo o jantar e acabo pegando um pote de sorvete napolitano para amenizar o álcool na minha barriga. Escolho um filme na Netflix e, três horas depois, estou me sentindo bem mais sóbria, o que é bom e ruim.

Achei que eu tinha boas chances de passar a noite inteira acordada, mas a mistura de álcool com laticínio me deixa extremamente cansada. Sinto como se tivesse chumbo nas minhas pálpebras, e, quase contra minha vontade, me pego caindo no sono no sofá.

Até ser acordada por um estrondo.

Levanto com dificuldade do sofá, jogando de lado o pote de sorvete. Só comi metade, o restante virou uma sopa açucarada. Mas esse é o menor dos meus problemas.

O que foi esse barulho?

Nunca valorizei como era bom ter um homem em casa quando escutava barulhos estranhos. E isso foi mais do que um mero barulho. Foi mesmo um estrondo. E pareceu vir da cozinha.

Olho para a porta da cozinha. Será que imaginei isso? Eu estava quase dormindo, além de estar assistindo à televisão. O barulho pode ter vindo da TV, mas pareceu ter saído da cozinha.

Só que não escuto mais nada.

Desabo de volta no sofá com o coração ainda disparado. Certo, minha primeira tarefa na segunda-feira será comprar um alarme para a casa. Um desses sistemas que, se você não digitar a senha em até cinco segundos após entrar, a Guarda Nacional vem bater à sua porta. Não preciso de Nate.

Na verdade, a única pessoa que eu queria que estivesse aqui era Jay. Eu me sentiria *muito* segura se ele estivesse na sala comigo para me proteger de intrusos. Ninguém mexeria com Jay. Mas morar com Jay é tão impossível que quase chega a ser cômico.

Assim que começo a procurar meu celular para pesquisar empresas que instalem alarmes, escuto um tinido.

Não foi minha imaginação agora. Com certeza veio da cozinha. E agora há outro som.

Passos.

Ai, meu Deus. Tem mesmo alguém dentro da casa.

Analiso a mesa de centro, procurando de novo meu celular. Não o vejo em lugar algum. É bem possível que eu o tenha deixado na cozinha quando fui buscar sorvete. E não temos uma linha fixa, o que significa que não conseguirei ligar para a polícia sem entrar na cozinha.

Eu deveria sair da casa. É isso que dizem em filmes de terror, né? Que a vítima burra sempre corre na direção do intruso em vez de sair pela porta da frente, como qualquer pessoa normal e racional faria. Mas não quero sair daqui. Esta é a *minha* casa, e a última coisa que quero é deixá-la vazia enquanto fujo sem nem pegar meu telefone.

Mas também não quero chegar perto da cozinha.

Finalmente, tomo uma decisão. Pego minha bolsa, xingando o fato de eu ter deixado meus sapatos no andar de cima. Só me resta um par de tênis sujos, perto da porta, que não quero calçar. Só os uso quando preciso fazer alguma coisa no quintal. E se alguém roubar meus scarpins da Christian Louboutin? Se vou fugir, não posso levar meus sapatos comigo?

Ai, meu Deus, como posso estar pensando em *sapatos* com um ladrão dentro de casa? Talvez eu devesse mesmo procurar ajuda.

Enquanto penso no que fazer, escuto outro som da cozinha. Agora, o som de uma garota falando um palavrão é bem claro.

Addie?

CAPÍTULO 54

EVE

Addie Severson está na minha cozinha.

Tenho certeza de que é ela. Nenhuma outra adolescente entraria escondida na minha cozinha às nove da noite. Não seria a primeira vez. Talvez ela ache que Nate continua aqui e veio atrás dele. Não faço ideia se ele terminou o relacionamento dos dois, mas não me surpreenderia nada se Nate estivesse enrolando.

Agora, desisto de calçar os tênis. Não quero chamar a polícia por causa de Addie. Ela já passou por essa situação uma vez e nada disso é culpa dela. Nate é culpado por enganá-la. Por não explicar que um homem de 38 anos não deveria beijar uma menina de 16.

Não fui legal com Addie neste semestre e agora sinto uma pontada de culpa. Ela passou esse tempo todo tendo dificuldades na minha aula e eu poderia ter feito mais para ajudá-la. Eu *deveria* ter feito mais para ajudá-la. Mas me ressenti dela por ter destruído a reputação do homem na escola que eu mais admirava, apesar de, no fim das contas, não ter sido culpa dela.

Aquela garota passou o ano inteiro implorando por ajuda e eu poderia ter me compadecido. Meu marido simplesmente se aproveitou dela.

Vou consertar as coisas.

Sigo na direção da cozinha, meus passos descalços silenciosos sobre o piso de madeira. Abro a porta devagar, não quero assustá-la. Como esperado, lá está ela, agachada na minha cozinha. Parece que ela derrubou a frigideira que deixei sobre o fogão, a que continha os restos do jantar de ontem. Devo ter me esquecido de limpá-la depois de encontrar Addie escondida nos arbustos.

Quando ela escuta a porta se fechar atrás de mim, olha rápido para cima. Ela se levanta desajeitada, piscando muito. Addie é um pouco mais alta do que eu, mais forte. Ela tem porte de atleta, mas não pratica nenhum esporte. Desde que a conheci, nunca a vi usar nada além de suéteres largos e calças jeans um tamanho maior do que deveriam ser, e sempre de cara lavada. Ela é bonita, mas de um jeito discreto. Ninguém imaginaria que ela tem um caso com seu professor.

Mas vi isso com meus próprios olhos.

— Sra. Bennett — arfa ela. Ela tira a frigideira do chão e a coloca sobre a bancada da cozinha. — Eu...

Levanto uma mão.

— Não tem problema. Sei por que você veio.

— Sabe?

Concordo com a cabeça.

— Sei sobre você e Nate.

Ela aperta as mãos, sem conseguir me olhar nos olhos.

— Nós estamos apaixonados, Sra. Bennett. Sinto muito.

— Addie... — Essa garota já perdeu a cabeça. Talvez fosse melhor eu falar com Higgins. Talvez essa seja a única forma de impedir isso, mas quero tentar poupá-la. — Você precisa entender que Nate é muito mais velho. *Muito* mais velho. E ele é seu professor. O relacionamento entre vocês é inapropriado demais, e, para ser sincera... ele está se aproveitando de você.

Ela não gosta de ouvir isso, o que não me surpreende.

— Ele não está se aproveitando de mim. Juro. A senhora só... A senhora não entende. Talvez nunca tenha encontrado o que nós temos, porque, se tivesse, entenderia.

Ai, Senhor. Ela sofreu uma lavagem cerebral.

— Eu entendo — digo com delicadeza. — Sei como você deve estar se sentindo, mas não é uma relação saudável. Você deveria ter um namorado da sua idade.

— Não é questão de ter um namorado. — As bochechas redondas dela ficam cor-de-rosa. — A senhora não entende. Eu e Nathaniel temos uma *conexão*. Sei que ele é mais velho, mas eu o entendo de um jeito que acho que a senhora nunca vai entender. Sinto muito, mas a verdade é essa. E... é cruel da sua parte nos separar.

— Você acredita nisso, mas...

— É a *verdade* — diz ela entredentes. — Sinto muito por a senhora ser o tipo de pessoa que não entende o amor que sentimos um pelo outro, mas não tenho culpa disso. A senhora não precisa nos separar. Se sente o mínimo de carinho por Nathaniel, vai nos deixar em paz.

É como tentar falar com uma pessoa doutrinada por uma seita. Achei que eu poderia trazê-la à razão, mas agora tenho minhas dúvidas. Talvez seja melhor ir direto ao ponto.

— Nate mentiu para você, Addie. Ele disse as coisas que você queria escutar. Um homem da idade dele não é capaz de ter sentimentos adultos normais por uma adolescente, especialmente por uma de suas alunas. Ele está manipulando você.

— *Não está, não!* — O cor-de-rosa em suas bochechas se transforma em vermelho. — A senhora não sabe do que está falando!

— Addie, sou mais velha do que você e conheço Nate há muito mais tempo. E estou dizendo que ele...

— Não! — berra ela. — A senhora não sabe nada sobre ele!

Nossa.

Respiro fundo. Não posso perder a calma, porque Addie está ficando histérica. Ela precisa saber que seu "namoro" tem que acabar.

— Addie — tento de novo —, acho que precisamos conversar com a diretora Higgins na segunda-feira. Eu não queria fazer isso, mas acho que é a melhor solução.

Gostaria que não fosse preciso chegar a esse ponto, mas agora vejo que não tenho escolha. Sua mãe e a diretora têm que saber o que está acontecendo, porque ela nitidamente precisa de ajuda. Eu queria poupá-la dessa humilhação, mas não há o que fazer.

O rosto de Addie agora está roxo.

— A senhora não pode fazer isso! Não pode contar para a diretora!

— Eu preciso — digo baixinho.

Addie solta um grito de cortar o coração. O som me causa calafrios — é quase desumano. Dou um passo na direção dela, esticando uma mão para tentar consolá-la, apesar de reconhecer que sou a última pessoa que ela quer por perto. Mas, antes de eu conseguir alcançá-la, ela tira a frigideira da bancada.

Tudo acontece tão rápido que seria impossível reagir. Addie acerta a frigideira na minha cabeça usando toda a força de seu jovem corpo adolescente. O metal acerta meu crânio com um impacto de furar os tímpanos. E, em um milésimo de segundo, minha visão escurece.

CAPÍTULO 55

ADDIE

Eve Bennett desmorona no instante em que a acerto com a frigideira.

A frigideira é pesada e a acertei com tudo. Ela se dobra e desaba sobre o chão, seus olhos revirando. Mas, mesmo depois que a acerto, ainda sinto a raiva correndo por meus dedos. Então bato nela de novo.

E de novo.

Após o terceiro impacto, ela permanece imóvel no chão. Olho para a frigideira, que ainda está suja de alguma comida preparada na noite anterior. Agora, há sangue no fundo também. Está escorrendo da cabeça da Sra. Bennett para o chão da cozinha.

Ah, não.

Eu não pretendia fazer isso. Não vim aqui com a intenção de bater com uma frigideira na cabeça da minha professora de matemática. Eu só queria *conversar* com ela. Mas aí ela começou a falar aquele monte de coisas horríveis sobre como Nathaniel está se aproveitando de mim e mentindo. Como ela pôde falar aquilo? Ela não sabia do que estava falando.

Mas uma coisa ficou clara. Ela jamais permitiria que eu ficasse com Nathaniel. Mesmo que não o quisesse mais, ela não queria que eu ficasse com ele.

Agacho ao lado da Sra. Bennett. Ela não se mexe. Olho bem para seu rosto, tentando entender se ela está respirando. Tenho minhas dúvidas.

Ai, meu Deus. Ela não está respirando.

Eu a matei?

Não queria matá-la. Juro que não. Sei que Nathaniel falou aquele negócio sobre como poderíamos ficar juntos e não teríamos mais problemas se ela morresse. E talvez, por um milésimo de segundo, eu tenha pensado... Mas não de verdade. Sério, nunca cogitei tentar machucá-la. Tive um momento de raiva. Eu só precisava que ela parasse de falar.

É como um déjà-vu da situação com meu pai. Mas muito pior. Além do mais, quando aquilo aconteceu, Hudson estava lá para me ajudar. Agora, estou completamente sozinha. Se alguém descobrir o que fiz, serei presa. E não na prisão de adolescentes, mas na prisão de *adultos* de verdade, talvez pelo resto da vida.

Apenas uma pessoa pode me ajudar.

Não tenho o número de Nathaniel. Ele se recusou a me passar. E, mesmo que o tivesse, seria uma péssima ideia ligar do meu telefone. Haveria registro da ligação e minha mãe tem acesso aos números para os quais eu ligo. Mas o telefone da Sra. Bennett está na bancada da cozinha. Posso usá-lo para ligar para ele.

Pego o aparelho na bancada, mas é claro que a tela está bloqueada. O celular parece desbloquear com reconhecimento facial. Com cuidado, aproximo a tela do rosto da Sra. Bennett, e miraculosamente é desbloqueada. Agora, tenho acesso total ao seu telefone, incluindo a lista de contatos. O nome de Nathaniel está listado como um dos favoritos, o que me causa uma dorzinha no peito, mas não há tempo para isso. Clico nele sem hesitar.

Passo um bom tempo ouvindo chamar, e fico com medo de ele não atender. Afinal, ela o expulsou de casa. Ele deve estar com raiva. Mas, quando acho que a ligação vai cair na caixa postal, escuto sua voz raivosa:

— O que foi, Eve?

— Nathaniel? É Addie.

Há uma longa pausa do outro lado da linha.

— Addie? Por que você está ligando do telefone da Eve?

— Aconteceu uma coisa. — Engulo sentindo um bolo no fundo da minha garganta, de medo. O que eu fiz é inacreditável de tão horrível. Preciso que Nathaniel me ajude a resolver a situação. — Você tem que vir para casa. Eu... acho que ela não está respirando.

— Addie — arfa ele. — Do que você está falando? O que houve?

— A culpa não foi minha — digo, engasgada. — Por favor, você precisa vir...

De novo, há um longo silêncio do outro lado. Tenho certeza de que ele vai dizer que está chamando a polícia e eu entenderia. Ou talvez seja melhor chamarmos uma ambulância. Não sei se ela ainda está viva, mas, de qualquer forma, está bem machucada.

— Tudo bem — finalmente responde ele. — Já estou a caminho.

CAPÍTULO 56

ADDIE

Não sei bem onde ele estava, mas em menos de vinte minutos escuto a porta de casa abrir. Passei o tempo todo sentada em um canto da cozinha, abraçando os joelhos contra o peito. De onde estou não vejo o rosto da Sra. Bennett, mas enxergo seus pés descalços. Ela não se mexe desde que a acertei com a frigideira. Estou com tanto medo de ela ter morrido, e estou com mais medo ainda de sair daqui e ela despertar como um zumbi.

Não acredito que posso ter matado a Sra. Bennett. De algum jeito, isso é muito pior do que aconteceu com meu pai. Porque aquilo foi apenas um acidente, mas agora... Bati três vezes na cabeça dela com a frigideira. Não foi um acidente. Nenhum júri acharia que foi.

E, apesar de meu pai ser um bêbado inútil, tenho mais dificuldade em argumentar que a Sra. Bennett merecia isso. Não acho que ela fosse uma pessoa maravilhosa, mas ela tinha qualidades. Apesar de eu ter dificuldade com a matéria, dava para perceber que ela gostava de ser professora.

E, agora, ela morreu.

Ai, meu Deus, ela morreu.

— Addie? — chama a voz de Nathaniel.

— Aqui! — Minha voz soa meio engasgada. — Na cozinha...

A porta abre, e Nathaniel irrompe na cozinha. Ele parece diferente do que é na escola. Sua gravata está completamente desamarrada, os primeiros três botões da sua camisa estão abertos, e seu cabelo está bagunçado. Apesar de tudo, é impossível não pensar no quanto ele é sexy.

— Addie? — Ele me vê encolhida no chão, me balançando de leve. — O que...?

— Ela está ali.

Nathaniel caminha devagar até o corpo da Sra. Bennett. Levanto para segui-lo, mantendo uma distância segura. Observo seu rosto ao vê-la.

— Eve... — murmura ele. E então: — Meu Deus. O que houve?

— Eu... Eu meio que... — Não faz sentido mentir, não para ele. — Bati na cabeça dela com a frigideira.

As sobrancelhas de Nathaniel se levantam tanto que chegam ao seu cabelo.

— Você fez *o quê*?

— Ela ameaçou contar para a diretora! — Esfrego uma lágrima prestes a escorrer do meu olho direito. — Eu só... Eu não queria machucá-la, mas precisava fazer alguma coisa.

Nathaniel se ajoelha ao lado do corpo e leva uma mão ao peito dela para ver se ela está respirando. Eu esperava que ele parecesse triste, ou em pânico, ou *qualquer coisa*, mas seu rosto está completamente inexpressivo.

— Não sinto o peito dela se mover — diz ele.

Não fico surpresa, mas meu estômago revira mesmo assim. Se ela tivesse apenas se machucado, poderíamos levá-la para o hospital. Ela poderia ficar bem. Mas, se não está respirando...

— Cadê o telefone dela? — pergunta ele.

Passei esse tempo todo apertando-o entre as mãos. Eu o estendo para ele, a tela ainda desbloqueada. Após ter escaneado o rosto dela, desabilitei o bloqueio.

Nathaniel pega o telefone e começa a mexer nele imediatamente. Seus olhos estão focados na tela.

— O que você está fazendo? — pergunto.

— Ela disse que tinha fotos. — Seus dedos param e então um sorrisinho surge em seu rosto. Ele cutuca a tela. — Agora, não tem mais.

Pelo visto, Nathaniel se livrou das fotos incriminadoras de nós dois. Mas ter um caso com meu professor nem chega perto do crime muito maior de matar minha outra professora. Olho para a Sra. Bennett, sentindo o pânico se expandir em meu peito.

— O que vamos fazer? — murmuro.

— Vai ficar tudo bem — diz ele, cheio de convicção. E, ao ouvir isso, começo a pensar que pode ser verdade. — Mas precisamos cobrir nossos rastros.

— Cobrir nossos rastros?

Os olhos castanhos dele continuam fixados no corpo da esposa.

— Vou comprar um bilhete de trem para Nova York com o celular dela. Vamos dizer que ela foi visitar a família, que mora em Nova Jersey. Podemos deixar o carro dela na estação do trem urbano.

— Mas... — Não consigo olhar para a Sra. Bennett. É terrível demais. — E *ela*?

— Vamos enterrá-la em um lugar onde ninguém a encontre.

Há uma frieza em sua voz que me surpreende. Pelo amor de Deus, estamos falando da esposa dele. Em algum momento, ele a amou o suficiente para se casar com ela. E, agora, está falando sobre enterrar seu corpo.

— Eu... eu não sei — gaguejo.

Ele ergue o olhar para mim na mesma hora.

— Por que não?

— Porque... é... é errado...

— Tá, tudo bem. — Ele coça seu cabelo já bagunçado. — Vamos ligar para a polícia, contar o que você fez e por quê. E aí podemos nos ver de novo depois de uma sentença de vinte e cinco anos ou prisão perpétua.

Ele tem razão. A verdade seria pior do que qualquer coisa.

Nathaniel não espera pela minha resposta.

— Preciso que você vá lá em cima — diz ele. — No armário de roupa de cama, há lençóis limpos. Pegue um para enrolarmos nela.

Não quero seguir com isso. Não quero participar. Mas ele só está fazendo isso para me ajudar. Para que eu não seja presa, para nós dois ficarmos juntos como sempre sonhamos.

Vou fazer tudo que ele mandar.

CAPÍTULO 57

EVE

Acordo completamente desnorteada.

Em primeiro lugar, não estou na minha cama, onde costumo acordar. Estou deitada em uma superfície dura, que logo reconheço ser o chão da minha cozinha.

A segunda coisa que percebo é a dor latejante do lado direito da minha cabeça. É como se alguém tivesse me acertado com um tijolo. Várias vezes. Levo uma mão ao meu couro cabeludo e meu cabelo parece molhado e grudento. Quando afasto os dedos, vejo sangue.

Por fim, noto a presença do meu marido. Estou deitada no chão e ele está parado acima de mim. Ele segura meu celular na mão direita e mexe na tela.

O que ele está fazendo? Por que estou deitada no chão?

E por que Nate está com meu celular?

Tento me sentar, mas minha cabeça gira. Por um instante, acho que vou vomitar, mas a sensação passa. O chão está tão frio sob meu corpo. Eu queria estar na cama. O que houve?

— Nate? — chamo com a voz rouca.

Os cílios de Nate estremecem de surpresa. Ele deve ter voltado para buscar alguma coisa e me encontrado caída no chão da cozinha.

— Eve?

— O que...? — Minha garganta está seca. De novo, sinto uma onda insuportável de tontura. — O que houve?

Nate não responde. Ele nem tenta me ajudar a levantar. Ele apenas me encara.

O que está acontecendo? Por que ele...?

Espera aí.

Tenho um flashback de uma conversa com Nate no começo da noite. *Quero o divórcio.* Falei essas palavras para ele. Falei para meu marido que ele deveria sair de casa. Por que falei isso?

E então, enquanto permaneço deitada no chão frio da cozinha, tudo começa a voltar. A reunião com Higgins, ver Nate e Addie se beijando na sala dele, a briga que fez Nate sair de casa e, no final de tudo, Addie invadindo minha casa. Tentei conversar com ela, e aí...

Ela me bateu! Aquela garota me bateu na cabeça com uma frigideira!

Agora, estou confusa. Porque falei para Nate ir embora e ele foi. Mas ele está parado aqui, segurando meu celular. Há quanto tempo estou no chão da cozinha? Com certeza não pedi que ele voltasse.

— Quero meu telefone — digo, rouca.

De novo, ele não me responde. Só continua me encarando com uma expressão sombria.

— Eu... eu preciso que você... — Minha cabeça lateja a cada palavra. Meu Deus, Addie me acertou com força. — Chame a polícia.

Ele estreita os olhos para mim.

— Você se lembra do que aconteceu?

Tento me sentar de novo, e, desta vez, é uma pontada forte de dor na têmpora que me mantém no chão.

— Addie... ela... ela me bateu com a frigideira.

— Tem certeza?

— Tenho. — Minha cabeça recupera um pouco do foco. Tento sentar de novo, e consigo desta vez. — Nate, aquela... aquela garota tem *muitos* problemas. Precisamos conversar com a Higgins sobre ela.

— Para você, é fácil falar isso. — Ele me lança um olhar desdenhoso, e, por um instante, é difícil lembrar por que eu o amava.

— Falar com ela não vai destruir a *sua* vida.

Minha cabeça está doendo demais para ter essa briga com ele.

— Sinto muito.

— Meu Deus, você é desalmada. — Ele balança a cabeça. — O que eu preciso fazer, Eve? Você quer que eu implore? — Ele se ajoelha ao meu lado. — Por favor, Eve. Estou *implorando*. Não conte nada disso para a Higgins.

— Nate — digo, gemendo.

— Por favor. Não faça isso.

— Não tenho opção, Nate. É a coisa certa a fazer.

— Você não tem opção. — A voz dele é zombeteira, e seus traços bonitos se contorcem de raiva. — Você tem opção, sim. Mas você *gosta* da ideia de me destruir. Aposto que isso te deixa feliz.

Parece que uma furadeira perfura meu crânio. Não tenho condições de conversar sobre isso agora.

— Podemos falar sobre isso mais tarde? — Aperto a lateral da cabeça, pressionando o ponto dolorido. — Você precisa chamar uma ambulância. Ela me bateu com muita força.

Os olhos de Nate estão vítreos. Ele encara o chão com uma expressão atordoada.

— Não.

— Não? Como assim?

— Eu quis dizer... — Ele ergue os olhos para me encarar. — Eu quis dizer que não vou deixar que você estrague a minha vida.

Não entendo direito do que ele está falando. Pelo menos não até suas mãos envolverem meu pescoço.

— Você não vai contar nada para ninguém, Eve — rosna ele. — Não vou deixar.

Suas mãos apertam meu pescoço e eu não consigo mais respirar. Sinto meus olhos esbugalharem e pontos pretos dançam na minha visão. Arranho desesperadamente os braços dele, só que Nate é muito mais forte, ainda mais depois de eu ter perdido a consciência com a pancada.

Os próximos cinco segundos demoram uma eternidade enquanto me dou conta de que meu marido tem toda a intenção de me esganar. Ele vai fazer de tudo para me impedir de acabar com sua reputação — até isto.

Aos poucos, minha visão vai escurecendo. Estou morrendo. Este homem está me matando, aqui e agora. Não consigo nem dar meu último suspiro, porque ele esmaga minha traqueia. E, enquanto morro, me pergunto se alguém sentirá minha falta. Meus pais não sentirão, já que só nos falamos em dias importantes. Jay talvez se importe, mas é bem capaz de também sentir certo alívio.

Meu marido com certeza não sentirá, já que é ele quem me tira a vida, e seu rosto é o último que vejo antes de morrer.

CAPÍTULO 58

ADDIE

Escolho um lençol azul-marinho para embrulhar a mulher que matei.

A maioria dos lençóis deles tem cores claras e demoro um pouco para achar algum mais escuro. O cabelo dela está todo ensanguentado e mancharia um tecido branco. Azul-marinho é a melhor opção.

Enquanto desço a escada com o lençol pendurado no braço, sinto uma onda de tontura. Não acredito no que está acontecendo. Não acredito que a Sra. Bennett está morta na cozinha, e que a culpa é minha. Sempre que penso nisso, meu corpo inteiro começa a tremer.

Ainda bem que Nathaniel tem calma suficiente para saber o que fazer. Obviamente, ele estava certo quando disse que chamar a polícia não seria o melhor para mim.

Entro na cozinha, esperando encontrar tudo como deixei. Só que, em vez de a Sra. Bennett estar deitada no chão com Nathaniel parado acima dela, agora ele está agachado ao seu lado. E seus ombros tremem.

— Nathaniel? — chamo. — Você está bem?

Por um instante, é como se ele não me escutasse. Então ele se vira, e noto que seus olhos estão meio molhados. Ele estava chorando? Parece mais abalado do que estava quando saí, mas acho que faz sentido. Deve ter caído a ficha de que sua esposa morreu. E, mesmo depois de tudo, ele ainda devia ter certo carinho por ela.

Depois do que parece um silêncio eterno, ele se levanta.

— Estou bem. Vamos lá.

Que ótimo.

O próximo passo é enrolar a Sra. Bennett no lençol. Isso significa que preciso chegar perto do cadáver, o que quase me dá vontade de vomitar. Mas preciso fazer isso. Caso contrário, passarei a vida toda na prisão. E a verdade é que admitir o que fiz não a traria de volta à vida.

Então, respiro fundo e me aproximo de Nathaniel e do corpo de sua esposa. Mas o esquisito é que ela parece estar em uma posição levemente diferente. Achei que ela estivesse mais perto da ilha da cozinha.

— Você a tirou do lugar? — pergunto.

Ele concorda com a cabeça.

— Achei que seria mais fácil enrolá-la no lençol aqui.

Ele pensou em tudo.

Eu me agacho ao lado da Sra. Bennett, meu coração disparado. Seus traços estão relaxados e seus lábios azulados. Há sangue no seu cabelo castanho, no chão da cozinha. E noto outra coisa:

Marcas vermelhas em seu pescoço.

Encaro as marcas por um instante. Cheguei bem perto da Sra. Bennett quando fui verificar se ela continuava viva, e tenho quase certeza de que essas marcas não estavam ali. Eu as notaria.

— O que é isso no pescoço dela? — pergunto.

Os olhos de Nathaniel analisam as marcas. Ele franze a testa.

— Meu Deus, vai saber?

— Elas não estavam aí antes, né?

Ele arranca o lençol da minha mão e começa a desdobrá-lo.

— Estavam, sim.

Estavam? Mordo o lábio inferior, sem conseguir afastar o olhar das marcas vermelhas. Elas quase têm o formato de... dedos.

Que esquisito.

— Ei — chama Nathaniel, irritado. Ele desdobrou o lençol e o esticou ao lado do corpo da Sra. Bennett. — Você vai me ajudar ou não?

De repente, minha cabeça começa a girar. Vamos mesmo fazer isso? Vamos mesmo nos livrar do corpo da Sra. Bennett e encobrir tudo que aconteceu? Isso parece errado.

— Acho — digo baixinho enquanto levanto — que é melhor chamarmos a polícia.

Nathaniel também se levanta, e me segue enquanto saio correndo da cozinha, tentando me afastar o máximo possível do cadáver. Quase chego à sala antes que ele me alcance e segure meu braço.

— Addie — diz ele com rispidez.

Não consigo nem encará-lo. Por que ele *quer* ficar comigo depois do que fiz? Preciso me entregar. Já matei duas pessoas. Sou um *perigo*.

— Addie. — Sua voz é mais calma agora. — Addie, olha para mim, por favor.

Com relutância, me viro. Nathaniel me encara com uma ruga profunda entre as sobrancelhas.

— Estou fazendo isso por você — diz ele.

— Mas não precisa.

— Addie, você precisa saber... — Seu toque no meu braço afrouxa. — Eve não era uma pessoa estável. Não era uma pessoa boa. Ela teria nos destruído só para não deixar que ficássemos juntos. E ela teria *achado graça* disso.

Meu lábio inferior treme.

— Você não tem certeza disso.

— Tenho — insiste ele. — Tenho certeza de que ela te provocou a fazer o que fez... e, agora, você vai passar o restante da sua vida na prisão por causa disso! Não posso deixar que algo assim aconteça com você.

Há um bolo na minha garganta que me impede de falar.

Ele se estica e usa um dedo para levantar meu rosto na sua direção.

— Eu jamais deixaria que ela te machucasse. Jamais deixarei que ninguém te machuque, Addie. Você sabe disso, não sabe?

— Sei — finalmente digo.

Ele se inclina e pressiona os lábios contra os meus. Pela primeira vez, não sinto qualquer empolgação nem formigamento quando ele me beija. Só tenho uma sensação sombria, terrível, que revira meu estômago.

— Não vou deixar que joguem você na prisão — diz ele com firmeza. — Podemos resolver tudo isso, e depois ficaremos juntos. Mas precisamos fazer as coisas do jeito certo. Você acha que consegue, Addie?

— Sim — respondo, rouca.

— Boa menina. — Ele acaricia a curva da minha mandíbula com a ponta do dedo. — Minha doce Adeline. Nós vamos ser tão felizes juntos. Tenho tanta sorte de ter encontrado você.

Concordo com a cabeça, sem falar nada.

— Não esqueça — diz ele —, quando e se a polícia aparecer, negue tudo.

Vou fazer tudo que ele mandar. E, quando isso acabar, finalmente ficaremos juntos.

PARTE II

CAPÍTULO 59

NATE

Nunca havia matado ninguém.

Nunca achei que faria algo assim. Afinal de contas, não sou um maníaco homicida; mas escritores sentem emoções com uma intensidade muito maior que pessoas comuns, então sempre imaginei que, sob as condições certas, eu seria capaz disso. É mais comum que escritores cometam atos violentos contra si mesmos — suicídios. Ernest Hemingway se matou com um tiro, Virginia Woolf se afogou e David Foster Wallace se enforcou, e esses são só alguns exemplos.

A parte interessante é que jamais cogitei me matar. Mesmo quando Eve ameaçou meu sustento, isso nunca passou pela minha cabeça. Não acredito na vida após a morte — acho que, quando morremos, morremos. Depois da morte, não resta nada. Nada além de um abismo do qual não há volta.

Imagino que morrer seja como estar no precipício desse abismo, sabendo que você cairá a qualquer instante. É meu maior medo, depois de cobras.

Enquanto eu a esganava, vi o medo em seus olhos. Eu a vi parada na beira do abismo, apavorada com a ideia de cair.

Mas ela fez por merecer.

E, agora, seu corpo está enrolado em um lençol no meu porta-malas. A própria Eve comprou aquele lençol, e me lembro de falar para ela o quanto eu detestava azul-marinho. Será que ela imaginava que aquele lençol acabaria envolvendo seu cadáver? Duvido muito. Fico muito satisfeito por saber que seus pés estão descalços. Minha esposa tinha uma obsessão doentia por sapatos, e acho um castigo justo por seus crimes que ela passe a eternidade descalça.

Se formos parados pela polícia, o disfarce do lençol azul-marinho não vai durar muito, mas, por sorte, tenho outros planos para ela em um futuro próximo. Nós limpamos o sangue no chão da cozinha antes de sairmos da casa, e Addie estava paranoica em garantir que nada ficasse para trás. Enquanto ela esfregava freneticamente o chão, eu pensava: *Saia, mancha maldita! Ordeno que saia!* Mas duvido que ela fosse entender a referência. Mal ensinam Shakespeare para os jovens hoje em dia. Eu até tentaria, mas já estou dando a eles o presente que é Poe — não podem esperar que eu faça tudo sozinho.

Addie dirige o carro atrás de mim. O Kia de Eve. Addie não tem carteira, apenas uma licença de aprendizagem de direção, mas precisamos correr esse risco. Temos que levar o carro de Eve para a estação de trem. Usei o celular de Eve para comprar um bilhete para uma viagem que parte quase à meia-noite e chega à Penn Station quatro horas depois. Imagino que uma investigação descobrirá que isso não passa de uma farsa, mas será uma história adequada até mais informações serem descobertas.

Não ultrapasso o limite de velocidade. Addie me segue a uma distância de dois carros. Imagino-a apertando o volante com força, suas mãos posicionadas em lados opostos, o pé direito alternando entre o acelerador e o freio. Mesmo agora, mesmo com o corpo da minha mulher no porta-malas do carro, fico com tesão ao pensar em Addie. Que pena.

Se conseguirmos chegar à estação de trem, estaremos livres.

Ou eu vou estar, pelo menos.

Como o esperado, a estação está quase vazia. Addie lentamente estaciona o Kia em uma das vagas externas. Eu não chego nem perto do estacionamento, para o caso de haver câmeras. Espero até ela sair e então vir correndo até o meu Accord, abraçando seu casaco estufado sobre o peito.

Por um instante, cogito largá-la aqui. Mas não. Precisarei dela para a próxima parte.

As bochechas de Addie estão rosadas de frio quando ela se senta no banco do carona. Seus olhos pestanejam quando ela me encara cheia de expectativa, e, por um instante, sou tomado por uma tristeza profunda, sabendo que nunca mais nos veremos. É tudo culpa de Eve. Por que ela precisava se meter? Fui um marido exemplar. Não um bêbado como era o pai de Addie. Eu não gritava com ela, nem batia nela, nem apostava todo o nosso dinheiro. A verdade é que eu merecia uma medalha por ter passado tanto tempo aturando as neuroses dela.

E então, ela teve a coragem de ameaçar meu ganha-pão. Minha *carreira*. Só o que senti quando meus dedos se fecharam ao redor daquela garganta foi um alívio imenso.

— Tudo bem — diz Addie baixinho. — Está feito.

Ela ainda acha que matou Eve. Se eu dissesse que a Lua é feita de queijo verde, ela acreditaria em mim.

— Ótimo — digo. — Mas, agora, precisamos nos livrar do corpo.

O rosto dela fica verde.

— Nos livrar do...

— Vamos enterrá-la — explico. — Vai ser tipo um funeral.

— Ah. — Addie encara as próprias mãos. — Então tá.

Não planejei o local exato, mas escolhi a região. Há um longo trecho de estrada deserta que leva a uma plantação de abóboras que eu costumava frequentar quando era pequeno. A plantação foi abandonada há anos, e já estamos em novembro, então qualquer um que procurasse por abóboras se decepcionaria. Acho que consigo encontrar a estrada e esse será um ótimo lugar para minha esposa descansar em paz enquanto passa a eternidade despencando pelo abismo.

CAPÍTULO 60

ADDIE

Estamos em uma plantação de abóboras.

Ou pelo menos era uma plantação de abóboras — há muitos anos, quando Nathaniel era pequeno. Agora, a placa que anuncia a venda de abóboras está coberta por ervas daninhas e uma camada grossa de terra e sujeira. Não sei quando foi a última vez que alguém comprou uma abóbora aqui, mas já faz muito, muito tempo.

Nathaniel estacionou seu Honda a oitocentos metros de distância, no ponto em que a estrada se torna esburacada demais. Ele abriu o porta-malas e me entregou duas pás; então levantou o corpo da esposa nos braços. Faz quinze minutos que ele a carrega, o que me faz questionar se cadáveres são mais leves ou mais pesados do que corpos vivos.

Imagino que a plantação devia conter várias abóboras rechonchudas e laranjas no passado, mas agora as que restam estão amassadas e apodrecidas — parcialmente devoradas por animais. Meus tênis patinam sobre o recheio de uma dessas abóboras, e me retraio. Quando eu chegar em casa, vou ter que encontrar um jeito de limpá-los, porque agora estão cobertos de terra, gosma de abóbora e talvez um pouco do sangue da Sra. Bennett.

— Que tal aqui? — Nathaniel chuta a terra.

Por causa do inverno que se aproxima, o chão está duro, apesar de parecer um pouco mais macio neste ponto. Talvez.

Sem esperar por uma resposta, Nathaniel coloca o corpo da esposa sobre a terra. Ele estica uma mão e eu lhe entrego uma das pás. Ele enfia a pá no chão e solta um grunhido antes de o solo ceder. Após tirar três pás de terra, ele ergue o olhar para mim.

— O que você está esperando? — pergunta ele. — Eu não trouxe duas pás à toa.

Lanço um olhar hesitante para a pá na minha mão. Não quero fazer isso. Não quero cavar uma cova para minha professora de matemática. Só quero ir para casa. Por que eu não fiquei em casa hoje? Eu estaria aconchegada na minha cama, lendo um livro de poesia.

— Estou com frio — digo, porque parece uma boa desculpa.

— Cavar esquenta o corpo. — Ele tira o próprio gorro preto para mostrar que está com calor. — Anda. Não quero passar a noite toda aqui.

Ele me encara como se eu não tivesse opção. Pego a pá e a enfio na terra. Não me surpreende quando parece que estou cavando pedra. O chão mal se mexe. Mas Nathaniel continua me observando, então tento de novo. Tenho mais sucesso na segunda vez, e ainda mais na terceira. Quando tiro uma pá de terra e a jogo para o lado, tomo cuidado de evitar o corpo enrolado no lençol azul-marinho.

— Viu, só? — diz ele. — Agora vamos acabar rápido. Não queremos ficar cavando até o sol nascer.

Não sei exatamente quando o sol nasce, mas não passa muito da meia-noite. A ideia de passarmos as próximas seis ou sete horas cavando é apavorante. É suficiente para acelerar meu ritmo.

Passamos os próximos noventa minutos cavando quase em silêncio total. Depois que atravessamos a primeira camada de terra, fica mais fácil, e começamos a fazer progresso. Não demora muito para termos um buraco com um metro e oitenta de comprimento e sessenta centímetros de largura, com mais sessenta centímetros de profundidade. Nós dois entramos no buraco quando passamos dos trinta centímetros, e, agora, parece que estamos cavando nosso próprio túmulo.

Nathaniel para e seca o suor da testa. Apesar do frio, nós dois tiramos os casacos há cerca de uma hora.

— Tudo bem — diz ele. — Deita aí.

Eu o encaro como se ele tivesse enlouquecido.

— Como é?

— Precisamos ter certeza de que o buraco é do tamanho certo — responde ele com impaciência. — Você precisa se deitar para medirmos. Você tem mais ou menos o tamanho dela.

— Não quero — digo em uma voz baixinha.

Nathaniel joga a pá no chão.

— Eu preciso brigar com você para fazer tudo?

Há um ar sombrio em seus olhos que nunca vi antes. Achei que eu o entendia melhor do que qualquer outra pessoa neste mundo. Achei que fôssemos almas gêmeas. Mas está começando a ficar claro que existe um lado de Nathaniel que não conheço.

— O que eram as marcas vermelhas no pescoço dela? — pergunto de novo. Mas, agora, com mais insistência.

— O quê? — diz ele.

Uma lufada de vento passa assobiando por minhas orelhas, e estremeço.

— As marcas vermelhas no pescoço dela. Tenho certeza de que não estavam lá antes. Elas pareciam dedos...

Nathaniel me encara com o corpo enrijecido.

— O que você está insinuando?

— Nada. Só que...

Ele pisca.

— Você está dando a entender que fui eu quem fez aquelas marcas no pescoço dela?

Abro a boca, mas o único som que emito é um guincho baixinho.

— Você está dando a entender — continua ele — que ela ainda não tinha morrido quando você saiu da cozinha? — A voz dele se torna mais grave. — Que ela acordou enquanto você estava lá em cima e ameaçou acabar comigo? — A voz dele se torna ainda mais grave, até se tornar praticamente um chiado. — Que não tive outra escolha além de esganá-la até a morte... com minhas próprias mãos?

Não consigo nem respirar enquanto ele me encara, seus olhos geralmente castanho-claros se tornando muito escuros sob a parca luz da lua que ilumina o interior da cova. Nós ficamos nos olhando em meio à névoa da plantação de abóbora gélida pelo que parece uma eternidade e meia. O jeito como ele falou me causou calafrios. *Não tive outra escolha além de esganá-la até a morte com minhas próprias mãos.* Parece tão real — como se ele estivesse falando a verdade.

Então outro pensamento horrível me ocorre.

Se Nathaniel matou a esposa, sou a única pessoa que sabe exatamente o que aconteceu hoje. Agora ele precisa garantir que uma adolescente não o dedure para a polícia. E viemos para cá juntos, no carro dele, e mandei uma mensagem para minha mãe há meia hora dizendo que ia dormir e que estava tudo bem. Ninguém sabe que estou aqui com ele.

De muitas formas, me matar seria a opção mais inteligente para ele.

— Nathaniel — sussurro. — Por favor...

Seus olhos são como buracos sem fundo.

— Por favor, o quê?

Imagino os dedos dele se fechando ao redor do pescoço de sua esposa, cortando a sua respiração.

— Por favor, não...

Meus joelhos tremem e estou com medo de que eles me entreguem. Estou com medo de *respirar*. Na verdade, estou ainda mais com medo de fazer xixi na calça. Mas, justo quando me torno incapaz de aguentar outro milésimo de segundo, Nathaniel balança a cabeça e pisa em um trecho iluminado pela lua, fazendo seus olhos voltarem ao normal.

— Deixa de ser ridícula, Addie — diz ele. — Você sabe que eu não matei ninguém. Foi *você*.

Engulo em seco.

— Ah.

— Meu Deus, pare de deixar sua imaginação correr solta.

— Desculpa — murmuro.

Enquanto meu coração disparado lentamente volta ao ritmo normal, tento dizer para mim mesma que ele tem razão. Que com certeza estou imaginando coisas. Nathaniel não esganaria a esposa até a morte. Ele *não* faria isso.

E, se fizesse — se aquelas marcas de dedo fossem dele —, com certeza teria um bom motivo. Se ele fizesse isso, seria para me proteger. Para *nos* proteger. Confio nele.

Pelo menos acho que confio.

Ele encara o chão como se pensasse no próximo passo. Não quero deitar na cova — não quero mesmo. Finalmente, ele ergue um dos ombros.

— Tudo bem, o buraco parece grande o suficiente.

Ai, graças a Deus.

— Ei, escute — diz ele. — Acabei de lembrar que não tirei a bolsa dela do porta-malas. Seria melhor se a deixássemos aqui com ela. Podemos deixar a bateria do celular dela acabar.

— Tudo bem.

Ele olha para o relógio.

— Vou lá buscar. Já volto.

— Eu vou junto.

Nathaniel olha para mim como se eu fosse burra.

— Addie, você precisa continuar cavando. Precisamos acabar logo com isso. Eu disse que já volto.

Não quero ficar sozinha aqui, neste cemitério de abóboras idiota. Mas a expressão no rosto de Nathaniel deixa claro que ele não vai deixar que eu o acompanhe. E ele tem razão. Preciso continuar cavando.

— Volta logo — digo.

— Prometo que volto. — Ele me lança um olhar demorado. — E não se esqueça: seja lá o que acontecer, negue tudo.

Com essas palavras de sabedoria, ele sai do buraco. Pega o casaco onde o deixou na terra e o veste sobre os ombros. Eu o observo se afastar até o som das suas botas esmagando as folhas desaparecer sob o vento.

CAPÍTULO 61

ADDIE

Uma hora. Já faz uma hora.

Cavei mais trinta centímetros em nosso túmulo improvisado, mas Nathaniel não voltou. Não existe possibilidade de ele levar uma hora inteira para ir até o carro e voltar para a plantação de abóboras.

Então cadê ele?

— Nathaniel? — grito.

Não quero começar a berrar seu nome, mas preciso encontrá-lo. Em primeiro lugar, ele é minha carona para casa. E em segundo, onde diabos ele se meteu? O caminho até o carro levaria só quinze minutos.

É possível que ele tenha entrado no carro e simplesmente ido embora?

Não, não é possível. Nathaniel não faria isso comigo. Ele não me abandonaria assim.

Saio do buraco, o joelho da minha calça jeans amassando uma abóbora podre. O buraco pode ser grande o suficiente, mas tenho minhas dúvidas. Achei que Nathaniel fosse decidir isso.

— Nathaniel! — grito de novo, minha voz ecoando pela floresta.

Nenhuma resposta.

Quero tentar procurá-lo, mas estou tão desnorteada que não sei nem em qual direção seguir. Se eu sair deste lugar, não sei se conseguirei voltar.

O corpo de Eve Bennett continua enrolado no lençol azul-marinho. Se Nathaniel não estiver aqui, terei que colocá-la na cova. Afinal, a ideia era essa.

Eu me agacho ao lado do corpo. Não quero tocá-la. Sei que é idiotice. A *morte* não é contagiosa. Quando deixei meu pai caído ao pé da escada, também não quis tocar nele. Foi Hudson que verificou se ele estava respirando.

Anda, Addie. Você precisa fazer isso.

Respiro fundo e a giro. O corpo ainda continua muito mole, feito uma boneca de pano. Ouvi falar que cadáveres endurecem com o tempo, mas isso ainda não aconteceu com ela. Eu a giro mais duas vezes até ela chegar à beira da cova que cavamos. O tamanho está perfeito. Então, eu a empurro para dentro.

O corpo acerta o fundo da cova com um baque alto. Quando ela cai, algo escapa do lençol. Tenho que entrar no buraco para ver o que é, e fico horrorizada ao descobrir que é a bolsa da Sra. Bennett.

Não a deixamos no porta-malas.

Não entendo. Nathaniel disse que a bolsa estava no porta-malas, mas é óbvio que não estava. Será que ele se enganou? Ou ele mentiu para mim?

Preciso encontrá-lo. Não posso mais fazer isso sozinha.

Largo a bolsa de volta na cova. Não quero fazer mais nada sem encontrar Nathaniel, só que não posso deixar o buraco assim. Não posso sair daqui e deixar uma cova aberta com um cadáver dentro dela, especialmente se existe a chance de eu não conseguir encontrar meu caminho de volta.

Então, saio da cova. Pego a pá e coloco tanta terra quanto consigo de volta no buraco. Cubro o cadáver com uma boa camada de terra — mais do que o suficiente para impedir o acesso de animais, apesar de ainda parecer possível que alguém o encontre. Quer dizer, se alguém viesse passear por este lugar onde as abóboras vêm para morrer.

Folhas caíram recentemente das árvores, e há pilhas delas por todo canto. Em vez de pegar mais terra, uso a pá para levar o máximo possível de folhas para o buraco. Continuo até enchê-lo por completo.

Pronto. A trinta centímetros de distância, o túmulo agora está completamente invisível.

Com isso resolvido, saio da plantação de abóboras, procurando a placa que indica a entrada. Tenho certeza de que viramos à esquerda quando entramos na plantação, então, para voltar, tenho que virar à direita. Certo?

Nossa, como eu queria ser melhor em matemática.

Cambaleio pelo caminho, que está cheio de pedras e folhas escorregadias. Nós passamos por uma clareira, mas não sei se estou na certa. É bem possível que eu só esteja entrando mais na floresta. Após alguns minutos, meus tênis estão molhados e cheios de lama.

— Nathaniel? — chamo de novo.

Nenhuma resposta. Pelo amor de Deus, cadê ele?

Faz cerca de vinte minutos que estou andando e ainda não há sinal dele. Não o encontrei perdido, não encontrei seu corpo morto sendo devorado por esquilos — ele não está em canto nenhum. Começo a entrar em pânico, mas então olho para baixo e vejo algo familiar na terra:

Marcas de pneus.

O carro dele estava *aqui*. *Ele* estava aqui. Ele voltou para o carro e foi embora. Mas por que ele faria isso? Deve ter tido um motivo, mas nem consigo imaginar qual. Pelo menos agora vou conseguir encontrar o caminho de volta.

Sigo as marcas de pneus por mais um quilômetro e meio. Já são três da manhã, e, quando chego à estrada principal, ela está completamente deserta. Não há nem outro carro para pedir carona. Não que eu pretendesse fazer isso. Quando descobrirem que a Sra. Bennett sumiu, vai ser péssimo se alguém disser que me viu aqui às três da manhã. Seria muito incriminador.

Tiro o celular do bolso. Pelo menos já tenho sinal. Mas de que adianta? Não posso chamar um Uber para voltar para casa. E com certeza não posso ligar para minha mãe e explicar que estou no meio do nada e preciso de uma carona. Era para eu estar no meu quarto, dormindo na minha cama.

Abro o Snapflash e envio uma mensagem para Nathaniel:

Eu: Cadê você? Preciso ir para casa.

Fico encarando a tela, esperando por uma resposta e uma explicação sobre por que ele me largou no meio do nada. Mas ela não vem. Seja lá o que ele fez e por que fez, ele não me responde. E não tenho o número do celular dele.

Isso significa que só há literalmente uma única pessoa no mundo inteiro para quem posso ligar agora.

Hudson.

Nós já compartilhamos um segredo terrível. Que diferença faz compartilhar outro?

Hesito, tentando decidir se devo mesmo acordá-lo às três da manhã. Odeio fazer isso com ele, mas *é* sexta-feira à noite. Ele pode dormir até mais tarde amanhã.

Espero muito, muito mesmo que ele não tenha deixado o celular no silencioso.

Seleciono o nome dele nos meus contatos. Ele continua nos meus favoritos, apesar de fazer quase um ano que não ligo para seu número. Fico me perguntando se continuo na lista dele. Talvez ele tenha me bloqueado. Talvez eu esteja ligando à toa.

Como esperado, o telefone toca, toca, toca, e ninguém atende.

Que ótimo.

Bom, já era. Não tenho mais ninguém para quem ligar. Hudson era minha única salvação e ele não atende por algum motivo qualquer. Agora preciso encontrar um jeito de voltar para casa sozinha.

Quando estou prestes a sentar na estrada e me debulhar em lágrimas, o telefone começa a tocar. Nathaniel! Eu sabia que podia confiar nele. Sabia que ele não me largaria aqui.

Mas então, me surpreendo: não é o nome de Nathaniel que aparece na tela. É o de Hudson.

— Addie? — Ele parece cansado e confuso. — Você... você acabou de me ligar?

— Sim. — Aperto o celular com tanta força que tenho medo de quebrá-lo. — Eu... eu preciso da sua ajuda.

— São três da manhã — diz ele, desnecessariamente.

— Eu sei.

Ele solta um bocejo demorado.

— Então do que você precisa às três da manhã?

— Preciso que você venha me buscar.

— Hum, meus pais não vão deixar eu sair de carro às três da manhã. E minha carteira é provisória, então, na teoria, nem deveria dirigir a esta hora.

— Eu sei.

Há um longo silêncio do outro lado da linha.

— Onde você está?

Verifico o GPS. Se eu não tivesse isso, não teria a menor ideia de onde estou. Recito o endereço. Dá para perceber que ele o digita no celular, e então diz um palavrão baixinho.

— Addie, vou levar quase uma hora para chegar aí.

— Eu sei.

Prendo a respiração, esperando para ver o que ele vai decidir. Hudson e eu não somos mais amigos. A namorada dele me detesta. E, se ele for pego saindo escondido de casa com o carro no meio da madrugada, ficará de castigo, tipo, para sempre. Ele tem um milhão de motivos para dizer não. E ainda assim...

— Estou a caminho — responde ele.

CAPÍTULO 62

ADDIE

Ele chega em quarenta e oito minutos.

Ele não deve ter corrido, porque, se fosse parado pela polícia, provavelmente confiscariam sua carteira provisória. Mas, conhecendo Hudson, ele veio o mais rápido que podia. Quando seu carro velho para na minha frente, quase choro de alívio.

Sento no banco do carona ao lado de Hudson e vejo como ele parece cansado. Seu cabelo loiro-claro está todo bagunçado e seus olhos estão sonolentos. Não é de surpreender, levando em consideração que o tirei da cama.

— Muito obrigada mesmo — digo a ele. — Eu... eu te devo uma.

Ele me lança um olhar.

— *Mais* uma — acrescento na mesma hora.

Seus olhos percorrem meu corpo, desde as minhas mãos sujas e cheias de bolhas até a calça jeans coberta de lama e meus tênis revestidos de entranhas de abóbora. Mas ele não faz qualquer comentário. Apenas volta para a estrada e dirige.

Passamos vários minutos em silêncio. O rádio está ligado, e, por ser tarde, quase não há comerciais. Apoio a cabeça no encosto do banco, deixando a música me preencher.

— Então — diz Hudson —, o que houve?

— É... hum... uma longa história.

— Bem, nós vamos passar uma hora dentro deste carro, então temos tempo.

Eu queria mais do que tudo poder contar a Hudson o que aconteceu hoje. Queria mesmo que isso fosse possível, e que ele pudesse me entender e me dizer o que fazer. Nossa amizade era assim, do tipo em que ele faria de tudo por mim. Só que aí ele realmente teve que fazer de tudo por mim e agora não somos mais amigos.

— Tomei umas decisões ruins — digo por fim.

— Sei...

Não posso contar a ele. Eu quero, mas não posso. Apesar de Nathaniel ter me abandonado lá, não posso traí-lo.

Então, em vez de responder, eu me viro e olho pela janela. Não trocamos mais nem uma palavra por todo o caminho. Em certo ponto, cerca de quinze minutos antes de chegarmos, o telefone dele vibra, e fico com medo de seus pais terem percebido sua ausência e o deixarem de castigo por toda a eternidade. Mas ele nem olha para a mensagem. Percebo que seus olhos se focam em mim durante os sinais vermelhos, mas tento ignorá-lo. Pelo seu próprio bem, é melhor que ele não saiba de nada, senão aí mesmo é que jamais voltaria a falar comigo.

Quando chegamos à minha casa, Hudson vira para mim pela última vez. Seus olhos azul-claros parecem tristes.

— Você ainda pode conversar comigo se precisar, Addie — diz ele.

Engulo um comentário sobre como sua namorada provavelmente não gostaria disso.

— Tá bom.

Ele franze a testa.

— É sério. Estou aqui se você precisar de mim. E desculpa por eu ter sido meio babaca com você no ano passado. O que aconteceu... Aquilo me deixou bem mal por um tempo. Eu não conseguia nem olhar para você sem ver... bem, você sabe.

Abaixo a cabeça.

— Eu sei.

— Mas... — Com os dedos compridos, ele pressiona as próprias coxas, por cima da calça jeans. — Você ainda é minha melhor amiga, Addie.

De novo, sinto vontade de contar tudo para ele. Quero tanto fazer isso. Mas ele acabou de me perdoar e não posso colocar isso a perder. Só que ainda preciso desesperadamente de outro favor dele.

— Preciso que você faça outra coisa por mim — digo.
— Qualquer coisa.

Olho no fundo dos seus olhos.

— Você não pode contar para ninguém que me buscou hoje.

Ele leva uma mão ao peito.

— Juro que não vou contar.

Espero que ele ainda se sinta assim quando chegarmos à escola na segunda-feira e ele descobrir que a Sra. Bennett desapareceu.

CAPÍTULO 63

NATE

Quando o sol matinal surge no horizonte, por um instante fico surpreso ao ver que o espaço ao meu lado na cama está vazio.

Apesar da minha recente falta de afeto por minha esposa, eu tinha aprendido a contar com sua companhia. Toda manhã, ela estava ao meu lado na cama — eu à esquerda, ela à direita. Sua ausência é tão desconcertante que, por um instante, tateio seu lado da cama, buscando por sua silhueta.

E, quando minha mão encontra apenas o lençol frio, sinto uma onda de alívio.

Eve se foi.

Ela queria destruir minha vida, e, em uma única noite, consegui resolver o problema. Eve morreu — Addie ou a enterrou ou foi encontrada tentando enterrá-la depois que fui embora. E as fotos que Eve tirou no celular foram apagadas do aparelho, que está a sete palmos com ela.

Sou um homem livre.

Levanto da cama, me espreguiçando à vontade. Se as coisas tivessem seguido outro rumo ontem à noite, eu estaria saindo cambaleando de uma cama de hotel barato, provavelmente apertando minhas costas doloridas. Quando Addie me ligou, eu estava sentado em um bar, tomando um copo de uísque, pensando no que fazer. Eu nem imaginava que aquela ligação resolveria todos os meus problemas.

Por curiosidade, pego o celular, que está carregando na mesa de cabeceira. Não me surpreendo ao encontrar várias mensagens de

Addie enviadas por volta das três da manhã. Algumas são ligeiramente diferentes, mas todas perguntam a mesma coisa:

Addie: Cadê você?

A pobre coitada da Addie. Ilhada no meio daquela plantação de abóboras no meio da madrugada. Detestei ter que fazer aquilo com ela, de verdade. Não sou um monstro. Espero que ela tenha conseguido chegar bem em casa, embora para mim fosse mais fácil se ela tivesse encontrado um fim trágico ao tentar pegar carona com um caminhoneiro qualquer. Encaro o celular, me perguntando se devo arriscar enviar uma última mensagem para ela.

Não, não posso. Não sei quem está com o celular dela agora. Simplesmente terei que confiar que ela seguirá meu último conselho.
Negue tudo.
Porém, mesmo que ela dê com a língua nos dentes — o que é muito improvável —, não há provas de que eu tenha qualquer conexão com Adeline Severson. Eve era a única que sabia a verdade e ela não contou para ninguém. As fotos foram apagadas. E Addie se mostrou desequilibrada. Ela já perseguiu um professor e o fez perder o emprego, mesmo sem quaisquer provas de que ele fosse culpado. E a garota não tem nenhum amigo.

Eu me pego assobiando ao seguir na direção do banheiro. Ele é só meu nesta manhã — Eve não está aqui para acabar com a água quente, me obrigando a tomar banhos mornos. Eu deveria ter acabado com o casamento há anos, mas tinha meus motivos para insistir. Eve sabia um pouco mais sobre mim do que eu gostaria.

Depois de esvaziar a bexiga, abro as cortinas do chuveiro para ligar a água. Mas, assim que minha mão desce em direção à torneira, fico imóvel.

Mas que diabos?

Há um par de sapatos de Eve debaixo do chuveiro.

Encaro o par de scarpins vermelhos no fundo da banheira. Já encontrei sapatos de Eve em cada canto da casa, mas a banheira é novidade. Nem imagino por que ela os deixaria aqui.

Pelo visto, minha esposa era ainda mais desequilibrada do que deixava transparecer. Mais um motivo para eu ficar feliz por ter me livrado dela.

A tentação de deixar os sapatos se afogarem quase vence, mas, no último instante, eu os resgato da banheira. Com base em nossas contas de cartão de crédito, os sapatos de Eve valem uma pequena fortuna. Posso descobrir como vendê-los na internet. Quem sabe eu possa até sair no lucro.

Enquanto tiro os sapatos da banheira, escuto um som às minhas costas. Eu me viro para olhar para a porta fechada do banheiro. Parece até que há alguém do outro lado da porta. Mas isso é impossível. Eve não está aqui e ninguém mais tem a chave.

Mas tenho certeza de que escutei alguma coisa. Pareceram leves batidas com a ponta dos dedos.

Ajeito minha cueca boxer enquanto vou até a porta. Abro-a devagar e olho para o quarto. Como era de esperar, está vazio. Por um instante, eu me lembro do meu poema favorito, "O corvo", de Edgar Allan Poe.

Escuridão e nada mais.

Solto o ar e vou a passos largos até o closet, jogando os sapatos de Eve lá dentro. A noite de ontem foi estressante e eu dormi mal, então não é surpresa alguma que meus ouvidos estejam me pregando peças.

Entro no chuveiro e deixo a água escaldante lavar minha pele. Terei um dia cheio pela frente. Após o café da manhã, preciso corrigir uma pilha de trabalhos. Depois, talvez eu saia para almoçar. Talvez dê um pulinho no mercado.

E então ligarei para a polícia.

CAPÍTULO 64

ADDIE

Não durmo. Nem por um instante.

Em vez disso, fico acordada na cama, me revirando. Sempre que fecho os olhos, vejo o cadáver da Sra. Bennett deitado naquela cova na velha plantação de abóboras, com as marcas vermelhas ao redor do pescoço.

Minha mãe chega em casa de manhã cedo. Ela entra de fininho no meu quarto para me ver, e mantenho os olhos fechados, fingindo que estou dormindo. Não tenho como encará-la agora. Ela vai olhar para minha cara e saber que aconteceu alguma coisa.

Fico na cama até quase a hora do almoço, e então preciso levantar. Preciso encarar o dia e talvez me obrigar a comer algo.

Jogo as pernas para o lado da cama e pego o celular. Há uma mensagem de Hudson:

Hudson: Você está bem?

Não, não estou nada bem. Mas não estou no clima de lidar com as perguntas dele agora. Devo muito a ele, mas não consigo encará-lo. Ainda mais porque ele vai juntar os pontos quando descobrir na manhã de segunda-feira que a Sra. Bennett desapareceu.

O plano de Nathaniel parecia razoável ontem à noite, mas agora, à luz do dia, nem imagino como sairemos impunes dessa.

Abro o aplicativo do Snapflash, torcendo para encontrar alguma mensagem dele. Depois de tudo que aconteceu ontem à noite, ele me deve alguma explicação. Mas não há nada.

Então eu mesma digito uma mensagem:

Eu: O que houve ontem à noite? Me explica o que está acontecendo, por favor.

Aperto enviar, mas um aviso de erro surge em cima da mensagem:

Essa conta não existe mais.

O *quê*?
Quero vomitar. Nathaniel apagou a conta dele. Como ele pôde fazer isso?
Mas não devo entrar em pânico. Faz sentido ele ter apagado a conta. Eu deveria fazer a mesma coisa. Não pode haver nenhuma prova de que tivemos um caso nem qualquer outra coisa que nos incrimine.
Mas não consigo apagá-la. Apesar de não restar nenhuma mensagem dele, já que todas desaparecem após sessenta segundos. Quero manter a conta para o caso de ele precisar falar comigo.
Desço cambaleante e descalça para a cozinha, coloco uma fatia de pão na torradeira. Apesar de eu não sentir a menor fome, meu corpo não concorda comigo — meu estômago ronca. A casa é só minha, porque minha mãe está dormindo, exausta por passar a noite toda trabalhando.
Nathaniel sabe o que está fazendo. Ele não apagou a conta para me torturar. Ele fez isso porque precisamos limpar nossos rastros. A Sra. Bennett morreu — não há nada que possamos fazer sobre isso. Mas, se formos pegos, podemos passar o restante da vida na prisão. Não posso me esquecer do que Nathaniel disse:
Negue tudo.

CAPÍTULO 65

NATE

A viatura à paisana para na frente da minha casa às quatro da tarde.

Sem dúvida foi uma decisão arriscada. Chamar a polícia para registrar o desaparecimento de uma pessoa que sei que matei e pedir para que encontrem um corpo que eu mesmo enterrei... Bem, isso exige coragem.

Mas, ao mesmo tempo, foi um risco calculado. Não posso fingir que Eve simplesmente passou dias em casa quando seu carro está parado na estação de trem. Minha melhor aposta é bancar o marido confuso. Por sorte, já fiz várias aulas de teatro na vida, e, para este papel, elas serão uma mão na roda.

Estou usando um suéter e uma calça jeans velha quando abro a porta. Não quero passar uma impressão artificial. É essencial exibir o nível adequado de preocupação.

Ao abrir a porta, descubro que tive sorte de novo. Uma policial veio atender ao chamado. Meu charme sempre funciona bem com o sexo oposto.

— Sr. Bennett? — pergunta ela.

— Sim.

— Sou a detetive Sprague. — A detetive é baixinha, mal bate no meu queixo, e precisa inclinar a cabeça para me encarar. Se ela soltasse o cabelo daquele coque dolorosamente apertado e passasse um pouco de maquiagem, talvez até fosse bonita, apesar de não fazer meu tipo. — Recebi um alerta de que sua esposa está desaparecida.

— Isso mesmo — confirmo.

— Posso entrar?

Policiais não podem entrar em uma residência sem autorização explícita dos moradores, mas não tenho nada a esconder. Dou um passo para o lado para permitir que a detetive entre.

— Então, Sr. Bennett — diz ela. — Preciso esclarecer a linha do tempo. O senhor disse que não viu sua esposa desde ontem à noite?

Concordo com a cabeça.

— Isso mesmo. Ela pretendia visitar os pais de surpresa, que moram em Nova Jersey. Alguns anos atrás, eles tiveram uma briga e ela queria fazer as pazes, mas ficou com medo de avisar que iria e eles não gostarem da ideia. De toda forma, ela comprou uma passagem para a madrugada, porque queria chegar cedo. Mas passei o dia inteiro ligando para ela, e ela não atende, a ligação vai direto para a caixa postal. Falei com os pais dela e eles disseram que ela nunca apareceu.

Liguei mesmo várias vezes para o celular de Eve, além de ter falado rapidamente com os pais dela, só para confirmar minha história. Eles ficaram chocados e um pouco desconfiados quando contei que Eve pretendia visitá-los. De toda forma, eles desligaram rápido. Os dois não vão muito com a minha cara.

— Entendi — diz Sprague. — E o senhor disse que ela pretendia pegar o trem urbano até a estação principal?

De novo, concordo com a cabeça.

— Sim. O dinheiro anda apertado e ela não queria pegar um Uber até lá, então achou que assim seria melhor. Foi por isso que saí para jantar, porque ela sairia cedo para pegar o trem.

A detetive inclina a cabeça, pensativa.

— Certo, pois é, encontramos o carro dela na estação de trem, mas ela não estava lá. E ela comprou um bilhete para um trem de viagem, mas não parece ter embarcado. O bilhete não chegou a ser escaneado.

E é agora que meus talentos como ator são necessários. Cubro a boca com uma mão.

— Não acredito.

— Infelizmente, foi isso que descobrimos. E, por enquanto, parece que ela também não embarcou no trem urbano.

Cambaleio para trás, finalmente esticando o braço para me apoiar no corrimão da escada.

— Meu Deus do Céu. Você acha que ela foi atacada na estação?

— É uma possibilidade, sim.

— Eu não devia ter deixado que ela fosse sozinha. — Minha voz falha. — Perguntei se ela queria carona, mas ela disse que não precisava. Nunca queria me dar trabalho, sabe?

Observo a detetive para ver se ela esta acreditando em mim. Sua expressão é impassível.

— Preciso perguntar, Sr. Bennett — diz ela. — Onde o senhor estava ontem à noite?

— Como eu disse, fui jantar fora, porque minha esposa não estava em casa. — Tenho certeza de que a bartender bonita vai confirmar que passei horas lá. Até dei em cima dela, apesar de ela não fazer meu tipo. — Voltei tarde para casa e Eve já tinha saído.

— Como é a relação com sua esposa? — insiste ela. — Os senhores tiveram uma briga, ou...

Solto uma risada.

— Briga? Nossa, não. Eu e Eve somos o casal mais feliz que conhecemos. Você pode perguntar para todos os nossos amigos. Na verdade... — Engulo em seco para meu pomo de adão se mover. — Estamos tentando ter um filho.

O rosto de Sprague continua inexpressivo. Posso até ter feito aulas de teatro, mas ela tem a melhor cara de paisagem que já vi na vida. É difícil dizer se ela está acreditando que sou um marido preocupado ou se me acrescentou à sua lista de suspeitos.

— E o senhor consegue pensar em alguém que tivesse motivos para machucá-la?

Hesito de propósito.

Ela ergue as sobrancelhas.

— Sr. Bennett?

— Eu não queria tocar neste assunto — digo —, mas você vai acabar descobrindo mesmo. Uma das alunas de Eve parecia ter algo contra ela. Seu nome é Adeline Severson.

— Entendi. — Ela tira o que parece ser um pequeno iPad do cinto e anota alguma coisa. — E o que exatamente aconteceu entre sua esposa e essa aluna?

Solto um suspiro.

— Tenho certeza de que a garota não está por trás disso, mas a verdade é que foi meio assustador. Eve a pegou colando em uma prova, e, apesar de só ter recebido um castigo bobo, Adeline parece ter guardado rancor. Há duas noites, nós a pegamos escondida no quintal, apesar de ela ter negado tudo quando contamos o que aconteceu para a diretora.

— Aham...

— E tem outra coisa. — Vou até a escrivaninha no canto da sala e abro a primeira gaveta. Pego uma folha de caderno com um texto anotado. — Ela deixou isto para Eve na sua caixa de correio na escola.

Os olhos de Sprague percorrem o texto. Enquanto ela lê, escuto-a puxando o ar.

— Isto é muito sério, Sr. Bennett. Por que os senhores não a denunciaram para a polícia?

— Adeline está passando por uma fase complicada — explico. — O pai dela faleceu há cerca de um ano. Ela perseguiu outro professor no ano passado e a maioria dos alunos da escola a excluiu. Não queríamos dificultar ainda mais a vida dela, então, tentamos lidar com o assunto dentro da escola.

Sprague está anotando tudo isso. Até percebo que ela sublinha algo. Quando uma mulher é assassinada, o marido ou o namorado — *eu* — sempre é o principal suspeito. A menos que outro possível criminoso seja apresentado.

Estou apresentando Addie.

— Tudo bem — diz ela, por fim. — Parece que preciso fazer uma visita à Srta. Severson. Antes disso, o senhor se importa se eu der uma olhada na casa?

— Sem problemas. Fique à vontade.

Não sei bem o que ela imagina que irá encontrar. Talvez o corpo da minha esposa estatelado no meio da sala? Imagino que existam criminosos burros a esse ponto.

Sprague faz uma avaliação rápida da sala. Então, olha o banheiro, que é completamente sem graça. Em seguida, aponta para o cômodo onde esganei minha esposa até a morte há menos de vinte e quatro horas.

— Ali é a cozinha?

— Sim, isso mesmo.

Ela abre a porta, e, quando chega ao centro do cômodo, seus olhos se focam em algo caído no chão. Quando percebo para o que ela está olhando, meu coração entala na garganta.

CAPÍTULO 66

NATE

É outro par de sapatos de Eve. Bem no meio da cozinha.

Esses são azuis. Eu os reconheço como um de seus favoritos. E as solas estão sujas de terra.

Fico imediatamente enjoado. O que os sapatos de Eve estão fazendo no meio da cozinha? Os scarpins no chuveiro já foram esquisitos, mas minha esposa sempre fez coisas esquisitas. Só que isso é diferente. Eu estive na cozinha mais cedo, preparando um café da manhã farto. Se os sapatos estivessem aqui, eu com certeza teria visto.

Não teria?

— Esses sapatos são da sua esposa? — pergunta Sprague.

— São — respondo.

Ela se agacha ao lado deles enquanto tento controlar meu pânico.

— São sapatos caros — diz ela. — É estranho estarem tão sujos.

— Eu... não sei o que dizer.

Prendo a respiração, esperando por outra pergunta para a qual não terei a resposta, mas, por sorte, a detetive parece perder o interesse pelos sapatos. Eu a levo para verificar o restante da casa, mas não consigo parar de pensar nos sapatos na cozinha. Mal consigo me concentrar no que está acontecendo, e, toda vez que a detetive me faz uma pergunta, tenho certeza de que pareço nervoso e muito culpado.

Só que é impossível me recompor. Que diabos aqueles sapatos estão fazendo na minha cozinha?

Quando finalmente me livro da detetive, tranco a porta e quase tropeço nos próprios pés na pressa em voltar para a cozinha. Ao entrar, noto que a porta dos fundos ficou um pouco aberta, e um passarinho entrou pela fresta. O pássaro — pequeno, com penugem preta e branca — bica furiosamente os saltos dos sapatos de Eve.

Encaro a cena completamente embasbacado. Já me esqueci de fechar a porta dos fundos antes, mas um pássaro perdido nunca entrou na nossa cozinha. Pego uma vassoura no armário e enxoto a ave até ela obedecer e sair voando pela porta.

Agora que o pássaro foi embora, agacho ao lado dos sapatos, tentando entender por que ele se interessaria por um par de sapatos de camurça. Afinal, os pássaros não comem terra. Eles querem comida.

E é então que vejo:

Um pedaço de abóbora amassada no salto.

Minhas pernas cedem, e bato com o cóccix direto no chão. Minha cabeça está girando, minha visão escureceu. Eu poderia tentar me convencer de que os sapatos estavam aqui o tempo todo e simplesmente não percebi. E a detetive tinha razão em uma coisa: Eve fazia questão de cuidar bem dos sapatos e nunca, jamais, os deixaria enlameados desse jeito. Mas talvez ela tivesse sido pega de surpresa no meio de uma chuva e se sujado. Eu poderia tentar me convencer disso.

Mas a abóbora. Como um pedaço de abóbora amassada foi parar na sola do sapato da minha esposa?

Mesmo que Eve estivesse usando os sapatos quando a enterramos, e não estava, é óbvio que ela não voltou dos mortos e veio andando para casa com um pedaço de abóbora preso no salto. Isso significa que outra pessoa os deixou no meio da minha cozinha, para que eu os visse e entrasse em pânico.

E teria que ser alguém que sabe o que fizemos ontem à noite.

Addie seria capaz disso? Parece improvável, mas a larguei no meio do nada ontem de madrugada. Talvez isso tenha sido uma vingança infantil. Apesar de não parecer algo que ela faria. Addie é uma adolescente impulsiva, e a ideia de que ela entraria na minha casa para deixar um par de sapatos de Eve no meio da cozinha me parece absurda.

Há outra possibilidade.

Sei muito bem que, nos últimos anos, não vinha satisfazendo o apetite sexual da minha esposa. E é claro que já cogitei a hipótese de que ela tenha arrumado um amante para suprir essa falta. A velha Eve — aquela por quem me apaixonei — jamais cogitaria algo assim, mas acredito que a mulher com quem eu era casado faria isso.

Então, se ela estava tendo um caso com outro homem, poderia ter desabafado com ele? E ele poderia ter descoberto o que fizemos com ela e agora está procurando se vingar por meio de justiçamento?

Qualquer uma dessas possibilidades me incomoda.

Pego os sapatos e lavo os saltos sob a água quente fumegante da pia da cozinha. Uma coisa é inegável: seja lá quem deixou os sapatos aqui quer me assustar, mas preferiu não procurar a polícia. Se alguém tivesse apresentado informações incriminadoras sobre mim, aquela detetive teria sacado as algemas antes de as mentiras começarem a sair da minha boca.

Não, com certeza tenho vantagem nessa situação. Se eu continuar tomando cuidado, ninguém vai descobrir o que fiz.

CAPÍTULO 67

ADDIE

Quando minha mãe me chama no andar de baixo, sua voz parece trêmula.

Passei a tarde toda deitada na cama, encarando o teto, paralisada demais para tentar encarar o dever de casa do fim de semana. Em algum momento, escutei minha mãe sair do quarto e descer, mas continuei com a porta fechada. Não consigo encará-la.

Desço a escada, vagamente ciente de que minha blusa exibe uma mancha no bolso sobre o peito e que meu cabelo parece um ninho de rato. Paro no meio dos degraus quando vejo uma mulher desconhecida de sobretudo no meio da nossa sala.

— Addie — chama minha mãe —, essa é a detetive Sprague. Ela quer conversar com você.

Eu sabia que uma hora seria interrogada pela polícia, levando em consideração que estive ontem com a Sra. Bennett na sala da diretora, mas não imaginei que seria tão rápido. Não entendo como eles já descobriram que ela desapareceu. Estamos no fim de semana e a única pessoa que poderia alertar sobre o desaparecimento dela seria...

Nathaniel.

— Olá, Addie — diz a detetive enquanto desço lentamente o restante dos degraus. Ela é pequena, mas os traços do seu rosto parecem entalhados em pedra, e seu cabelo está preso em um coque superapertado atrás da cabeça. Apesar de ser minúscula, ela é apavorante. — Precisamos conversar por um instante, se você não se importar.

— E vou estar aqui o tempo todo — acrescenta minha mãe.

Olho de uma para a outra. Não vejo como eu poderia recusar, então concordo com a cabeça.

— Então, Addie... — Os olhos escuros da detetive Sprague analisam meu rosto. Ela é o tipo de mulher que parece ainda mais capaz de detectar mentiras do que minha professora da quarta série. — Estou aqui porque sua professora de matemática, Eve Bennett, desapareceu em algum momento entre a noite de ontem e hoje de manhã.

Minha garganta parece o Saara, que, por acaso, estudamos no mês passado.

— Ah. O que aconteceu com ela?

— Bem, ainda não sabemos — responde a detetive com paciência. — Mas, durante a investigação sobre o desaparecimento dela, descobrimos que você teve alguns problemas com a Sra. Bennett.

Sinto que minha mãe me encara, sem saber nada sobre isso. Não sei bem o que dizer, ainda mais na frente da minha mãe.

Negue tudo.

— Hum — começo —, eu estava tendo um pouco de dificuldade nas aulas, então a gente não tinha uma relação incrível, mas não éramos inimigas nem nada.

Os lábios de Sprague se retorcem um pouco.

— Não, não quis insinuar que vocês fossem inimigas. Mas ela contou para a diretora que pegou você espiando a casa dela duas noites atrás.

Negue tudo.

— Isso foi mentira dela. Eu não espiei nada. Passei a noite toda em casa.

— É verdade, detetive — diz minha mãe. — Eu estava com ela na noite de quinta. Ela não saiu.

— Então a senhora não tirou os olhos dela durante a noite toda?

Minha mãe hesita.

— Bem, ela tem 16 anos. Acho que não preciso bancar a babá o tempo todo. Em determinada hora, ela subiu para o quarto...

— Então é possível que ela tenha saído escondida?

Minha mãe olha para mim, depois volta a encarar a detetive.

— Imagino que seja *possível*, sim.

— Além disso... — Sprague enfia uma mão no bolso do sobretudo e pega uma folha de caderno dobrada. Ela a entrega para mim. — Você escreveu isto para a Sra. Bennett?

Minha mãe se inclina sobre meu ombro para ler o papel que ela me deu. Meus joelhos tremem enquanto leio os rabiscos raivosos. Não. Ah, não.

Não pode ser.

Quero arrancar seus olhos, depois encher as órbitas com carvão quente. Quero enfiar minha caneta no meio do seu pescoço...

Minha mãe tampa a boca com uma mão.

— Addie!

— Você escreveu isso? — pressiona a detetive.

Não há por que mentir. Minha mãe conhece minha letra, então sabe que escrevi.

— Sim — admito. — Mas não foi... Quer dizer, eu escrevi, mas não para a Sra. Bennett.

As sobrancelhas de Sprague levantam.

— Então para quem você escreveu?

— Não escrevi para *ninguém* — digo. — Foi... foi um dever de casa para a aula de inglês.

Penso em quando escrevi a carta, furiosa com Kenzie por ter roubado minhas roupas do armário do vestiário. E então Nathaniel me passou a tarefa de escrever uma carta para ela, expressando minha raiva. Eu não estava falando a sério. Só fui... dramática. Eu só queria impressioná-lo.

— Um *dever de casa*? — questiona minha mãe, incrédula.

A detetive Sprague não diz nada, mas está estampado em sua cara que ela pensa o mesmo.

— É, tipo... — Coço o cotovelo. — Era para eu escrever uma carta raivosa para alguém. Mas nunca a entreguei para ninguém. Não era uma carta de verdade.

— Um dever de casa. — Sprague franze a testa. — Então... outros alunos receberam a mesma tarefa? Se eu perguntar, eles vão lembrar?

— Não, foi só para mim.

A detetive me fita com um olhar esquisito, mas não insiste nesse assunto. Não sei se isso é bom ou ruim.

— Então, preciso perguntar, Addie — diz a detetive Sprague —, onde você estava na noite passada?

— Em casa — respondo rápido.

Ela olha para minha mãe.

— A senhora também estava aqui?

As bochechas da minha mãe ruborizam.

— Sou enfermeira e peguei o plantão noturno ontem.

A ruga que sempre surge no meio das sobrancelhas da minha mãe quando ela fica preocupada comigo se transformou em um buraco. Ela tem olhado muito para mim desse jeito ao longo deste ano.

— Então... — Sprague está falando com minha mãe agora. — A senhora foi de carro para o trabalho?

Ela franze a testa, confusa.

— Sim.

— E há outro veículo na casa?

— Nós temos... — Minha mãe olha para a porta que leva à garagem. — O carro do meu finado marido está na garagem. Mas ninguém usa aquele carro.

Ela diz que está guardando o carro do meu pai para mim, mas a verdade é que não quer jogar nada dele fora. Aposto que ela está arrependida agora.

— Então, você teve acesso ao carro ontem à noite? — pergunta Sprague para mim.

Antes que eu consiga responder, minha mãe interfere com:

— Mas ela nem tem carteira. Ela só tem uma licença de aprendizagem de direção.

A detetive arqueia uma sobrancelha. Ela sabe melhor do que ninguém que a falta de uma habilitação não impediria nenhum adolescente de sentar atrás de um volante.

— Mas o carro estava na garagem?
— Sim — responde minha mãe baixinho.

Não sei por que a detetive está perguntando isso. Que diferença faz se tivesse acesso a um carro? Não usei o carro do meu pai ontem à noite. O único motivo para eu precisar do carro seria se...

Se eu tivesse feito tudo sozinha.

Uma sensação horrível, desnorteante, me domina. A detetive Sprague falou como se tivesse encontrado a carta por acaso, mas tenho quase certeza de que ela só a leria se Nathaniel a entregasse para ela. E como a escola está fechada hoje, deve ter sido ele quem contou que eu estava vigiando sua casa.

E ele me abandonou na floresta.

Será que Nathaniel está armando para me deixar levar a culpa pelo assassinato de sua esposa? Tudo que a detetive disse parece indicar isso, mas conheço Nathaniel, e ele jamais faria algo assim. Todas as suas ações ontem à noite foram para me proteger — para que eu não fosse presa.

Mas não consigo parar de pensar naquelas marcas vermelhas dolorosas ao redor do pescoço da Sra. Bennett.

— Addie — diz a detetive Sprague em um tom surpreendentemente gentil —, você tem alguma ideia do que aconteceu com a Sra. Bennett ontem à noite?

Tanto Sprague quanto minha mãe me encaram. Balanço a cabeça sem dizer nada.

Sprague solta um longo suspiro.

— Tudo bem, Addie. É só isso por enquanto. Mas é possível que você precise ir à delegacia em algum momento. Teremos outras perguntas.

— Addie jamais machucaria alguém — argumenta minha mãe.
— Ela não é assim.

A detetive abre um sorriso tenso, mas não fala nada. Ela sabe tão bem quanto eu que isso não é verdade.

CAPÍTULO 68

ADDIE

Depois que a detetive Sprague vai embora, minha mãe parece prestes a ter um derrame. Seu rosto fica completamente pálido, e tenho certeza de que seus últimos cabelos castanhos ficam brancos.

— Addie — arfa minha mãe. — O que *foi* isso? O que você *fez*? *Negue tudo.*

Baixo os olhos, brincando com uma mecha do meu cabelo despenteado. Não me surpreenderia se o meu cabelo também ficasse branco depois disso tudo.

— Não fiz nada. Passei a noite toda aqui.

— Diga a verdade, Adeline.

Minha mãe sabe quando estou mentindo, então tento uma estratégia diferente.

— Olha só, ela acha que fui de carro para algum lugar, mas aposto que o carro nem liga. Faz tanto tempo que não o usamos que a bateria deve ter descarregado.

A última vez que minha mãe pegou aquele carro deve ter sido há dois meses, quando cogitou vendê-lo. No fim das contas, ela resolveu guardá-lo para mim, apesar de eu ficar enjoada só de pensar em dirigir o carro daquele homem.

— Pode ser — diz ela devagar. Mais uma vez, ela encara a porta da garagem. — Tudo bem. Vou ver.

Meu coração dá um pulo quando ela tira as chaves do carro de seu lugar na estante. Vou correndo em seu encalço enquanto ela segue a passos largos até a garagem. Ela não diz nada enquanto abre a porta e se senta no banco do motorista. Ela se atrapalha com as chaves por um instante antes de encaixá-las no buraco.

— Mãe — digo.

Eu me dou conta de que estou prendendo o fôlego. Ela não dirige o carro do meu pai há séculos. Aposto que não vai ligar. Então serei inocentada, não serei? Sem um carro, eu não poderia ter feito nada contra a Sra. Bennett ontem à noite.

Lentamente, ela gira a chave.

O motor ganha vida tão alto que dou um passo para trás. A garagem logo começa a encher com a fumaça do cano de descarga. Ela devia desligá-lo, mas só fica sentada ali, encarando o para-brisa com olhos vítreos enquanto o espaço é tomado por gases tóxicos.

— Eu nem sabia que ele ia ligar — digo, na defensiva.

Finalmente, ela estica a mão e desliga o motor. Ela tira as chaves da ignição e sai do carro. Então olha no fundo dos meus olhos.

— O que aconteceu ontem à noite, Adeline? Quero a verdade.

— Nada — respondo baixinho. — Fiquei em casa.

— Você fez alguma coisa com a Sra. Bennett?

— Não, eu... eu jamais...

Qualquer coisa que eu diga a seguir será uma mentira deslavada. Fiz coisas terríveis nos meus 16 anos de vida. Empurrei meu pai escada abaixo. Persegui Art Tuttle. Transei com meu professor. Bati na Sra. Bennett com uma frigideira.

Mas agora tenho minhas dúvidas se a matei.

— Por favor, me conte a verdade, Addie. — A voz da minha mãe falha. — Não posso te ajudar se você não me contar a verdade.

Eu me pergunto o que aconteceria se eu contasse tudo para ela. Se eu contasse sobre meu caso com Nathaniel. Sobre como fui à casa dos Bennett ontem à noite e bati na cabeça de Eve Bennett com uma frigideira. O que ela faria se eu contasse tudo?

A verdade é que acho que não quero descobrir.

No fim das contas, reconheço que será a palavra de Nathaniel contra a minha. E ele vai *negar tudo*.

CAPÍTULO 69

NATE

A detetive Sprague me liga algumas horas depois, quando estou prestes a ir para a cama.

A polícia ainda não encontrou Eve, o que não me surpreende. Mas foi confirmado que ela nunca pegou o trem urbano, o que também não me surpreende. Todos os caminhos devem levar a Addie.

— Além disso — acrescenta ela —, conversei com Adeline Severson.

Addie. Fico me perguntando o que ela deve ter pensado quando a polícia apareceu na sua casa. Ainda bem que ela não tem a menor credibilidade.

— Ah, é?

— Tenho quase certeza de que ela está envolvida no desaparecimento da sua esposa — conta Sprague. — Vou conversar com ela de novo amanhã. E estou tentando entrar em contato com a diretora da escola.

— Que bom — digo.

Higgins vai explicar para a detetive tudo que Addie fez no ano passado. Entre isso e a carta que guardei, ela parecerá bastante instável. Quando finalmente exumarem o corpo de Eve, todas as provas apontarão para ela. Até suas digitais estão no carro de Eve.

Só preciso fazer o máximo possível para me distanciar dela. Tenho quase certeza de que ela não contou a ninguém sobre nós dois. Eve era a única que sabia. E apaguei a conta do Snaptlash que nos conectava.

Sinto muito, Addie. Algum de nós precisa levar a culpa, e não serei eu.

— Darei mais notícias amanhã — promete a detetive Sprague.

— Eu agradeço — respondo, usando meu charme. Não posso dar em cima dela, já que ficaria esquisito; porém, quanto mais ela gostar de mim, menos desconfiará da minha versão. — Tudo que você puder fazer para encontrar minha esposa...

— Vamos descobrir o que aconteceu com sua esposa — promete ela. — Aguente firme, Sr. Bennett.

— Nate — corrijo com a voz embargada.

Prefiro ser chamado de Nate, apesar de adorar como Addie dizia *Nathaniel*, naquele tom de quem me idolatrava.

Quando desligamos, escovo os dentes cantarolando a letra de "All Shook Up", como sempre faço. Lavo o rosto, então tiro a camiseta e deito na cama. Justo quando estou entrando debaixo das cobertas, escuto algo.

Alguém está tocando a campainha lá embaixo.

Será a detetive Sprague? Não, não deve ser. Acabamos de nos falar. Deve ser outra pessoa. Olho para o relógio — são quase onze horas. Quem bateria à minha porta a essa hora?

Coloco a camiseta de novo e pego o robe, só para garantir. Desço a escada, cada degrau estalando conforme meus pés descalços tocam a madeira. Nossa casa é tão velha que praticamente todo azulejo e piso tem um som único. Caminhar pela sala é uma sinfonia.

Escuto o barulho de novo. Desta vez, alguém bate à porta. Não, o som é mais parecido com o de um dedo batendo.

É um visitante, batendo à porta dos meus aposentos.

Se eu não encontrar ninguém de novo, vou enlouquecer.

Verifico o olho mágico primeiro. Sinto um frio na barriga quando não vejo ninguém parado ali. Mas isso não quer dizer nada. Pode ter sido uma entrega.

Às onze da noite de um sábado.

Abro uma fresta, meu coração disparando dolorosamente no peito. Mas ele se acalma aos poucos quando vejo a caixa marrom da Amazon diante da porta. Era só uma entrega. *Apenas isso e nada mais.*

Pego o pacote e o levo para a mesa de centro. Nem imagino o que possa ser, mas sempre faço compras pela internet. A última coisa que comprei foi uma nova cafeteira, já que a atual está com defeito. Seria bom conseguir tomar uma xícara de café decente em casa. Rasgo a fita adesiva da caixa, e...

Não é uma cafeteira. É um par de sapatos femininos.

Eles são de um tom gritante de vermelho, com saltos altos, finos. Eve deve tê-los comprado antes de morrer. É claro que sim. Eve comprava sapatos o tempo todo. Mas, ao contrário dos outros, esses serão devolvidos para a Amazon. Começo a retirá-los da caixa, só que, antes de conseguir tirá-los por completo, perco o chão. Quando me dou conta do que vejo, largo-os como se eles tivessem queimado minhas mãos.

As solas dos sapatos estão cobertas de terra.

Meu Deus.

Levanto com um pulo do sofá, meu corpo inteiro tremendo. Vou correndo até a porta e a escancaro tão rápido que as dobradiças soltam um gemido. Observo o quintal, estreitando os olhos em busca de qualquer movimento. Mas não vejo nada. Nem um esquilo.

Escuridão e nada mais.

— Sei que você está aí — grito tão alto quanto ouso. — Você *não* está me assustando.

Silêncio.

— Addie? — chamo.

Minha resposta é uma lufada de vento que esfria até meus ossos. Aperto o robe contra o peito.

— Eve? — sussurro.

De novo, ninguém responde.

Bato a porta e apoio todo o meu peso nela. Minha esposa morta *não* está me assombrando. Essa é a única certeza que tenho. Nunca acreditei na vida após a morte. Quando você morre, você morre.

Então quem deixou os sapatos sujos na minha porta?

É aí que me ocorre que existe uma outra pessoa capaz de fazer isso. Alguém além de Addie, do amante misterioso de Eve ou do fantasma de minha esposa morta. Há outra pessoa que sabe o suficiente para acabar comigo, e, se for ela que estiver me atormentando, terei um problema muito, muito sério.

CAPÍTULO 70

NATE

Durmo muito mal, o que não me surpreende.

Passo a noite toda me revirando na cama, e, quando durmo, sonho com Eve em uma versão zumbi que escapa da cova na plantação de abóboras usando sapatos vermelhos de salto alto, e os usa para me matar. Nem preciso dizer que todas as lembranças de infância que eu tinha naquela plantação de abóboras foram efetivamente destruídas.

Finalmente me arrasto para fora da cama e preparo uma xícara de café instantâneo, já que a cafeteira continua quebrada e a nova obviamente não chegou. Estou quase terminando de tomar o café quando a campainha toca.

Não tenho mais estrutura para encontrar outro par de sapatos sujos na minha porta.

Vou me arrastando até lá e, quando verifico o olho mágico, vejo a detetive Sprague parada do outro lado. Espero que ela tenha boas notícias.

A detetive parece surpresa quando abro a porta. Imagino que ontem minha aparência estivesse melhor. Ontem, interpretei o papel de marido desnorteado, preocupado. Hoje, isso é verdade. Ainda não consegui tomar banho nem me arrumar.

— Posso entrar, Sr. Bennett? — pergunta ela.

Seguro um bocejo. Já pedi para ela me chamar de Nate, mas não tenho forças para corrigi-la.

— Sim, por favor.

Dou um passo para trás para deixá-la entrar na sala. Cogito convidá-la para se sentar no sofá, mas não quero que ela se sinta confortável demais aqui.

— Alguma notícia sobre Eve? — pergunto.

Sprague balança a cabeça devagar.

— Infelizmente, não. Mas conversei com Debra Higgins hoje cedo.

Que bom. Tenho certeza de que a conversa confirmou Addie como a principal suspeita.

— Ah, sim?

A detetive inclina a cabeça para o lado, exibindo uma expressão indecifrável no rosto.

— Por que o senhor não mencionou que Adeline Severson era sua aluna de inglês?

Meus dedos param imediatamente de coçar minha barba por fazer.

— Como é?

— O senhor disse que Adeline era aluna de Eve — lembra ela. — Mas não mencionou que ela também era sua aluna.

— Faz diferença? Era de Eve que ela não gostava.

— Sim, mas o senhor agiu como se mal a conhecesse. Não só ela faz parte de uma das suas turmas, como também escreve para a revista de poesia que o senhor supervisiona.

Não gosto do tom desconfiado que surgiu na voz dela. Tenho que arrancar logo isso pela raiz.

— Desculpe se passei essa impressão. Eu conheço Addie. Ela sempre teve um desempenho adequado nas minhas aulas.

— Só adequado?

Levanto um ombro.

— Ela ia bem. Nunca tivemos problemas.

A detetive Sprague analisa meu rosto com tanta intensidade que preciso de todo o meu autocontrole para não me encolher.

— Sr. Bennett — diz ela —, o senhor ou sua esposa já tiveram um caso extraconjugal?

— Não — respondo. Rápido demais. — De jeito nenhum. Quer dizer, eu com certeza não tive.

— Mas o senhor não tem certeza sobre ela?

— Eu... hum... — Puxo a gola do robe. — Acho que não, mas é impossível ter certeza.

Eve tinha um amante? Ela contou para ele sobre minha traição e agora ele quer se vingar por ela?

— Então, é possível? — insiste ela.

— Eu... eu não sei. — Esfrego os olhos com a base das mãos. — Me desculpe, detetive. Não dormi bem na noite passada, preocupado com Eve. É difícil raciocinar direito agora.

Ela concorda com a cabeça, solidária.

— Tudo bem. Posso dar um tempo ao senhor.

Quero me ajoelhar e dar graças a Deus por essa mulher estar indo embora. Minhas têmporas estão começando a latejar, e preciso de um longo banho quente.

— Posso voltar mais tarde — acrescenta Sprague.

— Ah — respondo, desanimado. — Sim. Tudo bem.

— Ou o senhor prefere ir à delegacia?

A ideia de entrar em uma delegacia me dá vontade de vomitar.

— Não vou sair de casa hoje. Você pode voltar.

A detetive Sprague me fita pela última vez, e reconheço aquele olhar. Ela me pegou. Seus instintos dizem que a situação não é bem como fiz parecer, mas, para seu azar, não há provas disso. E, sem provas, não há nada que ela possa fazer contra mim.

CAPÍTULO 71

ADDIE

Odeio o jeito como minha mãe fica olhando para mim.

Ela me olha assim desde que me pegaram na frente da casa do Sr. Tuttle. Na verdade, para ser justa, ela me olha assim desde que meu pai foi encontrado caído ao pé da escada. Ela não entendeu por que a morte dele não me deixou triste. E então, alguns dias depois do enterro, ela me disse: *Achei que você fosse ficar estudando em casa naquele dia. Não foi isso que você me disse que faria?*

Parece até que ela sabia. Que ela sabia que eu o empurrei.

E, agora, ela sabe que tenho algo a ver com o desaparecimento de Eve Bennett.

Para fugir dos olhares dela, pego meu casaco e vou dar uma volta. A previsão é de chuva hoje, mas por enquanto só chuvisca. Visto o capuz para não molhar o cabelo, mas as gotinhas frias ainda acertam meu rosto. É desconfortável, mas gostoso ao mesmo tempo, se é que isso faz sentido.

Há algumas matérias na internet sobre o desaparecimento da Sra. Bennett, apesar de eu só ter dado uma olhada rápida nelas. É difícil ler sobre o que aconteceu. Recebi algumas mensagens de pessoas que nunca demonstraram qualquer interesse em serem minhas amigas antes, tentando descobrir o que eu sei. E outra mensagem de Hudson:

Hudson: Você está bem?

Não respondo a nenhuma.

Fico me perguntando se Hudson contou o que sabe para a polícia. Ele prometeu que não diria nada a ninguém, mas isso foi antes de saber que poderia ser cúmplice de um crime sério. Eu até entenderia, para falar a verdade.

Quando estou a dois quarteirões de distância da minha casa, noto um carro preto reduzindo a velocidade ao meu lado. Acelero o passo, baixando a cabeça, mas o carro acompanha meu ritmo. Ai, meu Deus, o que foi agora?

O carro para no meio-fio um pouco mais à frente. O motor é desligado, e, por um instante, me pergunto se devo sair correndo. Então a detetive Sprague desce do carro. Sair correndo ainda parece uma boa ideia.

— Addie! — chama ela.

Paro de andar, porque acho que isso é necessário quando uma policial grita seu nome. Fico parada sob a chuva fina, minhas mãos enfiadas nos bolsos, mas não digo nada.

Sprague dá a volta no carro para me encontrar. Não sou muito alta, mas ela ainda assim precisa inclinar a cabeça para me encarar.

— Addie — repete ela —, quero falar com você.

— Minha mãe disse que não devo conversar sozinha com a senhora.

— Certo. — A detetive concorda com a cabeça. — É um bom conselho. Mas esta conversa não é oficial. E é importante, porque estou tentando encontrar Eve Bennett. Acho que algo ruim pode ter acontecido com ela.

Não sei o que dizer, então fico de boca calada.

A detetive Sprague não tem um capuz, então a chuva molha seu cabelo preto. Ela não parece perceber nem se importar. Seus olhos castanho-escuros estão focados no meu rosto.

— Descobri que Nathaniel Bennett é seu professor de inglês.

Como essa parece ser uma declaração inofensiva, concordo com a cabeça.

— E você também participa da revista de poesia que ele comanda, certo?

De novo, concordo com a cabeça.

— Como eu disse, Addie, esta não é uma conversa oficial. — Ela pisca, seus cílios carregados de gotas de chuva. — Alguma coisa aconteceu entre você e Nathaniel Bennett?

Negue tudo. Mesmo que Nathaniel tenha me traído, algo que ainda não parece do seu feitio, reconheço que é melhor manter essa informação em segredo pelo bem de nós dois.

— Não.

— Se aconteceu — continua ela como se eu não tivesse falado nada —, tenho certeza de que ele pediu para você guardar segredo a todo custo. Entendo por que ele lhe diria algo assim, mas saiba que fazer isso não vai ser o melhor para você. O melhor para você é ser sincera comigo, e sei que pode ser desconfortável falar sobre algo assim na frente da sua mãe. Foi por isso que preferi que conversássemos a sós.

— Não tem nada acontecendo entre mim e o Sr. Bennett — digo baixinho.

— Mas, se tivesse — diz ela —, você precisa entender que a culpa não seria sua. Ele é o adulto, ele é seu *professor*, e iniciar qualquer tipo de relação sexual seria completamente antiético. Você não seria responsabilizada, prometo.

Ela não entende. Ela jamais poderia entender a conexão que eu e Nathaniel temos. Somos almas gêmeas. Ele não estava se aproveitando de mim — eu queria aquilo tanto quanto ele, talvez até mais. Ele me disse que nenhum outro adulto entenderia e tinha razão.

— Não tem nada acontecendo entre mim e o Sr. Bennett — repito entredentes. — E, como eu disse, a senhora não deveria falar comigo sem minha mãe por perto.

A detetive Sprague me fita com um olhar decepcionado e triste ao mesmo tempo. Eu me sinto mal por um instante, porque ela parece ser uma boa detetive. Ela parece ser dedicada e se importar comigo de verdade. Mas, por outro lado, só quer descobrir o que aconteceu com a Sra. Bennett. Seu trabalho não é cuidar de mim.

Do jeito como ela fala, é como se Nathaniel tivesse me manipulado, mas a verdade é que ela está fazendo a mesma coisa. Além do mais, não há provas de que algo aconteceu entre nós.

— Você precisa saber, Addie — diz ela baixinho —, que Nathaniel Bennett está dando a entender que você é uma garota obcecada que agiu sozinha. Ele quer que a gente acredite que você seguiu Eve Bennett até a estação de trem, a matou e se livrou do corpo. Se você não se defender, essa é a única história que as pessoas vão escutar.

Isso é verdade? Não acredito. Ela deve estar mentindo... ele jamais faria uma coisa dessas comigo.

Faria?

A detetive Sprague mexe no bolso do sobretudo até pegar um cartãozinho. Ela o oferece para mim.

— Este é o meu cartão. Anotei o número do meu celular no verso. Se você quiser falar comigo, pode ligar a qualquer hora. É sério.

Aceito o cartão, mas permaneço quieta.

Ela me lança um último olhar antes de voltar para o carro preto e ir embora. Depois que ela desaparece, olho para o cartão que recebi. Eu o viro e encontro os dez números do seu celular escritos em tinta preta. Fico encarando os dígitos, que vão manchando conforme a chuva continua a cair.

CAPÍTULO 72

ADDIE

Acabo voltando para casa depois de um tempo, porque a chuva deixou minha calça jeans ensopada e também porque pisei em uma poça enorme, que molhou um dos meus tênis.

Minha mãe está sentada no sofá da sala, mexendo no celular. Assim que entro em casa, ela me encara.

— Aonde você foi?

— Só dei uma volta. — Tiro os tênis molhados. — Não fui a nenhum lugar específico.

Ela ergue as sobrancelhas.

— Você não foi a lugar nenhum?

— *Não*.

— Porque, se você foi...

— Não *fui*. — Mas não conto que a detetive Sprague me parou na rua. Nem sobre o cartão de visita guardado no bolso do meu casaco. — Só dei uma volta. É sério, mãe.

— Só estou preocupada. — Ela baixa o celular e se levanta para me encarar. Ela envelheceu tanto desde o ano passado. Sempre achei que minha mãe tinha uma aparência mais jovem e mais bonita do que a maioria das outras mães, só que, agora, ela parece uma avó. — Estão te acusando de algo muito sério. Você precisa entender isso.

— Eu entendo.

Seus olhos ficam marejados.

— Addie, me conta, por favor... Não vou ficar irritada. Você sabe o que aconteceu com a Sra. Bennett?

A vontade de contar tudo para ela se torna quase insuportável. Lembro que, quando eu era pequena, um abraço da minha mãe fazia todos os problemas desaparecerem. Mas ela não pode resolver o que aconteceu. Parte de crescer é entender que seus pais não têm essa habilidade.

— Não, não sei.

Negue tudo.

Ela seca os olhos com as costas da mão.

— Porque você sabe que estou do seu lado, mas não posso ajudar se não souber o que houve.

Abro a boca, mas não sei bem o que dizer. Qualquer coisa que pudesse sair, porém, é interrompida pelo som da campainha.

Ah, não. Aposto que é a detetive Sprague. Aposto que ela veio me prender ou coisa assim.

— Eu atendo — digo.

Vou correndo até a porta, abrindo sem verificar quem está do outro lado. Mas, quando vejo quem é, fico boquiaberta. De todas as pessoas que eu imaginaria encontrar na minha porta, ela seria a última.

É Kenzie Montgomery.

CAPÍTULO 73

ADDIE

Kenzie Montgomery.

Que ótimo.

Não basta a polícia me investigar por assassinato. Agora, minha pior inimiga da escola surge na minha porta, pelo visto para me atormentar. Meu dia está ficando cada vez melhor.

Kenzie usa um casaco branco que já vi antes, mas que agora está ensopado pela chuva cada vez mais forte. Seu cabelo loiro está grudado na cabeça e suas bochechas estão coradas. Nunca a vi tão desarrumada.

— Por que você está aqui? — digo, irritada.

Kenzie levanta uma mão para afastar alguns fios de cabelo molhados do rosto.

— Preciso falar com você. Posso entrar, por favor?

Parte de mim quer dizer que não. Ela é a última pessoa com quem quero lidar agora. Mas algo em seus olhos azuis me impede de bater a porta na sua cara. Então, concordo com a cabeça e me afasto para deixá-la entrar.

Kenzie está pingando. Uma poça se forma embaixo dela no vestíbulo e hesito em deixá-la entrar ainda mais na casa. Sem falar nada, minha mãe vai até o armário do corredor e pega uma toalha, que entrega para Kenzie.

— Sou a mãe da Addie — diz ela. — Como posso ajudar?

Kenzie olha para mim, depois para minha mãe. Ela leva a mão à boca para morder uma unha, um hábito ruim que me surpreende, mas, pela primeira vez, noto que todas as suas unhas estão no sabugo.

— Posso conversar só com você, Addie? — pergunta ela. — Por favor?

Olho para minha mãe. Ela parece relutante em sair, mas acaba concordando com a cabeça e seguindo para a escada. Tem, tipo, cinquenta por cento de chance de ela ficar escutando lá em cima, mas não há muito que eu possa fazer quanto a isso. As paredes da casa são finas, de qualquer forma.

Quando minha mãe sai de vista, eu e Kenzie vamos para a sala e nos sentamos no sofá. Eu me acomodo em um canto, e ela, na outra extremidade. Não confio em Kenzie. Ela passou o semestre inteiro me infernizando. Imagino que ela deve ter vindo aqui para me encher ainda mais o saco, e realmente não estou no clima para isso.

— O que é? — digo.

— Olha só. — Kenzie joga algumas mechas de cabelo molhado para trás do ombro. — Quero pedir desculpas por tudo que fiz com você desde o início do ano. Fui uma escrota e me arrependo.

Isso não era nem de longe o que eu esperava ouvir. Por que ela está se desculpando? E por que agora?

Mas algo no seu rosto transmite sinceridade. Ela não exibe seu sorrisinho de sempre. Há olheiras arroxeadas sob seus olhos bonitos e uma de suas unhas está tão roída que uma gota de sangue escapa da cutícula.

— Tudo bem... — Ainda não sei se devo confiar nela, mas não vou dispensar seu pedido de desculpas. — Então tá.

— E também... — Ela baixa muito a voz e olha para o andar de cima, tentando se certificar de que minha mãe não está nos espionando. — Eu só queria dizer que... eu sei.

Meu estômago dá uma cambalhota.

— Sabe do quê?

— Eu sei... sobre você e o Sr. Bennett.

Ah, não. De todas as pessoas que poderiam descobrir, ela é *a pior possível*. Se Kenzie sabe, logo a escola toda vai saber. E, é claro, a polícia. Vai ser horrível. Só há uma coisa a fazer.

Negue tudo.

Eu me remexo no sofá.

— Não tem nada para você saber.

— Tem, sim. — Ela me encara com seus olhos azuis. — Você estava transando com ele.

Vejo nos seus olhos que ela sabe mesmo. Ela não está me perguntando, ela não está jogando verde, ela *sabe*. Ela deve ter nos visto entrando na sala escura, ou... sei lá. Ai, meu Deus, isso é o pior que podia acontecer. A pior pessoa possível descobriu a pior coisa que já fiz — bem, a segunda pior. Fico me perguntando como ela descobriu.

— Eu vi o poema — diz ela.

Essa era a última coisa que eu esperava que ela dissesse.

— O quê?

— No refeitório, quando você derrubou sua bandeja — lembra ela. Que jeito legal de descrever o dia em que ela jogou meu almoço no chão. — Tinha aquele poema no seu caderno. Ele escreveu aquilo e te deu. Você sabe... "A vida quase passou voando por mim, e então ela, jovem e intensa..."

— Para!

Levanto uma mão para interrompê-la antes que ela estrague para sempre meu poema favorito. Nunca me esquecerei dos versos que Nathaniel escreveu só para mim. Decorei cada palavra.

A vida quase passou voando por mim
E então ela
Jovem e intensa
Com as mãos macias
E as bochechas rosadas
Me mostrou quem eu sou
Tirou meu fôlego
Com seus lábios vermelhos
Me trouxe de volta à vida

Estreito os olhos para Kenzie.

— Como você sabe que ele escreveu esse poema para mim?
Ela volta a roer a unha.
— Porque ele não escreveu para você.
— Escreveu, sim. Pode acreditar.
— Não. — Ela balança a cabeça. — Ele escreveu para mim.

CAPÍTULO 74

ADDIE

Meu mundo inteiro parece ter virado de cabeça para baixo. O quê? O que está acontecendo? Do que Kenzie está falando?

— Ele escreveu esse poema para mim há dois anos — diz ela. — Eu o conheço de cor.

Por sorte, ela não tenta recitar os versos de novo, porque eu teria saído correndo da sala, tapando meus ouvidos e gritando.

— Não entendi — digo. — Por que ele escreveria um poema para você?

— Porque Nate e eu estamos transando desde o nono ano.

Não. *Não*. Isso é impossível. Ela está inventando essas coisas só para me torturar.

Eu me recuso a acreditar nisso.

— Eu trabalhava no jornal da escola — explica ela. — Um dia, nós dois ficamos até tarde para ele me ajudar com uma matéria que eu estava escrevendo, e… começamos a conversar. — Ela respira fundo, estremecendo. — Meu irmão estava com câncer na época. Bem, ele ainda está, mas entrou em remissão. Leucemia. Ele estava fazendo quimioterapia, vivia doente e parecia que todo mundo na minha casa tinha se esquecido de mim. Sei que parece egoísta, mas…

Lembro do frasco de remédios que encontrei no armário do banheiro de Kenzie, com o nome do irmão dela. *Para náuseas*. Eu nem imaginava que ele tinha leucemia — a família deve ter mantido segredo.

— Nate foi tão legal comigo — murmura ela. — Ele me dava tanta atenção, de um jeito que eu não recebia mais dos meus pais. E ele é tão... Quer dizer, eu não conseguia parar de pensar nele. Aí, quando ele me beijou...

Não faz sentido. Nathaniel me disse que nunca tinha traído a esposa antes. E, se ele está com Kenzie desde o nono ano, ela só tinha 14 anos quando começaram. Nathaniel jamais...

— Ele me disse que éramos almas gêmeas. — Ela solta uma risada seca. — Eu caí feito boba. Estava tão apaixonada por ele. Eu teria feito qualquer coisa que ele pedisse. E aí, quando aconteceu aquilo tudo com você e o Sr. Tuttle, ele disse que precisávamos nos afastar. Ele não podia mais se encontrar comigo, porque todo mundo estaria prestando atenção. — Ela volta a roer a unha. — Foi por isso que fiquei com tanta raiva de você. Nate mal falava comigo e eu achava que a culpa era sua, apesar de agora eu saber que fui uma idiota. E... sinto muito por tudo que fiz com você.

— Mas e Hudson? — pergunto. — Achei que ele fosse seu namorado.

Ela balança a cabeça.

— Não, Hudson e eu somos só amigos. Ele é um cara muito legal e me tratou bem quando passei por momentos difíceis este ano, mas nada aconteceu entre nós. Eu só tinha olhos para Nate.

É verdade que nunca vi Hudson e Kenzie se beijando. Eles pareciam passar o tempo todo juntos, mas nunca os vi dando amassos pelos corredores como outros casais.

— Só que então vi aquele poema no seu caderno. — Ela esfrega o nariz levemente rosado. — E entendi que ele tinha dado para você também. Fiquei me sentindo... fiquei me sentindo tão *burra*. Percebi que, esse tempo todo, ele estava brincando comigo. Aposto que ele dizia para você as mesmas coisas que falava para mim.

Não sei o que dizer. Eu achava que nunca conheceria outro homem tão incrível quanto Nathaniel. E, agora, começo a me perguntar se não foi tudo um grande erro.

— Não sei o que aconteceu com a Sra. Bennett — diz ela —, mas vou procurar a polícia e contar tudo que aconteceu entre mim e Nate. E eu queria que você viesse comigo, para contarmos juntas.

Balanço a cabeça. Kenzie tem muitas provas, e, sim, a situação parece bem ruim. Mas Kenzie é minha *inimiga*. Ela passou o ano todo me atormentando. Como posso acreditar nas coisas que ela diz?

— Eu só tinha *14 anos*, Addie. — Seu lábio inferior treme. — Eu me sinto tão idiota por ter acreditado nas coisas que ele me dizia e por deixar que ele fizesse aquilo tudo comigo. Só quero impedir que ele faça isso de novo com outra pessoa. — Ela funga alto. — Vem comigo, por favor.

Sua voz trêmula está abalando a determinação que eu tinha há pouco. Nunca a tinha visto perder a postura impecável. Retorço as mãos.

— Ninguém vai acreditar na gente. Não tenho nenhuma prova. Nós só conversávamos pelo Snapflash e todas as mensagens sumiram.

— Eu e Nate também usávamos o Snapflash — diz ela. — Mas tirei prints da tela.

— Tirou?

Ela abaixa a cabeça.

— Na época, eu fazia isso, porque queria me lembrar das coisas que ele me dizia. Mas tenho tudo. Todas as mentiras que ele contou para mim.

Ela enfia a mão na bolsa pendurada em seu ombro e pega o celular. Ela abre uma imagem, e então vejo.

Você é minha alma gêmea.

As mesmas palavras que ele escreveu para mim. Mas direcionadas a Kenzie.

Estou enjoada demais para continuar lendo. Jogo o telefone na direção dela e me viro, piscando para afastar as lágrimas. É verdade mesmo? Nathaniel realmente dizia as mesmas coisas para mim e para Kenzie? Isso só pode ser uma pegadinha.

Só que, quando olho para o rosto de Kenzie, sei que não é.

Ela estica o braço e segura minha mão.

— Por favor, Addie. Por favor, vem comigo. Não quero ser a única.

Enfio minha mão livre no bolso da calça jeans, para onde passei o cartão que a detetive Sprague me deu mais cedo. Leio o telefone anotado no verso. A tinta está meio manchada, mas ainda consigo identificar cada um dos números.

— Tudo bem — respondo. — Eu vou.

CAPÍTULO 75

ADDIE

Estou completamente apavorada.

Quando chegamos à delegacia, nos levam para uma salinha que me causa uma sensação claustrofóbica arrepiante na nuca. A luz é assustadoramente fraca, e as duas cadeiras de plástico parecem desconfortáveis. Ao sentarmos, confirmo que são desconfortáveis mesmo. Se eu estivesse sozinha, estaria morrendo de medo.

Mas não estou sozinha. Estou com Kenzie.

Não contei para minha mãe o que eu pretendia fazer. Ela teria insistido em chamar um advogado e criaria um caso *enorme* em cima disso, e aí eu acabaria perdendo a coragem. Achei melhor dizer para ela que Kenzie e eu daríamos uma volta, mas, em vez disso, viemos para cá.

Só que, agora, acho que podemos ter cometido um erro. Eu deveria ter esperado conseguir um advogado. Ou talvez fosse melhor não falar nada. Kenzie parece tão confiante, mas ela não é exatamente minha melhor amiga. Ela passou o ano inteiro me atormentando! E, agora, por algum motivo, inventei de confiar nela?

Kenzie não para de brincar com uma mecha de cabelo loiro. Faço uma careta ao notar a força com que ela a puxa, fechando a cara para os fios loiros sedosos como se estivesse com raiva deles.

— Meu cabelo parece palha — reclama ela.

Eu a encaro, incrédula. Kenzie tem o cabelo mais brilhoso e perfeito que já vi. E por que ela está preocupada com essa idiotice quando estamos na *delegacia*?

— Seu cabelo é lindo.

Ela revira os olhos para mim e continua encarando a mecha de cara feia.

Estou quase enlouquecendo ao esperar a detetive Sprague vir falar com a gente. Ela pode ter sido legal comigo na rua, mas talvez tenha sido falsidade. Kenzie teve um caso com Nathaniel, só que eu fiz algo bem pior. Eu o ajudei a enterrar um cadáver. E não sei direito quem de nós dois a matou.

Parece uma eternidade, mas a detetive não demora mais que vinte minutos para chegar. Seu cabelo ainda está preso no coque, mas o penteado afrouxou ao longo do dia, tornando seu rosto menos sisudo. Torço para ela estar mesmo do meu lado. Torço para não passar o restante da vida na prisão.

Olho para Kenzie, que continua mexendo no cabelo. Com muita relutância, ela prende as mechas atrás da orelha e ergue o olhar para a detetive.

— Olá, Addie — diz Sprague. Então, ela se vira para Kenzie com um olhar curioso. — Kenzie Montgomery?

Kenzie concorda com a cabeça.

— Eu... Addie e eu precisamos falar com a senhora sobre Nathaniel Bennett.

Sprague não parece muito surpresa. Ela se senta em uma das cadeiras de plástico diante de nós e entrelaça os dedos.

— Estou ouvindo — diz ela.

Kenzie e eu trocamos um olhar. Não combinamos quem falaria primeiro. Não quero que seja eu e imaginei que Kenzie começaria, já que foi *ela* quem deu a ideia de virmos aqui.

— Kenzie? — incentiva Sprague.

Kenzie olha para mim em pânico e então volta a encarar a detetive.

— Ah. Bem, nós... nós só...

— Vocês vieram falar sobre o Sr. Bennett?

Kenzie concorda com a cabeça, sem dizer nada.

A voz de Sprague se ameniza.

— Sobre a sua relação com o Sr. Bennett?

Kenzie baixa a cabeça, assentindo lentamente. A detetive permanece em silêncio, esperando Kenzie continuar, só que ela parece engasgar com as palavras. Apesar de ter sido ideia dela virmos aqui, parece que não consegue prosseguir. Ela aperta os joelhos com as unhas roídas, e seus olhos se enchem de lágrimas.

Sempre achei Kenzie tão madura, mas ela parece tão *jovem* agora. Uma garotinha. Ela só tinha 14 anos quando Nathaniel transou com ela. *Catorze*. E Nathaniel... tem quase 40! Ele é um *adulto*. Nosso *professor*. Fiquei magoada quando entendi que Nathaniel mentiu para mim, mas agora a ficha finalmente caiu.

O que ele fez com a gente foi horrível de verdade. *Inconcebível*.

Ele precisa pagar. E Kenzie e eu somos as únicas que podemos garantir que ele receba o que merece.

— Detetive Sprague — começo —, a verdade é que o Sr. Bennett e eu tivemos relações sexuais ao longo do ano todo. Ele... ele me pediu para não contar para ninguém.

A detetive Sprague balança a cabeça, seus olhos pegando fogo. Parece até que ela quer tirar aquela arma do coldre e descarregar algumas balas em Nathaniel Bennett. Ela não mentiu quando disse que queria me ajudar. Não dá para fingir esse tipo de olhar.

— Aquele desgraçado.

Estico o braço para segurar a mão de Kenzie, e ela deixa. Vamos fazer isso juntas. Vamos contar a verdade. Não me importa o quanto vou me encrencar. Estou cansada de mentir por aquele homem. Ele merece tudo que está por vir.

— Muito bem, Addie — diz a detetive —, me conte tudo que aconteceu com Eve Bennett.

E faço isso. Conto tudo.

CAPÍTULO 76

NATE

Passei as últimas duas horas dirigindo na chuva.

Eu estava enlouquecendo em casa, com medo de a detetive Sprague voltar para me interrogar e do que ela diria, então precisei sair. Dei uma volta pela cidade, ouvindo música clássica e deixando meus pensamentos vagarem. Acabei passando pela Simon's Shoes, que era a loja de sapatos favorita de Eve, e fui tomado por uma onda de tristeza.

Eu a amei. De verdade.

Está escuro quando volto para casa. Estaciono na garagem, já que está chovendo, e entro por lá. Assim que piso na sala, o celular toca no meu bolso. Quando o pego, o mesmo número usado por Sprague para me ligar de manhã estampa a tela.

Não quero atender. Não quero falar com a mulher que parece cada vez mais convencida de que assassinei minha esposa. Só que, se eu não atender, ela com certeza aparecerá aqui. Então acabo cedendo.

— Alô? — digo.

— Sr. Bennett? — A voz dela ecoa um pouco, como se estivesse no viva-voz. — Onde o senhor está?

— Em casa.

— É mesmo? Porque acabamos de sair daí e o senhor não atendeu à porta.

A polícia veio aqui? Ainda bem que eu não estava.

— Sim, me desculpe. Saí para dar uma volta. Estava difícil ficar sentado sem fazer nada, só esperando por notícias.

— Sr. Bennett, precisamos conversar assim que possível — diz ela. — Vou mandar uma viatura para buscá-lo.

— Uma viatura? — Minha boca fica seca. — Por que vai mandar uma viatura? Vou ser preso?

— Não, não no momento.

Não no momento.

Isso não parece promissor. E há um tom ríspido em sua voz que não existia ontem. Ela descobriu novas informações. Fico me perguntando se Addie cedeu e contou sobre nós dois. Pior ainda, e se Kenzie procurou a polícia?

Seria uma catástrofe. Kenzie só tinha 14 anos no início da nossa relação. Se ela procurar a polícia, terei um problema sério, do tipo que me obrigará a usar macacão laranja e a viver mantendo certo raio de distância de parquinhos infantis depois que eu for solto. Algo nesse nível.

Para ser justo, Kenzie não parecia ter 14 anos. Ela era deslumbrante. Mais linda do que noventa e nove por cento de todas as mulheres adultas por aí. Muita gente não entende como é ter um monte de garotas lindas e jovens se jogando em cima de você todo ano. Não sou de ferro.

— Sr. Bennett? — diz Sprague. — O senhor continua aí?

— Eu... sim — respondo, meio engasgado. — Estou aqui.

— Ótimo. Não vá a lugar nenhum. A viatura já vai chegar.

A ligação se encerra e fico encarando o telefone, sentindo a apreensão aumentar no peito. É quase como se eu estivesse engasgando. Preciso de água. Preciso de água para não sufocar.

Corro para dentro da cozinha em busca de um copo de água. Vou até a pia, pego uma xícara em um dos armários e a encho de água em temperatura ambiente. Bebo tudo e então fico parado ali, ainda ofegante. E é aí que vejo. Bem no meio da cozinha, no local exato onde ontem encontrei os sapatos de Eve.

É uma abóbora. Uma abóbora com uma cara entalhada, para ser mais específico.

Obviamente, o Halloween já passou. Por isso, a abóbora está apodrecida. O recheio podre faz seus traços se distorcerem. O que antes era um sorriso cheio de dentes se transformou em uma careta maléfica.

E então, quando me aproximo, a abóbora se mexe.

Mas que diabos?

Agora, ela se sacode com ainda mais força, e, um segundo depois, um pássaro preto sai voando do seu interior. Aquilo é... um corvo? Tomo um susto, me jogando contra a bancada da cozinha enquanto o pássaro bate as asas, tentando escapar da minha casa. Após algumas tentativas, ele pousa sobre a abóbora, me encarando.

Nunca mais.

Começo a puxar meu cabelo. Quem está fazendo isso comigo? Quem está falando com a detetive sobre mim? Por que isso tudo está acontecendo?

Não é Addie. Não acredito que ela fizesse uma coisa dessas comigo. E duvido que seja Kenzie. A verdade é que só existe uma pessoa capaz disso.

Preciso sair daqui.

CAPÍTULO 77

NATE

Estou dirigindo rápido demais.

Se a polícia me parar, tudo terá sido em vão e vou arrumar um problema com Sprague por ter saído de casa depois de ela mandar que eu ficasse lá. Por outro lado, já tenho um problema com Sprague. Se eu entrar na delegacia, é bem provável que nunca mais saia.

Continua chovendo e meu Honda só tem tração nas rodas dianteiras, então preciso ter o bom senso de diminuir a velocidade e tomar mais cuidado. Eve sempre me falou para comprar um carro com tração nas quatro rodas, mas fui teimoso. Apesar de tudo — apesar do que pode acontecer comigo se a polícia me pegar —, não quero morrer em um acidente de carro hoje. A morte é pior do que a prisão.

Mais cedo, saí dirigindo sem rumo, vagando pelas ruas, querendo estar em qualquer outro lugar que não fosse minha casa. Porém, agora, sei exatamente para onde vou. Estou voltando para aquela plantação de abóboras.

É arriscado, mas preciso fazer isso. Preciso provar para mim mesmo que minha esposa de fato está morta e enterrada em meio às abóboras podres. Se eu chegar lá e encontrar seu túmulo intacto e seu corpo apodrecendo debaixo da terra, a única alternativa seria sua alma ter voltado para me assombrar.

Porque ninguém além de Eve colocaria um corvo na minha cozinha.

Demoro mais de uma hora por causa da chuva, e porque — ao contrário da madrugada de um sábado — há certo trânsito. No caminho, meu celular toca várias vezes. Tenho certeza de que é a detetive Sprague, mas deixo as ligações caírem na caixa postal.

Finalmente, chego à estrada estreita que leva à plantação de abóboras. Diferentemente da madrugada de sábado, quando o caminho estava seco e farelento, a chuva umedece o solo e meus pneus derrapam sobre a lama fresca. Mesmo assim, sigo de carro até onde consigo.

E, agora, preciso continuar a pé.

Pelo menos tive o bom senso de vir de botas e estou com meu casaco impermeável. Coloco o gorro e abro o porta-malas antes de sair do carro. Imediatamente, meus pés deslizam, mas consigo me segurar antes de cair.

Meus dedos formigam de ansiedade. Eu jamais deveria ter deixado Addie sozinha aqui. Era para eu tê-la ajudado a terminar de enterrar o corpo de Eve. Achei que ela seria capaz de se virar por conta própria, mas agora entendo que cometi um erro terrível.

Mas Eve estava morta. Vi a vida abandoná-la com meus próprios olhos. Não senti pulsação no seu pescoço. Ela não estava respirando.

Pelo menos, acho que não estava. Não sou médico.

Aperto os olhos na chuva até conseguir enxergar a placa da plantação, coberta por ervas daninhas, lama e chuva. Minhas botas afundam no chão macio a cada passo, e sinto como se demorasse meia hora para eu atravessar a pequena distância até o início da plantação. Quando chego, estou ofegante. Mas não posso parar. Estou perto demais.

Sei exatamente onde a enterramos. Atravesso os canteiros, passando por cima das abóboras podres tão parecidas com a que está na minha cozinha. Escolhi um espaço ao lado do velho galinheiro. Eu me aproximo, esperando encontrar um montinho irregular de terra. Mas não é isso que vejo.

O que vejo é um buraco imenso no chão, com cerca de um metro e oitenta por sessenta centímetros.

Meu coração bate acelerado. Meu Deus, não quero cair morto por um ataque cardíaco nesta plantação de abóboras no meio do nada. Vou até a cova que cavamos há duas noites e me inclino para a frente, apertando os olhos para enxergar na escuridão. Espero encontrar o lençol azul-marinho que cobria o corpo da minha esposa. Ou talvez animais tenham feito buracos nele, e o cadáver parcialmente decomposto esteja no fundo. Mas não encontro nada disso.

A cova está vazia.

Caio de joelhos, afundando na lama, com as lágrimas ardendo em meus olhos. Tirando o som da chuva caindo, o cemitério de abóboras está silencioso. O silêncio permanece intacto e a única palavra que se escuta é meu próprio sussurro:

Eve...

E, enquanto espero que um eco murmure a palavra de volta, algo acerta a parte de trás da minha cabeça e tudo desaparece.

PARTE III

CAPÍTULO 78

EVE

Se você nunca foi enterrado vivo, não recomendo a experiência.

O medo de ser enterrado vivo se chama tafofobia. Em tempos bíblicos, as pessoas eram envolvidas em mortalhas, e seus corpos, deixados em cavernas para que alguém os verificasse após alguns dias para ter certeza de que elas realmente tinham morrido. Até George Washington pediu para ser enterrado apenas dois dias após sua morte. No passado, durante epidemias, foram projetados caixões de segurança, que incluíam um apetrecho (como uma corda presa a um sino) para os supostos mortos anunciarem ao mundo exterior que permaneciam entre os vivos.

Um apetrecho como esse seria inútil para mim, já que foram as pessoas que tentaram me assassinar que me enterraram e me deixaram no meio do nada na esperança de que ninguém jamais me encontrasse. Perceber que eu estava debaixo da terra foi uma das piores experiências que já tive na vida.

Mas não pior do que aquilo que está prestes a acontecer com meu marido.

DUAS NOITES ANTES

Onde estou?

Quanta escuridão. Minha última lembrança são os dedos de Nate envolvendo meu pescoço, me apertando. Uma hora, ele estava me esganando; depois, apaguei.

É difícil me mover. Meu corpo parece estar envolvido em algo — um lençol ou cobertor — que me imobiliza. E há uma camada de outra coisa em cima disso. Algo frio e pesado.

É então que escuto o som de uma pá cavando a terra.

Minha cabeça lateja, e parece que há facas dentro da minha garganta quando tento engolir. Estou deitada sobre algo frio, irregular e muito desconfortável. É difícil me concentrar no que acontece ao meu redor. A pá volta a raspar o chão e agora sinto algo bater na minha perna. Fecho os olhos contra a escuridão, tentando organizar meus pensamentos.

Acho...

Ai, meu Deus, estão tentando me enterrar.

Se isso for verdade, não sei o que fazer. Posso gritar ou tentar me libertar do lençol em que me enrolaram, mas, levando em consideração que meu marido já tentou me matar e Addie me bateu com uma frigideira, não quero que eles tenham outra oportunidade de acabar comigo. Duvido que eu sobreviva a uma terceira tentativa de assassinato.

Mas não posso deixar que me enterrem viva.

Enquanto avalio minhas opções, uma voz feminina jovem grita acima de mim:

— Nathaniel?

Há um longo silêncio em que ninguém cava nem joga terra em cima de mim. Ela chama o nome dele outra vez, mas não escuto a voz do meu marido.

Ouço um farfalhar e então a sombra de algo mais escuro me cobre. Sinto que algo está prestes a aterrissar sobre mim e me preparo para um impacto pesado. Mas, em vez disso, a sensação é leve. Folhas?

O pouco de luz da lua que consigo ver se torna obscurecida conforme mais folhas me cobrem. Mas permaneço imóvel. Não me mexo. Não grito.

— Nathaniel! — chama ela pela última vez.

Sua voz parece mais distante. Seus passos também.

Puxo um pouco de ar, só para me certificar de que ainda consigo fazer isso. Apesar de eu ter sido enterrada, não estou em um caixão a sete palmos da superfície. Estou enrolada em algum tipo de lençol e parece que só há uma camada fina de terra sobre mim, e talvez algumas folhas. O lençol me protege de inalar a terra. Não vou sufocar aqui.

A única coisa que vai me matar é se eles descobrirem que continuo viva.

Por mais doloroso que seja, espero. Tremendo na terra, com um monte de folhas molhadas servindo de cobertor. Espero até o som de passos desaparecer por completo e então espero mais uma hora. Pelo menos acho que é uma hora. É difícil avaliar o tempo quando se está enterrada na própria cova.

Depois de aguardar o suficiente, decido tentar sair.

Não é tão fácil assim. Apesar de eu não estar enterrada a sete palmos do chão, a camada fina de terra e as folhas pesam um pouco e estou enrolada no lençol feito uma múmia — o que significa que estou completamente imobilizada. Além disso, minha cabeça lateja. Não seria exagero dizer que cada centímetro do meu corpo dói.

Minhas primeiras tentativas não fazem muita diferença.

Eu me esforço para sentar, para me soltar do lençol, mas só fico frustrada. E então começo a entrar em pânico. E se eu não conseguir escapar?

Agora, estou respirando rápido demais. Não há muito ar fresco aqui, e não posso respirar fundo como quero. As pontas dos meus dedos começam a formigar. Estou presa. Nunca vou sair daqui. E se eu morrer neste buraco?

Não. *Não.* Isso é impossível. Minhas mãos não estão amarradas. Consigo escapar. *Vou* escapar.

Afinal, essa é a única forma de garantir que meu marido pague pelo que tentou fazer comigo.

Na segunda vez, tenho mais sucesso. Encontro uma extremidade do lençol e começo a me desenrolar. Quando minhas mãos encontram a terra, sei que me soltei. Mas preciso tomar cuidado. Não quero inalar um monte de terra e sufocar.

Levo quase mais uma hora, mas finalmente consigo abrir caminho com as mãos e sair do meu próprio túmulo.

No instante em que minha cabeça volta à tona, puxo o ar com força. Eu achei que fosse morrer aqui. Está muito frio, mas não me importo. Não me importo com nada além do fato de que não estou mais enterrada viva. Nunca passei por nada tão assustador.

Enquanto tento me levantar com dificuldade, olho ao redor. Que lugar é este? Parece um cemitério, mas para abóboras em vez de humanos. Como diabos vou voltar à civilização?

E então, vejo algo caído no lençol do qual acabei de escapar.

Ai, meu Deus, é minha *bolsa*.

Eles a enterraram comigo. Eu a tiro da terra e reviro seu interior. Arfo de alegria quando encontro meu celular. Está desligado, mas, quando aperto o botão lateral, a tela se ilumina. Infelizmente, não há sinal. Porém, se eu continuar andando, tenho certeza de que conseguirei em algum lugar uma ou duas barrinhas.

Vou voltar para casa. E, em seguida, vou fazer Nate pagar por isso.

CAPÍTULO 79

EVE

Eles me enterraram descalça.

Se eu tivesse aproveitado aqueles poucos segundos para calçar os tênis antes de confrontar Addie na cozinha, o percurso de volta para a estrada seria bem mais fácil. Em vez disso, escolho com cuidado o caminho pelo chão desnivelado, com galhos espetando a sola dos meus pés. Além disso, estou congelando. Trouxe o lençol comigo, usando-o para improvisar um xale e me esquentar. A temperatura deve estar negativa.

Depois de passar cerca de meia hora andando, encontro o que parece ser uma pequena estrada. Tiro o telefone da bolsa — aleluia, tenho sinal. Uma barrinha. É um milagre.

Começo a ligar para a polícia, mas então paro.

Posso ligar para a polícia e deixar que meu marido seja preso pelo que fez comigo. Mas ele vai arrumar um advogado e pagar a fiança para ser liberado. Verdade seja dita, basta o júri ter algumas mulheres para ele receber uma punição simbólica. Isso se o caso for julgado. Nate sempre dá um jeito de escapar das consequências dos seus atos.

Não, preciso ter certeza de que ele vai pagar por tudo que fez.

Então, em vez disso, envio uma mensagem para a única pessoa em quem consigo pensar que estaria disposta a me buscar no meio da madrugada.

Jay demora vinte minutos para responder à minha mensagem no Snapflash. Vinte minutos que passo tremendo no acostamento da estrada, me perguntando se o alerta de som será suficiente para acordá-lo — tenho seu número, mas ligar seria arriscado demais. Quando começo a pensar em desistir e chamar a polícia, o nome dele surge na tela do celular. Ele quase nunca me liga, e o imagino escondido no banheiro de casa, para que *ela* não escute e o bebê não acorde.

— Eve? — diz ele. — O que houve?

— Preciso que você venha me buscar — respondo. — Eu... me desculpa. Sei que está cedo.

Meu relógio mostra que são quase cinco da manhã.

— Onde você está?

Ele vem. Graças a Deus.

Espero por ele no acostamento, tremendo sob o lençol. Estou torcendo para não pegar uma pneumonia. Finalmente, vejo seu carro chegando e desato a chorar. As lágrimas salgadas escorrem pelas minhas bochechas quando entro no carro ao seu lado. Ele parece chocado com minha aparência.

— Eve — diz ele. — Cadê seus sapatos?

Isso só me faz chorar mais.

Mas Jay não me pede uma explicação. Ele simplesmente volta a dirigir e permanecemos quietos enquanto choro em silêncio. Quando chegamos à cidade, começo a explicar que ele não pode me deixar em casa, mas então percebo que ele segue uma rota diferente. Alguns minutos depois, paramos no estacionamento da Simon's Shoes.

— Venha — diz ele. — Você precisa de sapatos.

Eu o sigo para fora do carro, o chão do estacionamento frio sob meus pés. Com cuidado, ele tira o lençol de cima de mim, que ainda me envolvia como um xale, e me dá seu próprio casaco, apesar de a entrada da loja estar perto. Então, pega minha mão e vamos juntos até a porta. Ele tira uma chave do bolso e a abre.

— Pegue o que você quiser — diz ele.

Escolho um par de botas de neve horrorosas, diferentes de tudo que tenho no closet, mas que estão em promoção. Começo a revirar a bolsa, procurando a carteira. Preciso pagar em dinheiro, é claro...

— Não se preocupa com isso — diz Jay.

— Mas...

— Falei para você não se preocupar. É sério.

Não discuto. Calço as botas de neve pretas, e, apesar de serem feias, elas imediatamente esquentam meus pés. Continuo com o casaco de Jay e desabo sobre um dos bancos. Ele se senta ao meu lado, sem falar nada. Ele está sendo muito paciente, apesar de o sol estar prestes a nascer.

— Nate... ele... — Escolho minhas palavras com cuidado. Não quero que ele saiba que Addie também estava envolvida. Nada de bom sairá disso. De toda forma, esse é um problema entre mim e meu marido. — Ele tentou me matar.

Jay ergue o olhar para mim, sua expressão paralisada de pavor.

— Ele tentou me enterrar — digo. — Mas eu não estava morta. Esperei até ele ir embora e depois fui para a estrada.

— Eve — arfa ele.

Estremeço sob o casaco.

— Quero que ele pague por isso.

— Vamos ligar agora para a polícia.

— Não — digo com firmeza. — Quero fazer isso do meu jeito. Quero ter certeza de que ele vai pagar por tudo que fez.

As sobrancelhas dele se unem abaixo da cicatriz irregular na sua testa.

— Tudo bem...

— Você... você sabe de algum lugar onde eu possa ficar por alguns dias?

— Temos um barracão de ferramentas — responde ele, pensativo. — Fica no quintal. Ninguém nunca vai lá. Posso colocar um saco de dormir para você. Não será confortável, mas é quente o suficiente com a porta fechada.

— Perfeito — digo. — E preciso da sua ajuda com mais umas coisas.

Ele me encara com um olhar cheio de devoção.

— Vou fazer tudo que você quiser.

E ele faz mesmo.

CAPÍTULO 80

EVE

Foi Jay quem bateu com uma pedra na cabeça de Nate e o fez desmaiar.

Eu queria fazer isso, mas Jay era a melhor opção. Ele é mais alto do que Nate e, provavelmente, mais forte. Se eu desse a pedrada, talvez ele não perdesse a consciência. Não podíamos correr esse risco. Não depois de tudo que fiz para garantir que ele voltasse a este local exato.

Eu e Jay passamos os últimos dois dias atormentando meu marido. Foi arriscado, mas valeu a pena. Eu sabia que, quando ele visse aquele corvo na cozinha, teria certeza de que eu ainda estava viva e viria para cá. Ninguém mais o atormentaria dessa maneira.

"O corvo" — seu poema favorito. Conheço seus versos de cor e salteado.

Nate está desmaiado no chão, seus traços bonitos relaxados. Quero tirar a pedra da mão de Jay e bater nele de novo, mas preciso que ele consiga acordar, porque ainda não terminamos aqui. Logo, logo, ele vai recuperar a consciência, então precisamos ser rápidos. Jay enfia a mão no bolso do casaco e pega um rolo de fita. Ele o oferece para mim.

— Quer fazer as honras? — pergunta ele.

Com certeza. Prendo os pulsos do meu marido à sua frente, e também amarro seus tornozelos. Quando termino, ele solta um gemido no chão lamacento. Seus olhos se abrem um pouquinho.

— Ele está acordando — digo para Jay. — Jogue-o no buraco.

Se Nate não estava acordado antes, jogá-lo na poça rasa de água congelante com certeza vai fazer com que desperte. Suas pálpebras se arregalam de imediato e ele ergue o olhar para mim, piscando contra as gotas de chuva. Jay permanece cuidadosamente fora de vista.

— Eve? — pergunta Nate, rouco.

Não falo nada. Permito que ele tenha um momento para avaliar a situação. O fato de que está caído em uma cova rasa, em uma poça de água lamacenta, com as mãos e os pés presos. Vejo o pânico tomar seu rosto.

— Eve — arfa ele. — O que você está fazendo? O que está acontecendo?

Olho para baixo, para meu marido. Quando estive diante dele e de um juiz no dia do nosso casamento — no dia mais feliz da minha vida —, nunca imaginei que seria capaz de odiá-lo tanto quanto o odeio agora.

— Você tentou me matar. Você me enterrou nesse buraco.

— Eu... — Nate se remexe, se esforçando para manter o rosto acima da água suja na cova. — Desculpa, Eve. Cometi um erro terrível. Foi por isso que voltei.

— Não foi por isso que você voltou. Você voltou para ter certeza de que eu tinha morrido mesmo.

Seu pomo de adão oscila.

— Tá, tudo bem. Você tem razão. Fiz algo horrível. Sou uma pessoa horrível. — Ele pisca de novo para afastar a água dos olhos. — Mas você não é. Você não é assim. Eu te *conheço*.

— Você não me conhece. — Solto uma risada. — Você não me conhece há anos. E com certeza não me ama.

— Sei que tivemos nossos problemas...

Rio de novo.

— Ah, tivemos?

Nate está tentando se sentar, tentando manter a cabeça fora da poça que se formou no fundo da cova.

— Por favor, Eve. Você não é assim. Você não quer fazer isso. Não vai resolver seus problemas.

— Sei, e você sabe tudo sobre meus problemas, né? Levando em consideração que você é a causa de todos eles.

— Tá bom, é justo. — Quando ele fala, um pouco da água lamacenta entra na sua boca e ele faz uma careta antes de cuspir. — Só me tira daqui e podemos conversar. Faço tudo que você quiser.

— Não — digo baixinho. — Isso não vai acontecer.

— Eve! — O pânico no seu rosto ganha força. Ele começa a se debater contra as amarras. — Você sabe que vou me afogar aqui dentro, né? Para com essa palhaçada, por favor! Seja lá o que você quiser, eu aceito. Vou parar de dar aulas, vou sair da cidade. O que você quiser, tá?

— Não se preocupe — digo. — Não vou deixar você se afogar.

Por um instante, seus ombros relaxam e ele para de lutar contra as amarras.

— Que bom. Obrigado. Eu sabia que você não faria isso.

Pego a pá caída no chão ao meu lado.

— Vou te enterrar primeiro.

Com essas palavras, encho a pá de terra e jogo sobre ele.

— Eve! — berra ele. — Pelo amor de Deus, qual é o seu problema? Você ficou doida?

Pego mais terra e jogo no buraco.

— Eve! — O rosto dele está vermelho feito um pimentão. — Eve, querida, me desculpa por tudo. Eu te amo! Você sabe disso! Você não pode fazer isso comigo!

Outra pá de terra vai para o buraco.

— Eve! — arfa ele. — Não faz isso comigo! Eve! *Eve!*

Nate agora está se debatendo na cova, tentando se libertar. Mas não vai conseguir. Eu o amarrei muito apertado. Estou prestes a jogar mais terra quando Jay agarra meu braço. Ele me puxa para longe, para meu marido não ouvir.

— Eve — diz ele. — Você vai matá-lo.

Ergo o queixo.

— Eu sei.

Jay olha para a cova, onde meu marido está se acabando de berrar, apesar de não ter ninguém aqui além de nós para escutá-lo.

— Ele tem razão. Matá-lo não vai resolver seus problemas.

— Você se surpreenderia.

As sobrancelhas dele se franzem.

— Tem certeza de que você quer fazer isso?

— Nunca tive tanta certeza na vida.

Jay me fita por um instante, então pega a própria pá. Ele volta comigo para a cova. E, quando pego um pouco de terra para jogar no buraco, ele me imita.

— Eve! — berra Nate. — Pelo amor de Deus, Eve, não faz isso! Você não pode fazer isso!

Posso e vou fazer. Mais duas pás de terra vão para o buraco.

— Você vai ser presa. Você sabe disso, né? Você vai passar o resto da vida apodrecendo na prisão, sua filha da puta maluca!

Mais duas pás de terra. Uma o acerta no rosto e ele começa a chorar.

— Por favor, Eve. — O olho esquerdo dele está coberto por lama ao me fitar. — Por favor, não faz isso, Evie. Estou implorando. Por favor...

Uma vez, Nate me disse que pensa na morte como estar na beira de um abismo, ou alguma idiotice intelectualoide do tipo. Ele tem pavor da morte, mais do que de qualquer outra coisa no mundo. Não sei se acredito na vida após a morte, mas, se ela existir, tenho certeza de que meu marido passará o restante dela queimando no inferno.

Ele alterna entre implorar para pararmos e berrar ameaças até a lama cobrir seu rosto por inteiro. Pouco depois, ele cai em um silêncio maravilhoso. Continuamos jogando terra no buraco até preenchermos a cova. E, enquanto dou os toques finais no túmulo do meu marido no meio da floresta, recito para mim mesma o poema que ele escreveu em minha homenagem há séculos, quando eu tinha 15 anos e ele era meu professor de inglês recém-formado da faculdade, jurando que eu era sua alma gêmea:

A vida quase passou voando por mim
E então ela
Jovem e intensa
Com as mãos macias
E as bochechas rosadas
Me mostrou quem eu sou
Tirou meu fôlego
Com seus lábios vermelhos
Me trouxe de volta à vida

EPÍLOGO

SEIS MESES DEPOIS

ADDIE

Quando chego ao estacionamento da escola, Hudson está apoiado em seu carro, conversando com os amigos do time de futebol americano, embora a temporada de jogos já tenha acabado. Assisti a cada um deles e Hudson arrasou. Ele merece o título de astro do time. Vai conseguir uma bolsa de estudos para uma faculdade ótima — todas vão brigar para ficar com ele.

Ao me ver, Hudson ergue uma mão para me chamar.

— Addie! — diz ele, como se fosse possível não vê-lo.

Saio correndo pelo restante do caminho com um sorriso bobo no rosto. Ando sorrindo bem mais, ultimamente. Desde que recuperei meu melhor amigo, o mundo parece mais colorido. Ainda não sou a pessoa mais popular da escola, mas não me importo. Não preciso de ninguém além de Hudson.

E este ano com certeza foi uma loucura.

Depois que eu e Kenzie falamos com a detetive Sprague, ela tentou prender Nathaniel, mas ele fugiu. Imagino que ele soubesse que estava encrencado e tenha decidido que seria melhor sumir do que ser fichado como pedófilo.

Talvez a polícia até tivesse procurado mais por ele, só que, do nada, a Sra. Bennett reapareceu. Ela contou uma história sobre ter resolvido pegar um ônibus e passar uns dias fora. Disse que pagou tudo em dinheiro e nem imaginava que havia sido considerada desaparecida. Sprague tinha tomado meu depoimento sobre tudo que eu e Nathaniel fizemos, mas a Sra. Bennett se recusou a confirmar a história, e, como ela realmente não estava morta e enterrada, não havia nada que a polícia pudesse fazer.

Eu e a Sra. Bennett sabemos a verdade, é claro. E sabemos que, se eu a tivesse coberto de terra, e não de folhas, tudo teria acontecido de um jeito bem diferente.

De qualquer maneira, ela não voltou mais para o Colégio Caseham. Quando o escândalo sobre seu marido explodiu, ela pediu demissão e deixou a cidade. Nós acabamos tendo uma professora substituta pelo restante do semestre. Eu queria que fosse o Sr. Tuttle, mas ouvi falar que ele conseguiu outro emprego em um colégio a duas cidades de distância. O pessoal de lá deu sorte.

Quanto ao Sr. Bennett, acabou que eu e Kenzie não fomos as únicas "almas gêmeas" que ele teve entre suas alunas. Fico enojada quando penso nisso. Eu me sinto tão burra.

Mas sou grata por ter Kenzie ao meu lado para conversar sobre isso. Nós duas ficamos bem próximas neste ano. Passamos horas falando sobre Nathaniel. Eu me sinto melhor por saber que mesmo uma pessoa tão inteligente, bonita e popular quanto Kenzie Montgomery possa ter caído no mesmo papinho que eu. E ela diz que falar comigo também a ajuda a se sentir melhor.

Além do mais, estamos fazendo terapia. Tudo isso ajuda.

— Você demorou — brinca Hudson quando chego ao carro. — O que você estava fazendo lá dentro?

Eu me atrasei porque estava com Lotus, dando os toques finais na revista de poesia, da qual passamos a cuidar sozinhas depois do sumiço de Nathaniel. Mas prefiro não explicar isso, porque quero que ele fique surpreso ao ver a revista.

— Desculpa! Pelo menos eu cheguei.

Um dos amigos de Hudson ri.

— Sua namorada te faz de gato e sapato mesmo. Quanto tempo ela te deixou esperando?

Hudson também ri, mas não corrige o amigo que me chamou de sua "namorada". Que engraçado. Ainda mais porque, ao andarmos do carro dele até a escola todo dia de manhã, ele às vezes segura minha mão. Pelo menos não está namorando Kenzie. Tenho certeza de que ele estava saindo com uma garota no começo do ano, mas não está mais.

— Então, vocês já vão? — pergunta um dos caras para Hudson, enquanto ele abre a porta para mim. É um gesto desnecessário, mas fofo.

— Aham — responde Hudson. — Eu e Addie vamos tomar um milkshake antes de eu ir para o trabalho. A gente se vê mais tarde, Walsh?

— Até mais tarde, Jay — responde o outro garoto para Hudson.

Enquanto Hudson se senta no banco do motorista ao meu lado, digo:

— Tá, preciso perguntar. Por que todos os seus amigos do futebol te chamam de Jay?

— Bom, sabe como é, todo mundo do time se chama pelo sobrenome — responde ele. — Mas *Jankowski*? É difícil demais. Então me chamam de Jay para abreviar. Até que eu gosto.

Faz sentido, mas ele sempre será Hudson para mim.

— Beleza — diz ele —, é melhor a gente ir. Meu turno na loja de sapatos começa às cinco, então só temos uma hora para o milkshake.

Hudson realmente trabalha demais. Além da escola, ele trabalha na Simon's Shoes várias vezes por semana, além de sempre cuidar do irmão de um ano para os pais. Mas, mesmo com isso tudo, sempre arruma tempo para mim.

Estacionamos perto da lanchonete que faz os melhores milkshakes da cidade toda. Fico me perguntando se vamos dividir um, e, se dividirmos, o que isso significaria? Gosto de Hudson. Muito. Mas ele é minha alma gêmea? Não sei. Acho que essa é uma pergunta meio idiota.

Logo depois de Hudson parar o carro, seu celular vibra e ele o tira do bolso. Ele lê a mensagem, e um sorriso se curva em seus lábios.

— O que foi? — pergunto.

Ele enfia o celular de volta no bolso.

— Nada. Só uma pessoa que não vejo há um tempo.

— Uma namorada?

Seu sorriso fica constrangido e ele esfrega a cicatriz na testa, que ganhou na época em que éramos crianças idiotas passando por baixo da cerca ao redor da casa dele.

— Mais ou menos. Ela... hum... ela gostava muito de sapatos e sempre vinha na loja, e, hum, é isso.

A pele pálida de Hudson fica cor-de-rosa, o que me faz desconfiar que essa cliente era bem mais do que uma mera cliente, mas, por algum motivo, ele não quer admitir isso. É claro que fico curiosa para saber quem é essa pessoa. E se ele se apaixonou por ela do mesmo jeito que estou começando a me apaixonar por ele.

— Enfim — continua ele —, ela... hum... passou por uma fase difícil, e era tudo bem pesado, mas as coisas estão bem melhores agora. A gente se conhece há um tempo, e ela parece contente pela primeira vez, então isso é legal, sabe? Quero que ela seja feliz. Ela merece.

Com certeza era uma namorada — está estampado no rosto dele. Acho que pode ser a mesma do começo do ano, mas não quero perguntar. De qualquer forma, não é da minha conta. Os dois não estão mais juntos.

Quando saímos do carro, Hudson segura minha mão. Ele entrelaça os dedos aos meus, e, quando sorri para mim, sorrio de volta. Seguimos juntos para a lanchonete, e decido que vou pedir um milkshake de baunilha com muito chantilly e uma cereja no topo. Porque eu mereço.

Este livro foi composto na tipografia Berling LT Std,
em corpo 11,5/15,5, e impresso em
papel off-white no Sistema Cameron da
Divisão Gráfica da Distribuidora Record.